Byron Mural

Demonios privados

TerraIgnota
EDICIONES

1ª edición: marzo 2018

© Byron Mural

Diseño de la cubierta: ImatChus

Terra Ignota Ediciones
c/ Bac de Roda, 63, Local 2
08005 - Barcelona
931.73.22.29 - 638.07.85.00
www.terraignotaediciones.com

Impreso en España / *Printed in Spain*

ISBN: 978-84-948170-3-8
Depósito Legal: B 9491-2018

IBIC: FA 2ADS

Byron Mural

Demonios privados

A quienes, de una u otra forma, han creído en mí y me han apoyado.

A mi amada familia. Los quiero.

I

El jinete de negro

Eran quizá las dos de la madrugada, la lluvia no dejaba de caer y el cielo parecía llorar el trágico final de la historia que ahora me atrevo a contarles; los caminos arenosos de Costa Asunción fueron los únicos testigos de la carrera ya fatigada que aquella joven desesperada llevaba. Corría casi sin aliento, su pelo y su ropa mojada y su mirada puesta siempre en el camino. Corría por su vida mientras la arena amortiguaba el trotar del caballo negro que la perseguía… sobre él un jinete con una capa negra, tan negra como su alma, en su mano derecha un hacha de la cual aún destilaba sangre. Del hocico del caballo salía vapor, corría tras la joven, y aunque por la oscuridad no se le veía la cara, el jinete tenía una misión en mente: decapitar a la muchacha.

Rania, que así se llama nuestra protagonista, no se detuvo en ningún momento, y cualquiera en su lugar hubiera respirado aliviado si, al igual que ella, hubiera visto una cabaña segura en la cual refugiarse; corrió hacia la choza y tocó desesperadamente la puerta, mientras el asesino continuaba acosándola. Nadie abrió, y aunque en la cabaña no había luz encendida, ella sabía que era un refugio para escapar del demonio que la perseguía. Giró la perilla y la puerta se abrió, corrió, y sin dudarlo ni un segundo, cerró la puerta. Un relámpago iluminó la cabaña de una sola pieza, vio una silla y se abalanzó hacia ella, trancó la puerta y rezó con todo su corazón para que sucediera un milagro.

El jinete se detuvo frente a la casa y se arrojó del caballo, enterrando en la arena sus mojadas botas de cuero y caminó lentamente hacia la entrada de la cabaña. La capa era tan larga que hasta la arrastraba, daba la sensación de que había salido de las profundidades del infierno. Movía el hacha con su mano mientras la sangre caía en la arena, subió los escalones de madera de la cabaña y se paró frente a la puerta, y de pronto un estruendoso rayo iluminó el ennegrecido paisaje. Giró la perilla. Y Rania sintió morirse, temblaba de miedo mientras miraba fijamente a la puerta. Estaba espantada, arrinconada, sentada con las manos alrededor de las piernas y parecía enconcharse a cada segundo; eran los momentos más terroríficos que, a sus apenas 22 años, había vivido. De pronto la silla voló por los aires y la puerta se abrió de par en par. Y la luz del relámpago reveló la silueta del jinete. Y Rania gritó con todas sus fuerzas…

Un año antes...

El hermoso automóvil convertible rojo se estacionó frente a la mansión del millonario árabe Farid; en él regresaban de luna de miel su hermosa hija Rania y su esposo Aldo. Era una mansión con muy marcado diseño árabe, una verdadera joya arquitectónica en Costa Asunción. El auto era uno de tantos regalos que su padre le había hecho. Sidi Farid, como le gustaba que le llamaran, había llegado a Costa Asunción hacía ya 40 años; originario de El Cairo, Egipto, se enamoró de doña Magali, única hija de un terrateniente de la zona con quien Sidi Farid había abierto la brecha de negocios entre América y El Cairo. Se había enamorado tanto de doña Magali que aceptó tenerla solo a ella por esposa, aunque la religión del islam le permitía tener varias mujeres a la vez. Doña Magali le aceptó con tres condiciones: la primera, que ella sería la única esposa tanto aquí en América como si a Sidi Farid se le ocurría volver a Egipto; la segunda, que ella jamás se convertiría al islam, sería cristiana porque era muy devota de la Virgen del Rosario y en su familia jamás nadie se había hecho ni siquiera protestante. La tercera, que todos sus hijos serían cristianos y ninguno de ellos abrazaría el islam, aunque eso se pondría a prueba muchos años después cuando el segundo hijo del matrimonio le diera la espalda a la religión de su madre y se volviera al islam, quizá porque este sí ansiaba tener más de una esposa o la ambición de ser tan rico como su padre y hacer negocios con multimillonarios árabes de la tierra de su progenitor.

Fue doña Magali la que vio por la ventana que su hija volvía junto a su recién estrenado marido y corrió a la puerta. La abrió, cruzó el hermoso jardín que separaba el precioso patio de la entrada y la abrazó como si se hubiera ido una eternidad de su lado.

—¡Mi amor! ¡Qué bueno que regresaron! —exclamó forrándola de besos.

—Hola, mami —dijo ella sonriéndole—. Ya estamos de vuelta —esbozó una leve sonrisa.

Doña Magali la miró a los ojos mientras la apretaba con sus brazos:

—Te extrañamos, mi amor.

Rania sonrió zafándose de los brazos de su madre.

—Yo también los extrañé mucho.

Aldo se aproximó un tanto huraño y expresó su saludo con un aire distante:

—Buenas tardes, doña Magali.

Doña Magali soltó del todo a su hija, pues aún la sostenía de la mano y mirando a su yerno se acercó y lo abrazó con mucha familiaridad:

—Hola, muchacho, bienvenidos de vuelta, pasen. —No dejaba de mirarlos con ternura.

—¡Farid! ¡Farid! ¡Llegaron los muchachos! —gritaba entusiasmada.

—Dejen el equipaje, que los sirvientes se encarguen de eso —ordenó sonriendo.

—¿Cómo les fue en la luna de miel? ¿Se divirtieron?

Aldo sonrió tímidamente y, tomando la mano de su esposa, respondió:

—Mucho, doña Magali, pero extrañaba ya trabajar.

Rania sonrió y recostándose en el hombro de su marido, comentó:

—Ya sabes cómo es de adicto al trabajo, mami.

Entraron a la mansión, y de la biblioteca salió Sidi Farid en su silla de ruedas, avanzó lentamente, pero Rania no se contuvo y corrió a sus brazos.

—¡Papi, te extrañamos! —dijo sonriendo y cubriendo el rostro del viejo Farid con besos, besos dulces, de esos besos que hacen que cualquier padre dibuje en su rostro una sonrisa de amor.

—Alá Andulihlá —exclamó él rodeando a la muchacha con sus brazos.

—Qué bueno que ya regresaron, más les vale que se hayan divertido —agregó mirándolos a la cara con ese acento árabe que quizá jamás perdería.

—Suegro... —saludó Aldo sonriendo y acercándose le besó las mejillas como si fuera una costumbre latina, pero Aldo comprendía que su suegro era árabe y que tenía que tenerlo contento de alguna manera.

—Por supuesto que nos divertimos, Egipto es un país muy hermoso.

—Sí que lo es. Nunca quise llevar a mis hijos a mi tierra natal porque quería que la conocieran en un momento especial de sus vidas, y ya Rania tuvo ese momento, ahora solo falta Maité y mi hijo Omar.

Rania dirigió sus pasos hasta donde estaba su esposo, entrelazó sus brazos con los del joven y agregó:

—Omar se muere por viajar a Medio Oriente, pero hasta que no termine la universidad papá no lo dejará encargarse de los negocios.

Sidi Farid juntó sus manos y en su rostro se dibujó la esperanza. Su yerno era el encargado de sus negocios, pero su sueño más caro era que Omar, su único y amado hijo, se encargara de todo lo relacionado con el patrimonio de la familia Tafur.

—Es verdad, alguien debe guiar todo lo que tenemos, y si no fuera por esta silla de ruedas, yo aún estaría viajando de aquí para allá, los negocios han sido mi vida. Pero Alá así lo decidió y las decisiones de Dios nunca se deben cuestionar —luego miró a su esposa y continuó—: Mujer, ordena un banquete para la cena, esta noche celebraremos el regreso de nuestros hijos.

Rania abrió la puerta de su hermosa habitación llevándose una grata sorpresa, pues la habían preparado para ella y su marido. Hermosas y gruesas cortinas, nuevas alfombras, flores por doquier y un agradable aroma que envolvía la recámara. Su padre les había rogado que vivieran en la misma mansión que él mismo había mandado construir cerca de la playa.

Aldo la tomó por sorpresa por atrás y la entró a la habitación entre sus brazos mientras cubría su cuello de besos, haciendo que la muchacha rebosara de dicha.

—Te amo tanto —susurró el enamorado esposo al oído de su amada.

—Eres el amor de mi vida —afirmó Rania rodeando el cuello de Aldo con sus brazos.

La colocó cuidadosamente sobre la cama, y un beso apasionado puso punto final a la hermosa luna de miel de los recién casados.

—Qué bueno que ya mañana vuelvo a la fábrica —dijo él después del beso mientras miraba a la ventana.

Rania se enderezó y se sentó en la orilla de la cama y comentó algo que no tenía nada que ver con lo que su esposo había dicho:

—Me preocupa mucho el regreso de Omar, siento que me odia, cree que por mi culpa mi padre lo internó en el colegio más caro de Costa Asunción.

Aldo la miró a los ojos y colocando sus manos alrededor del rostro de la joven Tafur, intentó consolarla:

—Pero es obvio que tú no tienes la culpa, amor, mira, en la vida uno madura y seguramente tu hermano habrá madurado en su estadía en el internado, además se va a incorporar a la fábrica y no tendrá tiempo de fastidiarte la vida, digo, si es que tiene esos planes. —Luego le guiñó el ojo—: ¿Vamos a la piscina?

Maité era una joven de unos 18 años, al igual que su hermana Rania tenía una combinación entre árabe y latina muy marcada, muy hermosa, por cierto. Era alta y parecía más bien una modelo de modas, estudiaba Ciencias de la Comunicación y trabajaba en el canal local de Costa Asunción, tenía un excelente programa de noticias locales y estaba feliz por su profesión, por eso Maité era muy conocida no solo en Costa Asunción sino también en los pueblos vecinos. Entró a su casa y no encontró a nadie en el recibidor.

—¿Hola? ¿Hay alguien en casa? —preguntó pasando, con una pantaloneta de lona pegada al cuerpo, unas sandalias, una blusa fresca y unos hermosos lentes, y una cartera elegante en su hombro. Marlen, la sirvienta, quizá de la misma edad que ella, salió de la cocina al oír que "la niña" llegaba.

—Señorita, ya regresó —dijo, secándose las manos con su delantal.

—Sí, ya volví, Marlen, pero parece que no hay nadie en casa.

—Claro que sí, señorita, sus padres están en su recámara y ¡ay!, le cuento, ya llegó su hermana Rania, está en la piscina con su cuñado.

—¿Ya regresaron de Egipto? —preguntó Maité interesada en la noticia que recibía.

—Sí, señorita, llegaron al mediodía.

—Toma mi bolsa, Marlen, llévala a mi cuarto, voy a ver a mi hermana.

La sirvienta tomó su bolsa y se retiró al cuarto de Maité.

Maité caminó por todo el borde de la piscina y vio a su hermana con su esposo en la misma, se besaban apasionadamente como si el viaje a Egipto no les hubiera alcanzado para entregarse todo el amor que sentían, y sin que ellos se dieran cuenta, se sentó en la orilla de la piscina metiendo solamente los pies en el agua. Luego tosió con la idea de interrumpir el romántico momento.

—¿Qué me trajeron de Egipto?

Rania la miró y apresuradamente fue donde ella estaba, se sentó a su lado y dándole un abrazo saludó:

—¡Hermanita! ¿Cómo estás?

Maité sonrió correspondiendo a su abrazo:

—Hermosa, ¿no me ves? —contestó con picardía. Luego mirando a su cuñado dijo:

—¡Ey!, cuñado, ¿no me vas a dar un abrazo?

Aldo medio sonrió y fue a donde estaba ella, la abrazó diciendo:

—Hola, Maité.

Ella lo miró de una sola pieza diciendo:

—Hola, cuñis, ¿qué tal la luna de miel?

—¡Maravillosa! Egipto es lo máximo y más si vas acompañado de una mujer tan hermosa como Rania.

Rania lo miró complacida y sugirió a Maité:

—Métete con nosotros en la piscina.

Maité con una sonrisa en los labios, contestó:

—Noup, claro que no, tengo que terminar un deber de la universidad y luego iré con Gabriel a cenar.

Doña Magali, que iba en busca de Rania, vio al trío disfrutar del precioso día. Había escuchado lo que Maité había dicho sobre ir a cenar con su novio, e interrumpiendo la conversación sentenció:

—Eso de irte a cenar con tu novio, creo que no podrá ser, Maité, tu padre quiere hacer un banquete por el regreso de tu hermana y tu cuñado y no te perdonará si te vas a cenar fuera.

—Bueno, hay que solucionar el problema, invita a tu novio y que cene con nosotros —sugirió la hermana mayor de Maité.

Maité sacó los pies de la piscina y nuevamente clavó su mirada en el atlético cuerpo de su cuñado, fue un escaneo disimulado, rápido, pero con lascivia.

—Bueno, lo llamaré y le diré a ver si viene porque es muy tímido con eso de venir a ver a los suegros. Nos vemos chicos —añadió, poniéndose sus sandalias y entrando de nuevo a la mansión.

—Mi vida, tu papá quiere hablar contigo —agregó doña Magali a su hija, dejándolos nuevamente solos casi instantáneamente.

—Regreso en un instante, amor, no tardaré.

Saliendo de la piscina, Rania se secó con la toalla que estaba a su alcance.

—Yo me echo otro chapuzón y me voy al cuarto, amor. —Y diciendo esto se sumergió en el agua.

No había pasado mucho tiempo cuando Maité volvió, se paró en el borde y miró el ancho dorso de su cuñado..., estaba de espaldas a ella y su cuerpo atlético llamó nuevamente su morbosa atención. Se lanzó al agua y, sin que este pudiera reaccionar, ya estaba frente a él:

—¿Ya te dije que eres sexi? Estoy loca por probar nuevamente esos labios carnosos.

Aldo, al verla frente a él se asustó, intentó alejarse de ella, pero la atrevida cuñada no lo permitió.

—Maité, ¡por Dios!, ¿estás loca?, me acabo de casar con tu hermana.

—¿Y...? Podrías tenernos a las dos —comentó coqueteando y pasando su dedo índice alrededor de los labios nerviosos de Aldo.

—Me voy al cuarto, no quiero tener problemas con tus padres —argumentó Aldo intentando salir de la piscina.

—Eres tan guapo como cobarde. Vete —dijo ella dibujando en su rostro tristeza, impotencia y rabia mientras su cuñado se alejaba caminando entre el agua rumbo a la orilla de la enorme piscina de la mansión.

Rania tocó la puerta y, después de que Sidi Farid, su padre, autorizara a que entrara, lo hizo. Estaba frente a su escritorio revisando papeles importantes.

—Entra, hija —invitó.

Rania entró y se sentó frente a él. Aún llevaba un poco mojado el diminuto traje de baño que hubiera sido impensable exhibir por una mujer en un país como del que Sidi Farid procedía, pero vivir en América había hecho que el viejo musulmán dejara pasar muchas cosas que parecían *haram* (pecado) para su cultura tradicional.

—Veo que estabas en la piscina —indicó sonriendo con amor paternal.

—Sí, papi, estábamos con Aldo refrescándonos un poco.

—Ya veo. Hija, cuando Aldo, tu marido, asumió la presidencia de la Procesadora, lo hizo sabiendo que cuando tu hermano volviera, él cedería su puesto a mi hijo y, como sabes, Omar está a punto de regresar a esta casa y tal como le prometí, quiero que él sea el presidente. Te llamé porque quiero que vayas preparando el terreno con Aldo, quiero que entienda que su tiempo como presidente de Procesadora de Mariscos "Cairo" llegó prácticamente a su final. Omar se encargará de todo, y cuando digo todo... es todo. Yo hablaré con tu marido, porque necesito que él le enseñe todo lo relacionado con la procesadora, cómo manejarla y cómo presidirla de una manera adecuada. Es su deber y así lo hará; por lo pronto, en vuestras charlas debajo de las sábanas, cuéntale lo que te he dicho y hazle saber que es hora de que mi hijo Omar se encargue de la fortuna familiar.

Rania suspiró. Aunque sabía que ese momento llegaría, no quería tener un enfrentamiento tan pronto con su marido, pero confiaba en que Aldo entendiera lo que su padre quería.

—Está bien, papá, yo me encargo de que mi marido se prepare mentalmente para dejar la presidencia. Papá, ¿crees que mi hermano me guarda algún rencor?

—Mi *habiba* (mi amor), ¿cómo se te ocurre?, Omar es tu hermano, y no fue culpa tuya que él fuera a ese internado, fue mi decisión. En todo caso al que debería odiar es a mí, no a ti. Relájate, cuando llegue tu hermano te darás cuenta de que Omar maduró en la escuela. Alá hará que la armonía reine en esta casa.

—Solo espero que no te equivoques, papá. Si ya no me necesitas para nada, me retiro.

Rania entró en su cuarto y vio a su marido secándose la cabeza con una toalla, aún sentía su corazón latir al verlo y por un instante sintió miedo de perderlo.

—Pensé que seguías en la piscina.

—No, amor, vine a dormir un poquito, el viaje fue agotador.

—Está bien, toma tu siesta, luego te cuento para qué quería verme papá.

—Apuesto a que quiere que yo deje la presidencia —dijo acertando por completo, tiró la toalla sobre la cama y se acercó a su esposa.

—Exacto, pero toma tu siestecita que luego te cuento bien lo que me dijo.

Maité estaba en su habitación aplicándose crema en las piernas mientras hablaba por teléfono con su novio.

—Sí, amor, quiero que vengas a cenar esta noche con nosotros. Rania volvió de Egipto con mi cuñado y papá insiste en celebrar el regreso, y ya que tú y yo quedamos que esta noche íbamos a salir, pues se me ocurre que puedes venir a casa y sirve para que por fin forma-

licemos, al menos con la bendición de nuestros padres...
¿sí?

Aquella noche fue quizá la más incómoda para Gabriel y la más apropiada para Maité para por fin amarrarlo; cuando aquel estacionó el auto en las afueras de la mansión de la familia Tafur, vio a su novia al pie de las escaleras de la entrada. Bajó de su auto y cruzó el jardín frontal. Se veía hermosa la chica, con un vestido gris corto, escandaloso para la visión musulmana de Sidi Farid, pero muy a la moda para el mundo occidental. Ella bajó las escaleras hasta llegar a donde estaba su querido Gabriel. El muchacho iba vestido elegante, pero sin llegar tanto a lo formal: una camisa azul con un saco gris, pantalones del mismo color y unos adecuados zapatos formales negros. A pesar de su vestimenta, se notaba que hacía ejercicio, pues su complexión atlética era parte de lo que tanto amaba la millonaria jovencita.

—Hola, amor —dijo ella sonriéndole mientras se acercaba y abría sus brazos para recibir un saludo afectuoso de su pareja.

—Te ves hermosa, mi vida —dijo él perdiéndose entre los cálidos brazos de la rica heredera de los musulmanes como les llamaban en Costa Asunción.

—¿Entramos? —preguntó Maité enredando sus brazos en los de Gabriel. Este dio un suspiro, como preparándose para entrar a un laberinto del cual quizá no saldría jamás.

—Entramos —contestó el muchacho decidido.

Sidi Farid y su esposa estaban en la sala muy elegantemente vestidos, esperando que bajaran los recién casados. Entraron entonces Maité y Gabriel. El joven enamorado de la hija menor de los Tafur se quedó estupefacto al ver por dentro los lujos con los que vivía su pareja. Un nudo se le hizo en la garganta, ¿Cómo podría él hacer que la princesa que llevaba del brazo pasara a ser una cenicienta? ¿Estaría en realidad Maité tan enamorada de él que cambiaría la vida de lujos y extravagancia que llevaba para vivir como una chica en un barrio lleno de mugre y desorden? Ni siquiera tuvo tiempo de contestarse esas preguntas.

—Papá, mamá, les presento a Gabriel, mi novio.

Este se acercó a doña Magali y besando su mano saludó:

—Mucho gusto, señora.

—Bienvenido, muchacho.

—Él es mi padre. Sidi Farid.

Gabriel se volteó y vio al viejo Farid sentado en una silla de ruedas, no importaba su estado, lucía muy elegante.

—¿Sidi Farid? —preguntó el joven sin tener claro su significado.

—Sidi, significa "don" en árabe —dijo él muy serio.

—Sí, perdón, Sidi, por un instante lo olvidé. Un placer conocerlo —saludó extendiendo la mano.

Sidi Farid también extendió su mano y la estrechó con el joven que muy probablemente se convertiría en su otro yerno.

—Bienvenido. ¿De qué familia eres muchacho? —preguntó interesado por saber con quién se emparentarían.

—De la familia Izaguirre, señor —contestó sonriendo el muchacho.

—¿Los dueños de los cruceros?

—Así es, señor.

—Siéntate, por favor—dijo el viejo soltándolo e indicándole que se sentara en el sofá junto a su hija—. Cuéntame más de ti.

Gabriel se colocó junto a su prometida y, después de una mirada fugaz a su suegra y a su novia, inició su falso argumento:

—Soy el hijo mayor de la familia, administro todo lo relacionado con los cruceros y tengo a mi cargo prácticamente toda la empresa. Mi padre se retiró hace unos meses.

El viejo Farid miró a su hija y con tono dulce le dijo:

—Maité, ordena un té para todos.

—Permiso, ahora lo traerán —dijo la joven levantándose del sofá y dejando solo al muchacho con sus futuros suegros. El temor se apoderó de Gabriel. Sabía que los Tafur eran una familia rica y poderosa, pero cualquier chisme exagerado de barrio era poco para lo que sus ojos veían.

Luego de que su hija saliera de la sala, el viejo Farid miró al joven intimidado por su presencia.

—¿Y vas en serio con mi hija? ¿Tienen planes de casarse? —preguntó en un tono severo.

Gabriel sonrió tímidamente y dando una mirada relámpago a doña Magali aseguró:

—Sí, ojalá podamos casarnos pronto.

—Llevas uno de los nombres más bendecidos por Alá, Gabriel es el nombre de uno de los ángeles más cercanos a Dios.

—Gracias, señor —respondió el chico sin saber exactamente por qué el viejo árabe cambiaba de tema tan bruscamente.

Rania se maquillaba frente al espejo mientras Aldo la esperaba sentado en la orilla de la cama. Ella lo miró por el espejo y preguntó en un tono dulce:

—¿Qué piensas, amor? Te veo serio.

—No, solo pensaba en la llegada de tu hermano, de lo que me dijiste hace rato, creo que tu padre se va a apresurar para entregarle la presidencia a Omar. Él no sabe nada del negocio. Desde mi punto de vista, tu padre debería de dejarlo a mi lado un tiempo para que aprenda el movimiento, tiene que ganar experiencia o la procesadora se irá a la quiebra.

Rania volteó y fue hasta donde estaba él, se sentó a su lado y recostando su cabeza en su hombro sugirió:

—¿Y por qué no le dices eso a papá?, es tu obligación hacerle saber lo que piensas, amor.

—Sí, cuando Sidi Farid me llame para decirme oficialmente que tu hermano será el nuevo presidente, se lo haré saber.

Ella le besó la mejilla, intentando borrar de la cara de su marido la decepción que en ella se dibujaba.

—Bueno, bajemos a cenar y disfrutemos esta noche, que los negocios no se inmiscuyan en nuestra vida privada. —Las palabras de su esposa hicieron recapacitar a Aldo. Tenía que mantener la cordura, aunque se había acostumbrado a las comodidades de mandar, era hora de despertar del sueño y saber que su papel como presidente de la Procesadora estaba llegando a su final.

Rania y Aldo bajaron por las enormes escaleras que se desplegaban hasta la sala como una inmensa alfombra. Al verlos descender, todos se pusieron de pie y dejaron sus tazas de té en la mesita que estaba en el centro. Entonces Maité tomó la palabra:

—Mira, amor, allí viene mi hermana y su esposo, te los voy a presentar.

Después de que Maité hiciera las presentaciones correspondientes y que todos estuvieran listos, Sidi Farid pidió a todo el mundo que se dirigieran al lugar donde el banquete había sido preparado. Era una mesa exageradamente grande, repleta de diferentes platillos, una mezcla entre comida árabe y típica de la región. Exquisitos manjares que hicieron que Gabriel se escandalizara por dentro, pero mantuvo la calma. La gente rica siempre hace comida para luego tirarla, aunque en las puertas de sus mansiones los mendigos mueran a consecuencia del hambre.

—Y resulta que Gabriel es el heredero de los Cruceros "Blue Adventure" —dijo Sidi Farid a Aldo su yerno.

—Tu familia es una de las más adineradas de Costa Asunción —observó Aldo sorprendido por la noticia, aunque su mirada calculadora había carcomido la de Gabriel.

—Pues no nos va mal, no podemos quejarnos —aseguró Gabriel, tomando un sorbo de café e intentando dar por terminado el incómodo tema.

—Aldo es por ahora el Presidente de la Procesadora "Cairo", pero claro, cuando mi hijo Omar llegue, se encargará él de todo, y será muy pronto… —indicó Sidi Farid orgulloso de su hijo.

Gabriel manejó el hermoso auto hasta aquel predio repleto, bajó y canceló el alquiler. Salió nuevamente a la calle y esperó pacientemente a tomar un autobús que lo llevaría derecho a su casa. La joven millonaria quería que su novio impresionara a sus padres, y no le importaba pagar por eso.

Aldo se quitó los zapatos y se sentó en la orilla de la cama después de la cena. Estaba completamente incómodo, pues Sidi Farid no perdía la oportunidad de hacerle saber que era menos importante que Omar, incluso había hecho un anuncio oficial del cambio de mando en la procesadora justo en la cena, antes de sentarse a hablar del asunto con él.

—A tu padre le urge sacarme de la presidencia y sentar a Omar en ella.

Rania, quien estaba en el baño privado de su cuarto, abrió la puerta para hablarle.

—No es eso, amor, lo que pasa es que mi padre es el típico musulmán que está orgulloso de su hijo y quiere que este guíe a la familia, es todo. Mi padre te aprecia mucho y está muy agradecido con lo que has hecho por la familia, mi vida.

Aldo se quitó el pantalón y luego la camisa y buscó su ropa de dormir. Después de vestirse apropiadamente para descansar, se metió en la cama.

—Pues sí, pueda ser que tengas razón, amor, pero de todas formas no debería ser tan obvio. Pero, en fin, al final también tendré menos responsabilidad.

—Mi vida, ¿no crees que fue un hermoso gesto que mi padre te nombrara presidente de la Procesadora cuando apenas eras mi novio?

—Sí, en eso tienes razón, debo ser un poco más maduro y tomar mi puesto, yo solo soy tu marido y Omar es su hijo.

Sidi Farid, quien ya estaba acostado, vio a su esposa doña Magali peinándose frente al espejo en su cuarto.

—Si Maité logra casarse con ese muchacho, nuestra fortuna crecerá, parece que Alá nos bendice más de lo que merecemos. Solo falta que Omar encuentre una chica rica y no tendremos que preocuparnos más, ¿no crees, mujer?

—Farid, por Dios, ¿tú no piensas más que en el dinero?, yo solo quiero que mis hijos sean felices, en todo caso, ricos ya son.

—Oro llama a oro, mujer, oro llama a oro y Alá es muy justo dando abundancia a sus fieles.

Ella se acercó y se sentó en la cama. Se sentía agotada por el día que había tenido. Aunque las cocineras eran muy eficientes, ella se había encargado personalmente de que la fiesta sobria que habían tenido fuera un éxito. Todo el mundo en la mansión sabía que la señora de la casa supervisaba cada movimiento en ese tipo de eventos.

—Lo único que deseo es que mis tres hijos sean felices, es todo. —Eran palabras sinceras las que salían de la boca de doña Magali.

—Métete en la cama mejor, mujer, y seamos felices tú y yo por esta noche.

—Por Dios, Farid, no empieces con eso otra vez, ¿sabes desde cuando tú y yo no estamos juntos?

El viejo Farid bajó la mirada.

—Desde mi accidente.

Ella lo miró con rabia.

—¡Exacto! ¡Exacto! ¿Y sabes por qué no funcionas? Por inseguro, Farid, porque todo lo tienes en la cabeza, tienes dañadas las piernas, ¡las piernas! Es más, este tema es muy bochornoso para mí, así que mejor duérmete y no empieces a calentarme porque luego, pues… luego ni respondes. Feliz noche, Farid.

Fue un golpe directo a su hombría, pero el viejo árabe sabía que en las palabras enfadadas de su esposa había un poco de verdad. Quizá el problema era mental. Se acomodó e intentó dormir, solo lo intentó.

La noche era muy oscura. Las luces de la inmensa mansión permanecían apagadas y los guardias dormían, todo era quietud. Quizá eran las dos y media de la mañana cuando Rania escuchó la voz de su hermano, como si la llamara, era un susurro casi al oído: "Rania", decía en un tono casi de canto. Esta se enderezó y, por debajo de la puerta, vio la sombra de unos pies. Era claramente un hombre, o al menos eso le parecía.

—Amor, despierta, alguien se metió a la casa —musitó asustada.

—Rania, por favor, duérmete, la casa está infestada de guardias, nadie puede entrar. Duérmete ya —dijo su marido jalando la sábana y echándosela encima.

—Hay un hombre allí —insistió ella más asustada aún, pero Aldo empezó a roncar. Rania se atrevió a levantarse, con mucho cuidado se puso sus sandalias y tomando su bata se la colocó y caminó hacia la puerta lentamente, pero notó que la sombra se alejaba. Dio la vuelta poco a poco a la perilla y entreabrió la puerta. Sacó la cara para ver por el pasillo, pero no vio a nadie. Iba a regresar a su cama, pero la silueta de un hombre cruzando el pasillo la asustó. Entró y cerró la puerta inmediatamente. Miró a su esposo, que plácidamente dormía, pero no quiso despertarlo, estaba tan asustada. Caminó lentamente hasta su cama cuando, de pronto, dos toques queditos en la puerta... Rania se asustó tanto que corrió a la cama y se enconchó dejando casi desnudo a su marido.

Tardó tanto en quedarse dormida que, a la mañana siguiente, cuando despertó, su marido ya se había ido a trabajar. Se asustó al ver a su hermana sentada en el sillón frente a su cama, se comía una manzana, al verla despertar dijo:

—¡Vaya!, por fin se despierta la bella durmiente.

Rania se enderezó aún adormilada.

—Maité, ¿qué haces en mi cuarto?, ¿dónde está mi marido?

—Se fue a trabajar; oye, ¿ya viste qué hora es? Van a dar las 11, mamá me mandó para ver si estabas bien, al ver que respirabas, decidí esperar a que despertaras.

Rania se quitó las sábanas de encima y se sentó en la orilla de la cama.

—¿Qué? ¿Las once?

Su hermana se levantó y abrió las cortinas, esto molestó la visión de Rania. La luz invadió toda la habitación.

—Sí, mira, el sol está que quema allá afuera.

—Anoche no dormí bien, alguien se metió en la casa, estoy segura de que era un hombre —dijo Rania restregándose los ojos.

—No lo creo, hay muchos guardias, aquí nadie entra sin que nosotros lo sepamos. Anda, levántate y vamos a cabalgar. —Maité intentaba quitarle a Rania la idea de que alguien había ingresado a la casa la noche anterior, aunque en sus adentros también a ella le preocupaba. Se sentó al lado de su hermana mayor.

—Maité, no tengo caballo, mi caballo murió hace un mes.

Maité esbozó una sonrisa, e intentando reanimarla, aseguró—: Sí, lo sé, pero puedes montar a "Alma Negra",

Omar no está, y no creo que se enoje porque montes su caballo.

—Está bien, me baño, almorzamos y salimos.

—De acuerdo, nos vemos en el comedor para almorzar juntas.

Sidi Farid estaba en su despacho frente a la computadora cuando su esposa entró sin tocar la puerta. Aunque sabía que a su marido no le gustaba ser interrumpido entró de todas maneras y se sentó frente a él.

—Farid, ¿puedo hablar contigo un momento?

El viejo árabe dejó de mirar al monitor y, quitándose las lentes, la miró fijamente y esperó a que ella hablara.

—Farid, el novio de Maité no termina de convencerme. Tengo la sospecha de que no dijo toda la verdad anoche.

—Por Dios, Magali, no empieces a ver fantasmas donde no los hay, ¿qué piensas? ¿Que ese muchacho es un asesino? ¿Un violador? ¿Un ex convicto?

—¿Sabes qué, Farid? Olvídalo, no he entrado aquí, no te he dicho nada, no dije nada.

—Mira, mujer, yo no creo que ese muchacho haya mentido, no tiene sentido. Además, ustedes los occidentales, creen que el noviazgo es para conocerse sin ningún compromiso ante los ojos de Alá; bueno entonces, ¿qué te preocupa?, si por mi fuera, mis tres hijos estarían casados con gente decente, con gente adinerada, y con gente que nos asegurara la continuidad de nuestra familia, pero no, todo se hace al estilo occidental, así que deja la paranoia y que las cosas fluyan, como dicen ustedes. Mira, mujer, no quiero ser grosero, pero estoy muy ocupado revisando las cuentas de la procesadora, ¿puedo quedarme solo?

Doña Magali se puso de pie y lo dejó solo sin chistar palabra alguna.

Doña Magali había cerrado la puerta del despacho de su marido cuando Maité venía bajando las escaleras.

—Hola, mami, ¿y esa cara? —preguntó la muchacha en un tono suave.

—No pasa nada, mi amor, ya sabes, no hay día de Dios que no peleemos con tu padre. ¿Vas a salir a cabalgar? —preguntó.

—Sí, saldremos con Rania después de almorzar.

—¡Qué raro!, Rania no tiene caballo.

—Sí, pero usará el caballo de Omar.

—"Alma Negra", ¿Rania se pretende subir a ese caballo tan peligroso?

—Mamá, lo que pasó hace años no necesariamente se va a repetir, si mi padre quedó inválido es porque él no es necesariamente el Llanero Solitario, así que despreocúpate. Además, Rania es una gran jinete. Lo vamos a pasar bien, vas a ver.

—Está bien, hija, solo quiero que tengan mucho cuidado, no quiero más tragedias en esta casa. —Se disponía a retirarse a la cocina cuando regresó y dijo—: Por cierto, hija, ¿todo lo que tu novio dijo es verdad?

—¿A qué te refieres con eso, mamá?

—No, olvídalo, Maité, solo quiero que no te apresures en tomar tus decisiones, disfruta tu noviazgo y pues...

No había terminado cuando esta la interrumpió:

—A ver, mamá, relájate un segundo. Primero: no soy una niña, segundo, no es mi primer novio, tercero, no me voy a casar mañana, así que relájate, solo nos estamos conociendo, cosa que creo que hasta la fecha haces tú con mi papá, ¿no?

—Tienes razón, hija, te adoro y solo pretendo protegerte.

—Mami, no veas fantasmas donde no los hay, no necesito que me cuides de algo que ni siquiera me amenaza, relájate. Creo que necesitas unas buenas vacaciones...

Rania bajaba las escaleras vestida apropiadamente para montar a caballo.

—Estoy lista. ¿Ya estará el almuerzo? —preguntó.

Doña Magali sonrió, respondió con la dulzura que le caracterizaba:

—Sí, mi amor, ya le ordené a Marlen. Pasen al comedor, yo las alcanzo enseguida, voy por su padre.

II

El farsante

La mansión estaba rodeada de un inmenso llano, a la orilla del llano inmensas palmeras que eran el límite entre tierra firme y las blancas arenas costeras de la zona. Sobre ese llano cabalgaban las hermanas Tafur. Montada en aquel gran caballo negro, Rania, la hija mayor del viejo árabe, y a su lado su hermana en un hermoso caballo color rojo. El aire caliente de la costa revolvía el cabello de las hermosas chicas, el día era perfecto para sentir la brisa del mar.

—Te he visto preocupada, ¿te pasa algo? —preguntó Maité, mientras su hermana clavaba su mirada en el inmenso mar.

—Omar, Omar me preocupa, tengo un mal presentimiento —dijo ella, saliendo de la llanura y entrando a la arena.

—¿Vamos al mar? —preguntó Maité siguiéndola de cerca.

—Sí, vamos —dijo Rania bajando del caballo y amarrándolo al tronco de una palmera; siguiéndola, su hermana.

Se sentaron tan cerca del mar, que este parecía acariciar los pies descalzos de las jóvenes, quienes se habían descalzado para estar más cómodas. La brisa del mar calmaba a Rania.

—O sea, que tú crees que Omar se vengará de ti...

—Temo tanto por mí, por mi esposo —contestó Rania, mirando a la cara de su hermana menor—. No quiero que pienses que estoy loca, pero creo que no ha llegado y ya me está jugando una broma, y muy pesada, por cierto. Anoche, estoy segura que fue él quien entró a la casa, escuché su voz, estoy segura que él quiere asustarme.

Maité la volteó a ver y frunció el ceño extrañada por lo que escuchaba.

—Rania, yo creo que lo que pasó anoche no fue más que una pesadilla, no creo que Omar se haya escapado del internado solo para venirte a asustar, ¿no te parece muy infantil?

—Pues sí, ya lo he pensado, pero honestamente no le encuentro otra explicación, estoy segura que estaba despierta. No fue un sueño. Omar será la piedra en el zapato en mi matrimonio, ya lo verás.

A las seis de la tarde Rania había subido a la terraza de su casa. Como de costumbre leía uno de sus libros preferidos, leía por un instante, luego veía el horizonte y en él, el sol que parecía danzar suavemente mientras escondía su cuerpo en el mar. Fue interrumpida por Marlen, quien llevaba en su mano un azafate y en él un vaso con agua.

—Su medicina, mi niña —dijo, parándose a un lado de ella.

—No entiendo por qué mi madre insiste en que siga tomando esto, ya me siento bien Marlen, ¿tú me ves enferma?

Marlen extendió el azafate para entregarle el vaso lleno de agua y la pastilla que llevaba para ella.

—No, mi niña, si se ve más sana que yo, pero pues a mí me toca que cumplir las órdenes de su mamá y ya la conoce como es de estricta.

Rania estiró la mano y tomó el vaso. Puso a su lado el libro y tomó la pastilla, se la puso en la boca y con un sorbo de agua se la tomó.

—¿Tienes novio, Marlen? —preguntó mirando hacia el mar, su mirada parecía perderse en la inmensidad del agua a la distancia.

—No, no mi niña, por ahora estoy sola.

Repentinamente Rania clavó la mirada en la sirvienta.

—No eres fea, ¿qué solo chicos ciegos hay en Costa Asunción?

Marlen dibujó en su rostro una sonrisa de agradecimiento.

—Gracias, mi niña, dicen que uno solo una vez ama en esta vida. El resto del tiempo, uno vive buscando donde encontrar un poco de ese sentimiento que un día sintió.

Rania se recostó en su silla.

—¿Te has enamorado? ¿Por qué no te sientas conmigo un rato?

Marlen puso el azafate a un lado, en una mesa que estaba cerca y se sentó junto a su patrona, en una silla que también estaba cerca de ella.

—Una vez me enamoré mi niña, y como una idiota. Alejandro, Alejandro se llamaba, lo conocí en el único bazar que está en Costa Asunción, tendría quizá yo 18 años, era un chico lindo, fuerte y varonil, él atendía el bazar; me atendió con tanta atención que inmediatamente sentí atracción por él, y sus ojos me confesaron que yo no le era indiferente. Ocho días después fui a Costa Asunción, llevaba en mi mano una canasta llena de frutas, su mami me había mandado al mercado, iba por el parque cuando de pronto, unas gotas enormes cayeron sobre mí, ni siquiera tuve tiempo de ver al cielo, cuando quedé empapada, empezó a llover mucho. Continué caminando, pues ya no había nada que hacer. De pronto, él, montado en su bicicleta, a mi lado. Me ofreció traerme a la mansión y yo gustosa acepté. Me subí como pude a la bicicleta, en la parte delantera, cuidaba de la canasta mientras él me protegía con sus musculosos brazos, me sentía tan segura y era todo tan romántico…, nos mojamos como pollos, pero hubiera repetido ese momento mil veces más.

Rania suspiró, quizá en su corazón había un charco de envidia por lo que la sirvienta narraba.

—¿Y qué pasó? ¿Él se enamoró de ti también?

—Claro que se enamoró de mí, o al menos eso me hizo creer, no pasó mucho tiempo para que Alejandro se convirtiera en mi sombra, ya sabía yo que al salir al mercado él me esperaría debajo de la vieja palmera que está en la entrada. Se escondía allí para que los patrones no lo vieran, era tan especial, todo iba tan bien, todo era perfecto hasta que un día, martes, bien me recuerdo, era el día de su cumpleaños, me esperó como de costumbre escondido detrás de la palmera, pero el joven alegre, detallista y bromista, no estaba más en él, al contrario, estaba triste, desanimado y en su rostro había dolor. Me asusté al verlo así, me contó que justo esa mañana, el día de su cumpleaños, lo habían despedido del bazar, y no tenía esperanzas de encontrar trabajo en un pueblo tan pequeño como este. Traté de darle ánimo, le dije que no se preocupara, que Dios nos daría una salida. Pasaron los días y Alejandro no encontró trabajo, hasta que un sábado como a las cuatro de la tarde me invitó a salir con él, me dijo que me tenía una noticia. Me preparé y fui a su encuentro. Me llevó a un restaurante a la orilla del mar, por cierto, de ese restaurante ni sus paredes quedan. Allí mirando al mar me contó que ya tenía trabajo, me alegré tanto por él, pero me asustó el tono con el que me lo dijo. Tres días después se embarcaría en un crucero, como mesero, los viajes serían largos, vendría a Costa Asunción una o dos veces al mes. Nunca volvió ni una sola vez, nunca se supo nada de él. ¿Sabe? La primera vez que usted trajo al joven Aldo a la casa me asusté, me saltó el corazón, el joven Aldo se parece tanto a Alejandro...

Rania sonrió intrigada.

—¿En serio? ¿Aldo se parece a tu ex?

Marlen le devolvió la sonrisa y continuó:

—Mucho, nunca supe nada de Alejandro, y pues como jamás conocí a su familia, no sé si está vivo o está muerto, la cosa es que jamás volvió, nunca me escribió, nunca me llamó. Esa es mi vida sentimental, señorita.

Como de costumbre Maité supervisaba personalmente en su oficina las noticias que pasaría en su noticiero. Estaba tan entretenida que no se percató cuando su secretaria entró.

—Seño Maité —dijo la joven de quizá 18 años.

—Por Dios, Ángela, me asustaste...

—Disculpe, no fue mi intención, sé que odia que la moleste antes de entrar al aire, pero no lo hiciera si no fuera necesario, alguien quiere verla.

—No, ahora no Ángela, después del noticiero quizá reciba a quien me busca, tengo solo media hora para entrar al aire y quiero estar relajada para cuando eso pase —aseguró penetrándose en la lectura.

—¿Ni siquiera a mí puedes recibirme?

A mil millones de kilómetros hubiera reconocido esa voz, inconfundible…, bajó lentamente la hoja y se tapó la boca escandalizada:

—¡Oh, por Dios!, ¡Omar! ¿Qué no estabas aún en el internado? —preguntó levantándose abruptamente de su asiento.

—No, llevo un mes que salí…

—Ángela, retírate —ordenó ella, lanzándose a los brazos de su hermano, mientras la secretaria los dejaba a solas. Después de abrazarse tan fuerte como si hubieran sido viejos amigos, observó Maité:

—No puede ser, pero mira cómo estás de grande y guapo.

—Gracias, hermanita, lo mismo digo. ¿Cómo están todos en casa?

—¿Tú no has ido por la casa?

Omar la miró extrañado por la pregunta que le hacía.

—¿Qué?... Claro que no Maité, ¿por qué me preguntas eso?

—No, olvídalo, es Rania, ha tenido pesadillas, hasta llegamos a creer que eras tú el que la estaba asustando.

—Por Alá que no he ido a la casa. Este mes me lo he pasado en un hotel, quería llegar por sorpresa.

—Y si quieres llegar de esa forma, ¿por qué has venido a buscarme?

Omar se puso detrás de ella, la tomó por los hombros, se los masajeó.

—Porque necesito que tú me ayudes con la sorpresa que les quiero dar a todos.

—¿Me invitas a cenar después del noticiero? Podemos hablar más con calma.

Aldo se quitó su saco y lo puso sobre la cama.

—Amor, seguramente son las pastillas las que ya no te están haciendo efecto, por eso estás oyendo cosas por las noches, mañana mismo vamos a ver al doctor, no sé, quizá te recete algo más fuerte.

Rania, quien ya estaba con ropa de cama, una bata hermosa de color rojo y unas cómodas pantuflas, se acercó a él y rodeó su cintura por la espalda.

—No, creo que no fue una pesadilla, claramente escuché la voz de Omar y luego esa silueta en el pasillo, creo que Omar está detrás de todo esto.

—Rania, tu hermano está aún en el internado, según sé, él saldrá en unos días, además no entiendo esa obsesión tuya por culparlo, por imaginar que él quiere vengarse de ti.

Aldo se zafó de los brazos de su esposa y se recostó en la cama, Rania se acomodó en el pecho de su esposo y en un tono de tristeza agregó:

—Dime que me protegerás siempre.

Aldo le besó la cabeza.

—Claro mi amor, por eso estoy aquí, para amarte y protegerte. Ven, vamos a dormir, mira que estoy cansado, ya mañana será otro día.

—Tu hija entra a esta casa a la hora que se le pega la gana y tú no dices nada, se comporta como una exhibicionista —dijo el viejo Farid acostado en su cama.

—Por Dios, Farid, son apenas las nueve de la noche, además su programa de televisión acaba de terminar, no pretenderás que se teletransporte, ¿verdad?

—Tú como siempre defendiendo a Maité, no entiendo en qué estaba pensando cuando le permití que se metiera a ese canal, canal que nadie ve.

Doña Magali se deshizo la cola que llevaba y se soltó el pelo, mientras se miraba en el espejo.

—Farid, ¿cuándo nos vamos a dormir en paz? Toda la vida peleamos por algo, siempre peleamos.

El viejo Farid se metió entre las sábanas y no contestó. Mientras que doña Magali continuó peinándose, suspiraba por todo el tiempo que estaba perdiendo al lado de aquel hombre amargado.

Maité tomó un sorbo de soda, había ido a cenar con su hermano después del noticiero. La noche era calurosa, y hacia tanto tiempo que no salía a cenar, pero tenía la excusa perfecta para hacerlo.

—Pues cuenta conmigo, Omar, me encanta tu idea, vamos a sorprender a más de uno. En tres días estarás de regreso en la mansión de donde nunca debiste haber salido.

Omar levantó su vaso con soda e hizo una mueca para brindar por su regreso mientras reía con sarcasmo.

El sol apareció por la ventana de los recién casados. Cuando Rania despertó, su marido se acomodaba la corbata frente al espejo.

—¿Qué hora es? —preguntó ella, levantándose inmediatamente.

—7:40 —dijo Aldo—, es mejor que te bañes y te arregles, antes de ir a la oficina pienso llevarte con el doctor Ilario, anoche estuviste inquieta, creo que otra vez tuviste pesadillas, no me dejaste dormir.

—¿En serio?, ¿no te dejé dormir? Yo dormí como un tronco.

—Pues a mí no me dejaste dormir, te movías a cada rato e incluso te sentaste en la orilla de la cama varias veces. Así que báñate y arréglate, que te llevaré con el médico.

Gabriel estaba acomodando unas frutas en el mercado central de Costa Asunción, cuando vio parquearse frente a la abarrotería un auto color gris convertible y de inmediato lo reconoció, de él bajó su novia, Maité.

—¿Maité? ¿Qué haces aquí? —preguntó dejando la caja de tomates en el suelo, vestía humildemente y el hombre millonario que había llegado la otra noche a la casa de la Familia Tafur se había esfumado, llevaba puesto una camiseta color verde, dejaba ver sus brazos musculosos y el sudor que empapaba el pequeño trapo que apenas llevaba encima.

—Vine a ver a mi novio, quiero invitarte a desayunar…

Gabriel se acercó a ella, era evidente que la joven Tafur sabía exactamente quién era el muchacho, sabía perfectamente que todo lo que había dicho la otra noche era una total mentira.

—Maité, no puedo dejar el puesto, estoy sucio, sudado, ¿qué te pasa? —preguntó enojado el joven.

—No pasa nada, bebé, quería verte, no creo que pase nada si cierras unas dos horas, no creo que te mueras del hambre.

Gabriel se enojó y tomándola del brazo exclamó:

—¡Pues fíjate que sí, si me muero si cierro!, ¿qué no te das cuenta que de esto dependo? Maité, no tengo que recordarte cómo me conociste, ¿verdad? Jamás te engañé.

Entonces un hombre de aproximadamente unos 56 años se acercó a Gabriel y tocándole el hombro dijo:

—Relájate, Gabriel, ve con la joven, yo te cuido el negocio.

Gabriel soltó a Maité y volteó a ver a su compañero.

—Me da tanta pena con usted don Aureliano.

—Si no confías en mí…

Gabriel lo interrumpió diciendo:

—Claro que confío en usted, pero…

El viejo sonrió de nuevo y comentó:

—Hijo, ve con la señorita, un caballero, aunque sea el más pobre del mundo, si es caballero, jamás deja plantada a una dama y menos si es tan distinguida como la señorita.

—Espérame un segundo, voy a lavarme la cara y a ponerme una camisa vieja que tengo aquí en el negocio, ya vuelvo —suplicó el joven enamorado a su amada Maité.

Maité le guiñó el ojo y solo se recostó en su auto. Mientras el viejo se quitó el sombrero y se lo volvió a poner como un saludo y se retiró de allí diciendo:

—¡Se acabó el show, todos a trabajar! —Se refería a todos los hombres que se habían congregado allí para admirar la belleza de la joven.

El doctor Ilario se sentó frente a su escritorio y dijo a la joven pareja:

—No me recuerdo que tuviera cita con usted doña Rania.

Aldo tomó la palabra:

—Doctor, mi mujer no tiene cita con usted hasta dentro de unos meses, pero hemos venido porque parece que las pastillas que le ha recetado no han dado el efecto esperado, ha tenido insomnio, pesadillas. Necesitamos que le recete algo más fuerte u otras pastillas.

El doctor miró a Rania con intriga.

—Muy bien, doña Rania, veamos, por favor, acomódese en la camilla.

—Relájese, doña Rania, no pasará nada —lo dijo porque al recostarse, Rania parecía sentirse inquieta, el corazón le palpitaba más fuerte y un minúsculo sudor apareció en su frente—, tiene demasiado estrés doña Rania, debe de controlar eso. ¿Aparte de no poder dormir y tener pesadillas, ha sentido otra cosa?

—No, la verdad no, doctor, no estoy segura si lo que me ocurrió en realidad han sido pesadillas o fue real, pero me siento mal, a veces me levanto tarde, cansada, cuando yo he sido la primera en levantarme en mi casa —dijo mirando al techo.

—Bien, veamos— el doctor puso el estetoscopio en sus oídos y amoldando el calibrador de tensión en el brazo de Rania. Guardó silencio, luego puso el estetoscopio en el estómago de su paciente y nuevamente guardó silencio.

—¿Cómo está con su periodo doña Rania?

—Pues soy irregular, doctor, hasta ahora no me he preocupado por eso, ya me bajará.

—Puede levantarse, doña Rania.

—Don Aldo, temo que no podremos seguir recetando a su esposa ningún medicamento, ni más fuerte ni más débil, en realidad lo único que puedo recetarle son vitaminas, vitaminas para que su bebé nazca muy sanito, pues su señora está embarazada.

Gabriel se tomó un sorbo de agua, estaba sentado frente a su novia, en un comedor de Costa Asunción. La forma en que vestía era completamente diferente, ahora si era él, el muchacho pobre de aquel barrio marginado de Costa Asunción que había puesto los ojos en una de las muchachas más ricas de la zona, él mismo había escogido el mediocre comedor, quería hacerle saber con simples gestos a Maité a que se enfrentaría si seguía con la idea de casarse con él.

—¿Por qué tan callado, mi amor? —preguntó ella, mientras lo miraba a los ojos.

—No me parece bien que seas tú la que siempre me invita, Maité; me obligaste a hacerme pasar por un muchacho rico ante tu familia, ¿qué va a pasar cuando tus papás se enteren que no soy Gabriel Izaguirre, sino Gabriel López? Este tipo de mentiras no duran siempre.

—Mi padre jamás hubiera aceptado que yo me fijara en alguien que no tiene dinero, es un hombre muy prejuicioso…

—Me estás utilizando, siempre he pensado que no me amas como dices —agregó Gabriel en un tono de decepción.

—Amor, ¿sabes cuantos chicos ricos hay en Costa Asunción? Muchos, pero todos son unos señoritos, ¿no entiendes? Me encantas, amo el olor a sudor de hombre, eres el chico más guapo de toda la zona, eres fuerte, ¿para qué quiero yo a mi lado a alguien que quiera quitarme mis pinturas de uñas? Y lo digo por esos hijos de riquillos, consentidos que truenan los dedos y sus deseos se cumplen, yo no quiero un muñeco a mi lado, yo quiero un macho, un hombre, un compañero. Tú, tú llenas todas mis expectativas, y no te estoy utilizando amor.

—Nunca jamás te podré dar un nivel de vida como al que estás acostumbrada, Maité ¿Lo entiendes?

—Amor, ¿cuántas veces vamos a hablar de lo mismo? Tú no tienes que mantenerme a mí, los dos vamos a trabajar por hacer nuestro propio patrimonio y si mi padre me deshereda, pues iniciamos de cero, ¿cuál es en sí el problema? No me hagas creer que eres tú el que no me ama.

—Claro que te amo, y te amo más que a mi vida, solo quiero que seas feliz.

—Solo déjame estar a tu lado, así seré feliz. Amor, necesito que me hagas un favor, y para eso vamos a tener que hacer algo que quizá no te guste mucho.

—¿De qué se trata, Maité?

Aldo entró feliz a la mansión, acompañado de su esposa.

—¡Sidi, Sidi Farid! —gritó desde la puerta.

Al oírlo, el padre de Rania salió de su estudio apresurado en su silla de ruedas, muy asustado.

—Por Alá, ¿qué pasa? —exclamó.

Aldo corrió a su lado y acurrucándose ante él dijo:

—Va a ser abuelo, ¡estamos embarazados!

—¡Por Alá! ¿Es verdad, Rania?

—Sí, papi, estoy esperando un hijo.

Aldo se extrañó al ver en el rostro de su suegro una expresión de desagrado, la noticia lejos de alegrarle parecía enojarle, no era normal que un futuro abuelo tomara esa actitud, por lo que el muchacho se atrevió a decir:

—No entiendo su expresión, Sidi, lejos de estar feliz parece que está apenado o peor aún, enojado.

—No, no, claro que no, estoy feliz, solo que la noticia me tomó por sorpresa, esperaba esta noticia, pero no tan pronto. — El tono con el que habló aún era de desconcierto, ¿eran tan inconscientes los jóvenes de no cuidarse y traer a un niño al mundo tan pronto?

Aldo se puso de pie y fue a donde estaba su esposa y acariciando su aún oculto vientre preguntó:

—¿Dónde está mi suegrita? quiero darle la noticia.

—Está en la cocina —indicó el viejo Farid en un tono frío.

—¿Vamos a darle la noticia? —preguntó el entusiasmado futuro padre a Rania con una sonrisa rebosante de felicidad.

—¿Puedo hablar contigo, hija?

La pregunta de su padre hizo que Rania se sintiera un poco nerviosa, siempre que su padre pedía hablar a solas con ella no era para cosas buenas.

—Ve con él, yo le daré la sorpresa a tu mamá —aconsejó Aldo a su esposa y diciendo esto se fue a la cocina, mientras Sidi Farid invitaba a su hija a su despacho.

Aldo, entusiasmado, entró en la cocina y vio a su

suegra ocupadísima, no le importó, le dio la hermosa noticia. "Va ser abuela" le dijo sin ningún preámbulo.

Doña Magali frunció el ceño, en su rostro solo podía leerse rabia y desconcierto; su joven yerno no pudo esquivar la bofetada que su suegra le propinó.

—¡Estúpido! —Fueron las palabras llenas de ira de doña Magali, dejando a su yerno paralizado por sus acciones.

III

A mi manera

Sidi Farid pidió a Rania que cerrara la puerta después de que ambos entraran a su despacho. Ella lo hizo y lo siguió hasta su escritorio, se sentó frente a él, mientras este se acomodaba al otro lado.

—Hija, durante estos años te hemos estado tratando de los nervios y sabes perfectamente que te ha costado mucho superar esa gran crisis nerviosa que te afecta, ahora estoy preocupado porque, como es lógico, no podrás continuar con tu tratamiento, necesito que trates de relajarte y controlarte, todo lo que hagas le afectará al bebé.

Rania entrelazó sus manos, tenía un semblante tranquilo, parecía que durante años había estado esperando el mágico momento de quedar embarazada.

—Sí, papi —contestó—, ahora que suspendió mi tratamiento, el doctor me advirtió que tengo que estar más relajada. Y pues solo espero poder aguantar estos largos nueve meses que están por venir.

—Alá lo permitirá, mi amor, te lo aseguro. Alá no abandona a sus fieles.

—Gracias por amarme tanto, papá, sé que eso de "fieles" lo dices por el gran amor que me tienes.

—Alá ama más que yo, mil veces más que yo. Es fiel y es infinitamente perfecto, él te dará las fuerzas para continuar sin medicamentos, mi amor. Ahora regresa con tu marido —sugirió guiñándole el ojo.

—Alá, perdóname por lo que estoy haciendo. Perdóname, oh Dios, rico en misericordia —exclamó en voz alta el viejo árabe al verse solo en su despacho, su suplica estaba llena de aflicción, pero también tenía la esperanza de que Dios escuchara sus oraciones.

Al no poder evadir la cachetada, se abalanzó sobre doña Magali y la besó en la boca apasionadamente, esta se resistió al inicio, pero al no poderse zafar de los labios de su yerno, se dejó caer en las garras de la pasión que tiempo atrás ya los había consumido. Noches que juntos habían pasado fuera de la mansión cuando Aldo aún era novio de Rania, pero cuando se toman riesgos tan grandes como este generalmente trae consecuencias. De pronto y sin previo aviso entró en la cocina Marlen y al ver la escena se tapó la boca para no gritar. Pero fue inútil, doña Magali y Aldo la vieron y la sirvienta salió corriendo de la cocina:

—¡Marlen! ¡Marlen! —gritó la dueña de la mansión Tafur, pero no logró detenerla.

Marlen corrió cruzando por la sala, pero se estrelló contra Rania.

—¡Marlen! ¿Qué te pasa?

—Nada, mi niña, yo, yo…

En ese momento llegó doña Magali seguida de Aldo, los dos no podían ocultar su excitación, una mezcla de pánico y miedo envolvía los rostros de ambos.

La criada se sentía acorralada, ella no era nadie y aunque llevaba años al servicio de los Tafur su cabeza rodaría por la imprudencia de haber entrado en la cocina y darse cuenta que la señora de la casa no era realmente tan respetable como se pregonaba en toda Costa Asunción.

—Doña Magali, voy a ir por la ropa sucia —anunció en un tono pausado y lleno de miedo.

—¿Pasa algo, mamá?

—No pasa nada, hija, solo que Marlen y yo necesitamos hablar, pero después lo haremos.

—La sirvienta está nerviosa porque ocurrió un accidente en la cocina, ya lo solucioné yo, pero salió corriendo y por eso veníamos a tranquilizarla, por un poco hace explotar la estufa… —explicó Aldo mientras clavaba su mirada amenazante en la sirvienta.

Doña Magali se retiró del lugar argumentando que iría a la lavandería de la casa para tranquilizar a la joven empleada.

Aldo dio un cálido beso a su esposa y se retiró a la Procesadora, dejando a su esposa, quien, entusiasmada, acariciaba su plano vientre.

Maité dejó a su enamorado justo donde lo había recogido, frente al viejo mercado de Costa Asunción, mientras avanzaba en su auto lo veía a través del retrovisor, sí, estaba enamorada, era un muchacho pobre, sí, pero la hacía sentir completa, no tenía ni la más mínima idea de cómo haría para que su padre lo aceptara después de que descubriera el engaño que ambos habían fraguado haciéndolo pasar por un muchacho rico; ese problema lo solucionarían cuando llegara, por lo pronto ella se sentía infinitamente atraída por aquel muchacho sudoroso y trabajador.

Doña Magali entró a la lavandería, la cual estaba ubicada en la parte trasera de la mansión; era un cuarto relativamente pequeño, allí tenían las máquinas de lavado y secado, generalmente solo las sirvientas entraban a ese lugar, era tanta la ropa que se lavaba en la mansión que el viejo Farid tuvo que comprar 5 lavadoras y 5 secadoras para dar cumplimiento a las demandas de todos los que bajo su techo se cobijaban. —¿Marlen?... —curioseó doña Magali dando un paso dentro de la lavandería. Su voz advirtió a la criada que la señora de la casa estaba dispuesta a todo para llegar a un acuerdo con ella.

—Señora... —contestó, dejando la ropa a un lado y colocándose a un lado de la secadora, tenía pánico de lo que doña Magali le dijera; siempre la dueña de la casa tenía la razón, así tendría que ser siempre.

—Marlen, necesitamos hablar...

—Yo me tengo que ir de aquí señora, no es necesario que me despida.

—No, claro que no te vas a ir, lo que viste puedes callarlo, no necesitamos llegar a los extremos, si tú te callas yo te puedo dejar en tu puesto, por Dios, Marlen, llevas más de 5 años trabajando aquí, sé que es un tiempo relativamente corto, pero eres parte de la familia.

—Por lo mismo, señora, no podría verle la cara a mi niña Rania y ocultarle que usted y don Aldo, se, se entienden...

Doña Magali se arrojó sobre ella y apretándole el cuello dijo en un tono amenazador:

—¡Está bien! ¡Lo vamos a hacer a mi manera! ¡Te vas a quedar aquí y vas a mantener la maldita boca cerrada, si dices lo que viste, te arranco la lengua, y te estoy hablando literalmente Marlen, si le cuentas a alguien lo que viste, yo misma te juro que me encargo de cavar tu tumba y enterrarte como se entierra a un perro! ¡Que conste que te lo advertí!

La señora de la casa soltó el cuello de la muchacha, mientras en su rostro se borraba la rabia que sentía. Luego salió de la lavandería como si nada hubiera sucedido, mientras Marlen asimilaba las palabras amenazadoras de la señora Tafur; no tenía más opción que cerrar la boca o terminaría en una tumba fría... Explotó entonces, se recostó sobre la lavadora y lloró como si hubiera sido una niña de 3 años regañada severamente por su madre.

Cuando Maité entró en su habitación encontró a su hermana sentada en la orilla de la cama.

—¿Rania? ¿Qué haces aquí? ¿Te pasa algo? —interrogó mientras colocaba su cartera en la mesita de noche que estaba a un lado de la puerta al lado derecho de su cama. Rania estaba de espaldas y no contestó las preguntas que su hermana menor formulaba. Maité se acercó lentamente y se sentó a su lado, allí descubrió que su hermana estaba llorando.

—Rania, por Dios, empiezas a asustarme, ¿qué te pasa?

—Estoy preñada.

Al escuchar esa frase Maité empezó a sonreír y su alma se llenó de ilusión, un sobrinito, trató de entender el llanto de su hermana y rodeó los hombros de Rania con sus brazos.

—Sé que ser madre no es una tarea fácil, pero un hijo siempre es una bendición, no quiero que estés triste por eso.

—Maité, temo por mi bebé, no quiero hacerle daño.

—Por Dios, Rania ¿de qué hablas?

—Para nadie es un secreto que tengo una enfermedad nerviosa, temo que pueda dañar a mi bebé, si tomando medicina me pongo como me pongo, ¿te puedes imaginar si no tomo nada?, por lo mismo el doctor me suspendió el tratamiento.

—Hermanita, relájate, justamente es lo que necesitas, relajarte y no pensar en eso. Ser madre ha de ser algo hermoso, disfruta esta etapa, ¿Aldo ya lo sabe?

—Sí, recién hoy nos enteramos juntos, fuimos a ver al doctor y él nos dio la noticia.

—Bueno, relájate, tómate un tecito y recuéstate un rato, apenas estas empezando una carrera que durará nueve meses, yo le pido a cualquiera de las sirvientas que te suba tu té, quédate aquí en mi cuarto. Yo voy a salir…

Diciendo esto tomó su bolsa de nuevo, mientras lentamente Rania se recostaba en la cama de su hermana.

—Vuelvo al rato, y te felicito hermana ¡qué emoción vas a ser madre!

Aldo estaba nervioso, miraba su computadora y no se podía concentrar, estaba en su oficina en la Procesadora de Mariscos, la que estaba ubicada en el último nivel del edificio.

—Señor, su cuñada lo busca —dijo su secretaria por el teléfono.

—Hazla pasar —ordenó el aún presidente de la empresa familiar. En efecto, Maité entró a la oficina, cerrando tras ella la puerta. Dejó su bolsa sobre la silla que estaba frente al escritorio de su cuñado y se acercó lentamente a él, y sin que este pudiera esquivarlo, le dio una cachetada, luego, sin que tuviera chance, le dejó ir otra de vuelta. Éste se puso de pie para contenerla.

—¡Maldito estúpido! —le gritó enojadísima—, hiciste que yo abortara a tu hijo, ¿vas a hacer lo mismo?, ¿vas a hacer que mi hermana aborte el hijo que le hiciste?

Aldo detuvo a Maité, pues esta estaba dispuesta a seguir golpeándolo, con sus manos aprisionó las de la joven furiosa y trató de calmarla:

—Maité, cálmate, no es el lugar.

—¿No es el lugar?, ¿olvidas cuántas veces me hiciste el amor sobre este maldito escritorio? Entonces sí era el lugar, ¿no?

—Maité, ya supéralo, yo no voy a estar contigo nunca.

—Te maldigo, Aldo, eres el hombre más infeliz que pude conocer en mi vida. No sé cómo no se me soltó la lengua y le conté todo a mi hermana, eras mi novio Aldo, eras mi novio, nos íbamos a casar, claro, al conocer a mi hermana la elegiste mejor a ella ¿y yo?, ¿y yo qué? ¿Dónde quedaba mi amor por ti?

—Te he pedido perdón mil veces, mil veces, en el corazón no se manda.

La chica empezó a llorar de dolor, de rabia, de impotencia, aún seguía sintiendo ese amor apasionado por su cuñado, en el pasado Aldo la había marcado y esa marca ni Gabriel ni nadie la borraría, los primeros amores, siempre los primeros amores son los más destructivos cuando se vuelven imposibles.

—Te enamoraste de la estúpida enferma cretina de mi hermana. A veces pienso que debí matarte, infeliz. Tú no te mereces un hijo, no mereces que nadie te diga papá, maldito asesino, nunca debí aceptar abortar, maldito el día que te conocí.

—¿Puedes retirarte? O ¿quieres que llame a seguridad?

Maité se le soltó y arrojó a su cuñado con todas sus fuerzas para quitarlo de donde estaba, entonces se sentó en la silla que Aldo ocupaba y ahogada en histeria reclamó:

—¿Tú?, ¿tú me vas a echar de la fábrica de mi padre, maldito estúpido?, a ver, eso sí lo quiero ver, llama a tus achichicles y que me saquen y te juro que, si me ponen una mano encima, no solo ellos saldrán despedidos, sino que tú también. Esta empresa es más mía que tuya, imbécil, así que aquí me voy a quedar el tiempo que se me dé la gana.

—Por Dios, Maité, no hagas esto más difícil.

La joven suspiró, intentaba calmarse, inhalo y exhaló fuertemente y su temperamento cambió de histeria a calma en un santiamén, entonces se levantó de la silla y acercándose a él, dijo sensualmente:

—¿Estás seguro que quieres que me vaya? —Se secó las lágrimas con delicadeza y levantándose la falda, añadió:

—Apuesto a que quisieras revivir viejos tiempos, ¿recuerdas los gemidos de placer que pegaba sobre este escritorio? ¿No quieres que los revivamos?

—Es mejor que te vayas cuñada.

—Uf, que sexi sonó eso de "cuñada", me puso más ardiente, ¿seguro quieres que me vaya?

Aldo se abalanzó sobre ella y la besó apasionadamente. Se fueron pegados besándose apasionadamente
hasta la puerta y Aldo cerró con llave, la llevó a su escritorio tirando todos los papeles los cuales volaron por los
aires, la desnudó y como en aquellos viejos tiempos los
dos se entregaron a sus bajas pasiones.

Doña Magali entró al cuarto de Maité, llevaba en
sus manos una bandeja con una taza de té.
—Matilda me dijo que necesitabas un té, te lo traje
personalmente —dijo cerrando la puerta tras de ella.
—Deja eso allí, mamá, abrázame, necesito un abrazo tuyo.
Doña Magali dejó la bandeja en la mesa de noche
que tenía cerca de la cama y se acostó al lado de Rania.
—¿Qué te pasa mi vida? ¿Por qué te pones así?
—No estoy preparada para ser mamá, no sé cómo
serlo.
—Nadie nace lista para ser mamá, mi amor, eso se
aprende en el camino y ¿sabes qué?, el instinto hace todo
el trabajo, ya lo verás, es lo que de menos debes preocu-
parte.

Marlen entró a la mansión, venía de la lavandería
y tenía los ojos como si hubiera llorado sin parar, entró
secándoselos, sabía positivamente que estaba en grandes
problemas. A lo largo de los años se había dado cuenta
que su patrona era una mujer de carácter, no vacilaría en
hacerla a un lado si le estorbaba, era evidente que la había
dejado en su puesto de trabajo para poderla controlar. Fue
Sidi Farid quien la vio y la detuvo. Intentó actuar como
si nada sucedía, hubiera querido borrar por completo su

semblante de aflicción, pensó que sus ojos estarían irritados por el llanto y en efecto así era, el viejo Farid se habría dado cuenta de inmediato, pero quiso mantener la calma.

—¿Y a ti que te pasa, mujer? ¿Por qué has estado llorando?

—No, Sidi, más bien, sí Sidi, problemas de mujer. ¿Puedo seguir?

—Claro, sigue con tus quehaceres.

"Problemas de mujer, sí, cómo no" —murmuró acariciando su barba, intrigado. Los años lo habían coronado de experiencia, no solo en los negocios si no en el arte de intentar entender a las mujeres, pero tenía tantas cosas en que pensar, tantos problemas que solucionar que no tardó en desaparecer la intriga que la joven sirvienta había provocado en él.

La noche llegó de nuevo, más oscura que de costumbre, la luna había sido resguardada por espesas nubes y el frío era insoportable; eran las tres de la mañana cuando Rania sintió una mano en su hombro. Era un hombre vestido completamente de negro. Ella intentó gritar, pero no lo logró, no podía hacerlo, miraba a su lado a Aldo, profundamente dormido, pero no podía moverse. El hombre llevaba una gran capa negra con un gorro que cubría su cabeza. De pronto un niño de unos dos añitos salió del baño, estaba semidesnudo, parecía envuelto en pena, su rostro lleno de lodo y su diminuta ropa interior harapienta, de él emanaba un olor horrible, sus pies descalzos y maltratados, provocando en Rania una pena terrible. El infante clavó su mirada en la joven angustiada.

—Mami. —Su tono triste hizo pensar inmediatamente a Rania que el niño pedía auxilio, era él, era su hijo.

El hombre le quitó la mano del hombro y le permitió a Rania que se acercara al pequeño, los labios de Rania parecían cosidos con un hilo invisible, le fue imposible pronunciar palabra alguna, pero tenía terror de que el hombre de negro le hiciera daño; el hombre sacó de su capa negra un cuchillo grande, y lo acercaba al cuello del niño.

—Mami —dijo el niño llorando del miedo, mientras Rania no podía moverse; frente al niño nuevamente se encontraba paralizada y en un instante el hombre lo degolló frente a ella... el enorme grito de horror que Rania pegó no solo la despertó a ella de la terrible pesadilla sino también a su esposo.

—Mi amor, por Dios, ¿qué te pasa?

—Una pesadilla —exclamó fatigada, con su mano secó el sudor frío que tenía en todo el rostro, su corazón palpitaba a prisa y su cuerpo estaba completamente invadido por la adrenalina y la desesperación.

—Por un poco y me da un infarto del susto, estaba completamente dormido —argumentó su marido encendiendo la luz, iluminando de una sola pieza la habitación.

—Una horrible pesadilla —explicó la chica intentando calmarse y procurando calmar su agitado corazón.

—Ya, ya pasó, voy a ir a la cocina por un poco de agua para ti —dijo, poniéndose de pie y cubriéndose con una bata. Rania se volvió a acostar.

Aldo bajó por las escaleras hasta la sala y cruzó a la derecha en dirección a la cocina, al entrar en la estancia se percató que la luz estaba encendida, y vio allí sentada frente a la mesa a doña Magali.

—¿Qué hace a estas horas aquí?

—No puedo dormir, no después de enterarme que vas hacerme abuela.

Aldo caminó lentamente y jaló una silla, se sentó frente a su suegra, no entendía como la vida lo había enredado de tal manera, pero ahora tenía que asumir su papel como esposo de Rania, los días de pasión al lado de la señora Tafur habían quedado en el pasado, más valía que así fuera.

—Magali, si me casé con su hija, usted sabe positivamente por qué lo hice, no puede reprocharme nada, cuando yo la conocí a usted, usted ya estaba casada, y bien casada con don Farid, era obvio que no tenía cómo acercarme a usted, hasta que vi a su hija, sabía que era la forma de hacerlo.

—¿A qué estás jugando, Aldo?

Aldo se puso nervioso, se levantó y fue hasta el refrigerador, tomó una jarra de agua, llenó un vaso para su esposa y agregó:

—¿A qué juego? Por Dios, Magali, sabe positivamente que me encantan las mujeres mayores que yo, usted me gusta, pero es obvio que vivimos bajo el mismo techo y tenemos que controlarnos. Además, son las tres de la mañana, no es ni la hora ni el lugar adecuado para hablar de esto. La espero mañana en mi oficina, llegue a las diez, a esa hora todos van a su refacción, podremos hablar tranquilos —y diciendo eso salió de la cocina dejando a doña Magali sola allí en medio de la nada. Envuelta en una nube de confusiones.

Aldo subió rápidamente las escaleras y entró a su cuarto, pero no encontró a Rania allí, la esperaba ver acostada, aguardándolo, pero no fue así.

—¿Rania? —preguntó mirando a su alrededor. Puso el vaso de agua en la mesita de noche y fue al baño. Allí estaba enconchada dentro de la tina.

—Amor, ya pasó, vamos a la cama —dijo él tomándola del brazo.

—Fue horrible. No puedo dejar de pensar en ese sueño —musitó llorando.

—Fue un sueño, solo un sueño mi vida —indicó él, ayudándola a salir de la tina.

—Vamos, tómate un poco de agua y volvamos a la cama.

El cálido beso que Aldo le dio en la boca le recordó a Rania que ya no estaba sola, que tenía la obligación de ser fuerte, más fuerte que sus temores.

—No quiero dormir, no quiero volver a soñar eso.

—Nadie puede reanudar un sueño, mi vida, vamos, fue una pesadilla, ya amanecerá.

Se acercaron a la cama y Rania tomó un sorbo de agua, y casi obligada por Aldo, se acostó a su lado, este la abrazó fuertemente mientras ella se sentía confundida.

La alarma despertó a Aldo a la mañana siguiente, quiso abrazar a su esposa, pero no estaba allí, se levantó asustado y poniéndose la bata salió de su cuarto corriendo.

—¿Rania? —preguntaba por el pasillo.

Maité al oírlo salió de su cuarto, aún la joven llevaba su ropa de dormir, Rania siempre terminaba asustando a todo mundo y eso hizo que ella se alarmara.

—¿Qué pasa, cuñado?

—¿Has visto a Rania?

Maité sonrió y le hizo una señal con la mano:

—Entra —dijo en un tono tranquilizador, los dos entraron al cuarto de Maité y miró a su esposa en la cama de su hermana completamente dormida.

—¿Tan mala compañía eres, cuñadito, que mi hermana me prefirió a mí esta noche? —preguntó ella burlándose de él descaradamente.

—Deja tus ironías, Maité, por favor, voy a darme un baño y me voy al trabajo.

—¿Quieres compañía? —propuso ella susurrándole al oído.

—Voy a bañarme… solo —sentenció Aldo dejándola allí parada junto a la cama mientras Rania permanecía dormida. No pasó mucho tiempo para que la hermana de Maité despertara.

—¿Maité? ¿Qué hago aquí en tu cuarto? —preguntó extrañada, enderezándose lentamente.

—¿Cómo que qué haces aquí?, esta madrugada viniste llorando que querías quedarte aquí. ¿No lo recuerdas?

—Sí, ya recuerdo, me duele la cabeza. ¿Ya se levantó Aldo?

—Sí, vino a buscarte, pero te encontró dormida, fue a darse un baño. Dime una cosa hermana, ¿no amas a tu marido?

—Claro que lo amo, lo adoro, Aldo es el amor de mi vida, anoche tuve una horrible pesadilla y tenía miedo porque Aldo es de los hombres que cae a la cama y se queda dormido como un tronco, al final siempre me quedaría sola en la cama, aunque él estuviera a mi lado.

—Ve, date un baño con tu marido y luego vamos a desayunar, quiero que vayamos a Santa Rosario a comprar ropa; Gabriel nos ha invitado a una cena hoy.

—Estoy cansada, ¿quiénes vamos a ir a esa cena?

—Todos: papá, mamá, Aldo, tú y yo.

—Está bien, voy a darme un baño y después de desayunar, vamos de compras.

Rania entró al baño y vio la silueta perfecta de su marido, era un hombre atlético y muy guapo, se quitó ella la toalla, a pesar de estar embarazada tenía un cuerpo envidiable.

—Nada como un baño contigo… —comentó su joven esposo, dándole así la bienvenida a la regadera. Con sus fuertes brazos la jaló y la obligó a recibir los cálidos y diminutos chorros de agua que caían incesantemente sobre su desnudo cuerpo. Se colocó detrás de ella e hizo a un lado su pelo para poder besar su apetitoso cuello, probó su piel con agua, agua que tragaba excitado por la ocasión, deslizó sus manos alrededor de los pechos desnudos de Rania y los acarició con morbo excesivo, mientras ella cerraba los ojos dejándose caer en la trampa morbosa de su marido. Dándose la vuelta se envolvió en los besos mojados de su amante y marido, este la tomó por la cintura y la obligó a que enredara sus piernas alrededor de su cintura atlética, así la hizo suya mientras el agua acariciaba sus cuerpos extasiados por el placer.

Eran quizá las cinco de la tarde cuando todos salieron de la mansión Tafur. Aldo empujaba la silla de ruedas de Sidi Farid. Y este, incrédulo, gruñó:

—No entiendo porque vamos tan temprano a la casa de Gabriel, si nos invitó a una cena supongo que deberíamos llegar más tarde, ¿no?

Maité sonrió, iba caminando al lado de su padre, vestía un hermoso atuendo rojo, elegante y atrevido, escandaloso para el gusto de su religioso padre.

—Sí, papi, pero Gabriel quiere pasar una tarde con nosotros, la cena es solo el pretexto —explicó la hermosa Maité.

Rania llevaba un hermoso vestido color gris, ajustado al cuerpo, en su muñeca una lujosa pulsera de plata con piedras preciosas, una discreta cartera que hacía verla como una princesa, en su cuello un hermoso collar de piedras blancas; era una mujer en exceso hermosa, mientras que doña Magali lucía un vestido negro con perlas blancas y una cartera plateada muy elegante; por su parte Aldo iba un poco informal, pero sin excederse, el viejo Farid había preferido ir con saco y sin corbata. Subieron al hermoso auto grande que utilizaban para salir toda la familia, y Aldo se encargó de conducirlo. Desde la ventana, Marlen vio cómo se alejaban de la mansión.

Se acercó a los empleados y exclamó entusiasmada:

—¡Perfecto! ¡Ya se fueron, ya saben qué hacer, tenemos tres horas para armar todo!

Los empleados escuchaban atentamente las instrucciones que les daba aquella muchacha que parecía haber olvidado el incidente de su patrona y el esposo de su querida niña Rania.

Era una casa hermosa, al otro lado de Costa Asunción, con jardines grandes y con una fuente justo frente a ella, dos leones custodiaban la entrada. Y fue justo allí donde Maité llevó a todos los integrantes de su familia. Un sirviente elegantemente vestido salió a recibirlos.

—¿La familia Tafur? —preguntó haciendo una reverencia.

—Sí, la familia Tafur —confirmó Maité.

El hombre, esbozando una sonrisa, los invitó:

—Por favor, adelante.

Bajaron a don Farid y lo colocaron en su silla de ruedas y procedieron a entrar a la mansión. En la entrada estaba esperándolos Gabriel, vestido de acuerdo a la ocasión.

—Bienvenidos todos —saludó sonriendo—. Gracias por aceptar mi invitación.

Maité, que era una mujer muy expresiva, se acercó casi corriendo a él y lo abrazó fuertemente, le obsequió un beso en la boca y sonrió a su familia, parecía tan dichosa. Sidi Farid en cambio prefirió echar un vistazo a la lujosa mansión de su futuro yerno, sí, le gustó lo que veía, era lo que siempre había soñado para su amada hija, "el dinero siempre trae consigo la felicidad, aunque los pobres lo nieguen" pensó.

—Gracias por invitarnos —dijo doña Magali.

—Muy hermosa casa —comentó Sidi Farid, echando un segundo vistazo relámpago al lugar.

—No se queden allí parados, entren por favor.

Los llevó a una hermosa sala donde los invitó a sentarse, era una verdadera joya arquitectónica aquella inmensa mansión. Maité, por supuesto, se sentó orgullosa al lado de su novio; Gabriel intentó no sentirse incómodo ante la farsa que había montado con su novia, aunque temía hasta por su vida cuando el telón de aquel fraudulento teatro cayera.

—¿Y dónde están sus padres? —preguntó doña Magali, quien estaba sentada cerca de su marido.

—Mis padres están de luna de miel, en realidad están celebrando 25 años de matrimonio y se fueron de viaje, por eso no están aquí —respondió el joven farsante mirando a su novia.

Rania permanecía al lado de Aldo mientras este levemente miraba a doña Magali. Gabriel ordenó a uno de los empleados que estaban cerca:

—Tráeles algo de tomar, deben tener sed.

El empleado no dijo ni media palabra y se retiró del lugar para llevarles algo de tomar.

—¿Y para cuando es la boda? —interrogó Sidi Farid, mientras su esposa lo miraba perpleja.

—En realidad, no tenemos una fecha definida, Sidi.

El empleado llegó con una botella de champaña y unas copas, se puso a repartirlas, pero cuando llegó a Sidi Farid, dijo este:

—Qué pena, no puedo tomar alcohol, pero si me traes una limonada te lo agradeceré.

El sirviente miró a Gabriel, esperando alguna instrucción.

—¿Qué esperas? Tráele lo que pide.

La tarde se esfumó en la casa que Maité había alquilado para hacer pasar a Gabriel como un muchacho rico ante su familia. Cuando el reloj estaba por marcar las siete de la noche y después de entretenidas pláticas entre los allí reunidos, Gabriel se puso de pie y expuso con alegría:

—Bueno, señores, ahora sí viene la cena y una pequeña fiesta.

—¿En serio? Pues yo no veo donde vaya a haber fiesta —señaló Sidi Farid, pues en la casa parecía tan tranquila y solo ellos estaban allí, no había invitados, y sin invitados no existe fiesta.

—La cena y la fiesta no serán aquí en mi casa, Sidi, la fiesta y la cena serán en su casa.

La familia Tafur se quedó sorprendida mirándose las caras unos a otros mientras Maité dibujaba una pícara sonrisa en su rostro.

—¿Qué? ¿De qué estás hablando muchacho? —preguntó la Señora Tafur.

Maité, quien había fraguado el plan, se levantó y sonriendo explicó:

—Vamos a la casa, es una pequeña sorpresa que les tenemos preparada a todos.

Fue Sidi Farid el que entró a su mansión empujado por Maité, y detrás todos los demás incluyendo a Gabriel; el viejo árabe se quedó sorprendido al ver su casa adornada al estilo árabe, con bailarinas y con música de su tierra natal. Había alrededor de 100 invitados llegados del centro de la ciudad. La música árabe le hizo volver al viejo Cairo, su barrio lleno de especias y aromas. La bella infancia y la hermosa juventud parecían volver a su mente como una vieja proyección en la pared. Nadie jamás puede olvidar los momentos más hermosos que de niño se viven.

—Por Alá, jamás pensé que fueran a sorprenderme así —exclamó soltando una carcajada.

Las bailarinas danzaban frente a él mientras doña Magali sonreía al verlo feliz. Maité cerró la puerta detrás de todos los que venían de la supuesta casa de Gabriel. Luego ella misma se puso en el centro de la sala y exclamó:

—¡Alto a la música! —Los músicos marroquíes se callaron y las bailarinas dejaron de danzar—. Esta fiesta árabe tiene su significado y es que a esta fiesta ha venido alguien muy especial —dijo sonriendo—, por favor pido un aplauso porque hoy regresa a su casa ¡Omar!

Cuando dijo esto, apareció Omar en la escalera que daba de las habitaciones a la sala, traía consigo un traje árabe, mientras a sus padres se les llenaban los ojos de lágrimas.

—¡Qué pasa! ¡Esto es una fiesta! ¡Música! ¡Música! —dijo él bajando lentamente las escaleras. Doña Magali corrió a los brazos de su hijo. Lo abrazó y lo besó mil veces.

—Mi amor, ¡qué sorpresa!

—Volví, mamá. Qué bella te ves —exclamó abrazándola, sabiendo que no existe lugar más seguro que los brazos de una madre, que no existe lugar donde reine la paz más limpia que el regazo de la mujer que nos dio la vida.

—*Salam*, padre —saludó caminando lentamente hacia su orgulloso papá.

—*Salam*, Omar, que Alá multiplique días como este, días de felicidad por tu regreso —diciendo esto puso su mano sobre su cabeza y luego le dio un abrazo fraternal.

Omar miró a Maité y le guiñó el ojo, la sorpresa había salido tal cual la habían planeado.

Luego su mirada se detuvo en Rania y caminó lentamente a donde estaba ella. La sonrisa del hijo menor de los Tafur se había esfumado, el corazón de Rania empezó a acelerarse, su peor pesadilla se hacía realidad, su hermano estaba en casa, quizá listo para su venganza…

—Que… ¿no le darás un abrazo a tu hermano? —preguntó mientras una sonrisa aparecía como un relámpago en el rostro del muchacho.

A pesar de su sonrisa, no logró calmar los nervios ni la ansiedad de su hermana, los dos se abrazaron fuertemente. Omar quería dejarle claro a Rania que las viejas rencillas habían terminado.

—Qué bueno que ya volviste.

Fueron las palabras frías de Rania, cosa que extrañó a Omar, pero no era el momento para preguntar qué sucedía.

—Todo va a cambiar en esta casa con mi llegada Rania, ya lo verás.

Con todo su corazón Rania deseó que fuera para bien, los viejos demonios semejaban aparecer nuevamente en su vida con la repentina venida del consentido de la casa. La mirada de Omar se posó sobre su cuñado Aldo.

—Cuñado, ¿no hay un abrazo para mí?

Amablemente Aldo extendió su mano para saludarlo y después ambos se unieron en un abrazo.

—Bienvenido a tu casa, cuñado, no esperábamos tu llegada tan pronto.

—Planeamos la sorpresa con Maité. Volví y esta vez será para quedarme.

—Tú debes ser…

—Gabriel, novio de Maité.

Omar estrechó la mano del joven, era todo tan distinto a aquella mañana de enero cuando había dejado la mansión para internarse en aquel aburrido instituto al otro lado de la ciudad. Su hermana ya tenía novio y recordar que la pequeña Maité se había quedado ahogada en llanto porque su hermano menor ya no jugaría con ella en los extensos jardines de su casa. Así es la vida de fugaz.

—Mira, nada más parece que todo mundo está en pareja menos yo, ¿eh? Espero que salgamos una noche de estas a buscar una mujer para mí.

A Gabriel le pareció agradable la presencia del hermano de la mujer que tanto amaba, era fresco y parecía tener un sentido del humor muy marcado, era agradable, quizá podrían llegar a ser amigos.

—Claro que sí. No puedes quedarte solo —aseguró Gabriel sintiéndose extrañamente más cómodo con la llegada de su futuro cuñado.

La casa se llenó de música, de olor a comida, se llenó de vida, la cena fue una delicia, nadie se quedó con hambre, incluso todos los invitados calificaron de hermosa la fiesta que los millonarios árabes habían preparado. Fue una de las noches más felices para el viejo Farid, su amado hijo volvía y esta vez para quedarse.

—Te cuento que mañana mismo me incorporo a la Procesadora, quiero que me enseñes el eje y maneje de la Fábrica, cuñado.

Las palabras de Omar hicieron recordar a Aldo que la hora cero había llegado, era el momento de instruirlo para pasarle el mando de la Procesadora, pero era lógico, ese puesto no sería para siempre suyo.

—Por supuesto, ya tu padre me pidió que te enseñara y con gusto te muestro todo lo relacionado con la procesadora.

Omar sentía la lejanía de su hermana, aunque ella estaba justo frente a él en la mesa, su conducta le daba la idea de que no era bien recibido, por lo que intentó romper un poco el hielo con ella.

—¿Qué tal Egipto, Rania? ¿Te gustó la tierra de mi padre?

—Muy hermosa, me encantó El Cairo, nos lo pasamos bien, ¿verdad mi vida? —preguntó intentando hacer partícipe a Aldo de la conversación.

—Por supuesto, mejor no pudo estar, conocimos las pirámides de Egipto, el Mar Mediterráneo es una belleza.

—Tú pronto visitaras Egipto, ¿no, Maité? Supongo que será la misma travesía que harás con tu prometido en la luna de miel, ¿no?

La pregunta de Omar hizo que Maité soñara conocer la tierra de sus antepasados, aunque en honor a la verdad hubiera dado su vida por conocerla con Aldo, pero este se le había adelantado con Rania, quizá jamás le perdonaría lo que su cuñado le había hecho, pero en un santiamén despertó del trance e intentó seguir la conversación en la mesa.

—Pues, claro que sí, nos casaremos, esperamos tener unas lindas vacaciones como las de mi cuñado y mi hermanita.

—Aún estoy esperando ver las fotos que tomaron —argumentó Sidi Farid—, ni siquiera hemos tenido tiempo de verlas, mi hija ha de verse hermosa con velo.

—Hermosa, muy hermosa, ¿qué les parece si después de la cena vemos todas las fotografías que nos hicimos mi esposa y yo en nuestra luna de miel? —propuso Aldo entusiasmado.

Omar estaba entusiasmado con la idea de volver a la mansión que lo había visto nacer, entró en su habitación, y luego de echar un ligero vistazo, se sentó en la orilla de la cama, había sido un día agotador. No quiso levantarse cuando escuchó que alguien tocaba a su puerta, así que autorizó a que entrara fuera quien fuera; su madre entró lentamente, y al verlo como si fuera un niño bueno sentado en su cama, se acercó y se acomodó a su lado.

—Está como la dejaste —dijo refiriéndose a su recámara.

—Ya veo, ¿les gustó la sorpresa?

—Nos encantó, mi amor, estamos felices de que hayas vuelto.

—¿Por qué Rania está tan rara?

—Está embarazada, el doctor le quitó los medicamentos, por eso está tensa, nerviosa…

—Si no te molesta, mamá, quiero descansar, esta fiesta me dejó agotadísimo.

—Que descanses, mi vida, hasta mañana.

El beso en la frente hizo recordar a Omar cuánto había extrañado a su madre esos largos años en el internado, pero esa etapa había terminado por fin.

—Hasta mañana, mamá, por favor cierra la puerta al salir.

Aldo se había recostado en su cama, el regreso de Omar había puesto sin querer de cabeza el mundo de la feliz pareja, a Rania le molestaba que su hermano menor volviera y por su parte él automáticamente se sentía reemplazado por su cuñado en la Procesadora. Rania estaba parada junto a la ventana, miraba con tristeza el hermoso jardín.

—¿Qué te pasa? —preguntó él extrañado.

—Te parecerá raro, pero… me incomoda la presencia de Omar en la casa, tengo miedo que él sea el autor de las bromas pasadas, si fue capaz de hacer una fiesta sin que nadie se enterara, ¿por qué no podría haber entrado en la casa y jugar conmigo?, ¡claro! Los guardias, las sirvientas…, todo el mundo aquí lo conoce bien, tengo miedo que quiera hacerme algo.

—Por Dios, mi vida, no seas paranoica, es solo producto de tus nervios, debes relajarte, más ahora que no podrás tomar tus calmantes debes mantenerte tranquila por el bien del bebé.

Marlen cerró la puerta tras ella.

—¿Estás segura que nadie nos vio? —preguntó doña Magali, sentándose frente al escritorio de su marido, habían entrado sigilosamente en el despacho de Sidi Farid para tener aquella reunión clandestina con la única testigo del amor prohibido que sostenía con su yerno.

—Nadie —dijo ella sentándose frente al escritorio del viejo árabe.

—¿Qué demonios quieres? ¿Por qué tanta la urgencia de verme? —preguntó la señora, mirándola seriamente a la cara.

—Necesito que me ayude doña Magali, un aumento, lo que gano no me es suficiente.

—¿Un aumento? ¿Estás loca?, pero si de todos los empleados eres la que más gana, no pretenderás que te pague más si no haces mayor cosa aquí —alegó doña Magali poniéndose de pie. Y continuó diciendo—: Si para eso me hiciste venir, pierdes tu tiempo.

—Doña, por favor, no quisiera que mi niña se enterara de que usted y don Aldo se entienden, sería fatal, ¿entiende?

—Maldita, ¿me estás chantajeando?

—Solo voy a pedirle 200 dólares más mensuales, ¿es eso tanto para alguien que se está pudriendo en dinero? Por favor.

—Ni un centavo más, maldita mal agradecida, ve a la cocina, hoy mismo te voy a liquidar esos asquerosos 200 dólares, no quiero que nadie nos vea aquí, si con 200 dólares te tapo la boca, está bien, hoy mismo empiezas a ganar más. Ahora lárgate, voy por tu dinero y que no se hable más, en la cocina, en cinco minutos te veo —sentenció enojadísima.

Rania se había puesto su bata para dormir, unas chanclas muy cómodas y se dispuso a bajar a la cocina por un poco de agua, bajó lentamente las escaleras, la casa estaba semioscura. Al llegar al último escalón se percató que en la cocina había luz, así que fue lentamente hacia ella. Se dispuso a entrar, pero al inicio no vio a nadie.

—¿Hola? —preguntó con miedo, automáticamente pegó un enorme grito al ver a Marlen bañada en sangre, con una enorme cortada en el cuello, estaba muerta. Su grito resonó por toda la mansión Tafur.

IV

Trágicas noticias

"Costa Asunción amaneció hoy con trágicas noticias, una de las empleadas de la casa de nuestra presentadora de noticias "Buenas Noches Costa Asunción", la periodista y nuestra compañera Maité Tafur, fue encontrada muerta en la cocina de la mansión de nuestra amiga; según aseguran los investigadores forenses, la empleada tenía cortes en el cuello y en la cara, se presume que el arma homicida fue una hacha, ni nuestra compañera Maité ni nadie de la familia ha querido dar declaraciones, nosotros continuaremos informando y ustedes estén pendientes, pues hasta ahora nuestro Canal no nos ha informado si Maité Tafur transmitirá su programa de noticias, y menos si hablará al respecto en dicho programa, estaremos llevando a su casa toda la información que de este negro episodio acontezca, reportó para TV Asunción, Bernardo Delgado".

Maité al ver la noticia apagó furiosa la televisión:

—Maldito, Bernardo, me va a oír.

Salió entonces enojada de su recámara, bajó las escaleras, eran quizá las diez de la mañana del día siguiente, iba dispuesta a arreglar cuentas con su compañero, pero un hombre muy elegantemente vestido, quien estaba sentado en la sala, al verla bajar, la interceptó:

—Señorita Maité, ¿no es verdad?

—Sí, yo soy, disculpe, no estoy para sus preguntas, inspector, necesito salir.

—Señorita Tafur, ¿no fui lo suficientemente claro anoche al decirles a todos ustedes que por ahora no tienen permitido abandonar la mansión hasta que tengamos una pista más clara de quién fue el autor del crimen?

—¿Me está diciendo que estoy presa en mi propia casa?

El inspector sacó una hoja con un manuscrito y se lo puso frente a su cara diciendo:

—Me temo que sí, señorita, todos están bajo arresto domiciliario hasta que un juez diga lo contrario, así que le suplico que vuelva a su habitación, se tranquilice, y cuando yo lo indique, le haré las preguntas del caso, ¿bien?

Maité dio media vuelta y subió las escaleras. En ese momento apareció Sidi Farid en su silla de ruedas y se dirigió a donde estaba el inspector. Llevaba un semblante envuelto en tranquilidad, parecía que lo ocurrido la noche anterior era tan normal como el día y la noche.

—Disculpe por hacerlo esperar, ¿inspector…?

—Inspector Benjamín García, pero puede llamarme solo inspector García.

—Sígame a mi despacho inspector García, por favor.

Aldo se acercó a la ventana de su habitación, abajo en la calle visualizó algunas patrullas de policía, el lugar estaba infestado de agentes del orden.

—Fantástico —exclamó con ironía—, ahora resulta que nadie puede salir de aquí, no sé cómo demonios voy a controlar la empresa encerrado en este cuarto.

—Tengo tanto miedo, no sabes que horrible fue encontrarla en la cocina, así, salvajemente golpeada —comentó Rania entrelazando sus brazos alrededor de la cintura de su marido.

—Tranquilízate, mi amor, no te hace bien ponerte así, tienes que ser fuerte por nuestro bebé. Vas a ver, pronto esclarecerán el crimen y volveremos a la calma de siempre.

—Alguien que estaba dentro de la casa la mató.

Aldo se zafó de entre sus brazos, y fue hasta la mesita de noche, tomó un vaso, lo llenó de la jarra que estaba allí rebosante de agua.

—No sabes cuánto me preocupa esto, si pudieron matar a Marlen, eso significa que nadie puede estar a salvo. De nada nos sirve estar rodeados de guardias. ¿Que nadie vio nada? —Aldo, sin querer, estaba poniendo a su esposa al borde de la locura, sus argumentos, aunque eran válidos, hacían que la ansiedad en Rania creciera, tomando dos sorbos de agua seguidos para calmarse un poco.

—¿Ves? ¿Ves, Aldo? No en vano estoy tan angustiada, ¿y si la muerte de Marlen solo es una advertencia? ¿Y si la siguiente soy yo? Dios mío, no puede ser. —La histeria de Rania hizo que Aldo se pusiera aún más nervioso, era estresante escuchar las preguntas de su mujer y no poder contestarlas.

—Rania, cálmate, cálmate, todo va a estar bien, esto se va a aclarar, respira, solo necesito que te calmes ¿de acuerdo?

El inspector se sentó frente al escritorio del viejo, sacó entonces de su portafolios una pequeña computadora y se dispuso a entrevistarlo.

—Señor Tafur, como comprenderá, las medidas que hemos tomado son drásticas, pero le aseguro que son necesarias. Quise iniciar el interrogatorio con usted porque es el patriarca de la familia y por respeto lo haré así, debo decirle que interrogaré a todos los que estaban anoche dentro de la casa, sus empleados, sus hijas, su yerno y por supuesto, su esposa.

—Entiendo, no se preocupe, puede preguntar lo que guste.

—¿Qué fue lo primero que usted oyó con respecto al crimen, señor Tafur?

—Estaba a punto de dormir, estaba ya en mi cama cuando mi hija mayor Rania soltó un enorme grito, me asusté, pero no pude bajarme ni ir corriendo porque como comprenderá estoy en silla de ruedas.

—¿Y por qué no le pidió a su esposa que lo ayudara para que juntos fueran a ver lo que sucedía?

—Ella, ella no estaba en el cuarto.

—Interesante, continúe por favor.

—Fui el último en llegar a la cocina y fue mi yerno el que oyó mis gritos y fue a ayudarme a subir a la silla de ruedas.

—¿Su esposa no fue por usted al oírlo gritar?

—No, quizá no escuchó mis gritos, todo era un caos.

—¿Cómo fue que la joven Marlen López llegó a trabajar a su casa?

—No suelo encargarme de los empleados. Mi esposa se ocupa de esas cosas. Lo que sí puedo asegurarle es que aquí se le apreciaba como a una hija. Era una muchacha educada, muy servicial.

—¿Conoció a algún enemigo o enemiga de la señora López?

—A ninguno, ella jamás fue problemática, pocas veces salía de la casa y si lo hacía era por cuestiones de trabajo, iba al mercado y cosas así.

—Una última pregunta Señor Farid: ¿Tuvo la señorita López algún novio?

—No lo sé, esa pregunta me parece que se la podría contestar alguna empleada, no yo, no soy de los que se entrometen en la vida privada de mis empleados.

El inspector cerró su computadora y agregó calmado:

—Lo entiendo perfectamente, señor. Gracias por colaborar, una última molestia: ¿podría usar su despacho para interrogar al resto de sospechosos?

—Por supuesto, haré que le hagan traer una silla para que se coloque en mi puesto, como comprenderá no uso una silla de este lado.

—Es usted muy amable, señor Farid.

—Para servirle, si ya no tiene más preguntas me retiro y ahora mismo le traen una silla para que se sienta cómodo, inspector.

Fue Rania la siguiente en ser interrogada, el inspector García estaba sentado donde generalmente se sentaba el patriarca de la familia Tafur. El investigador jugaba con su bolígrafo mientras miraba seriamente a Rania, algo había llamado poderosamente su atención, fue largo el silencio, pero luego inició su listado de preguntas.

—Señora Rania Tafur, tengo entendido que usted fue quien encontró el cadáver de la señorita López, ¿sospecha usted de alguien?

—No, de nadie, señor inspector.

—¿A qué exactamente iba usted a la cocina y qué horas eran aproximadamente?

—Iba a por un vaso de agua, generalmente las sirvientas dejan agua en mi habitación, pero esta vez no había, por lo que bajé a la cocina por un vaso.

El inspector volvió a fijar la vista en su computadora y continuó escribiendo:

—¿Vio algo sospechoso después de encontrar el cadáver tirado en el suelo?

—No, entré en pánico y empecé a gritar, no entendía lo que mis ojos miraban, todo el mundo llegó en un santiamén.

—Bien. Y dígame…

No había terminado de articular su idea, cuando un policía entró al despacho y dijo exaltado:

—Inspector García, disculpe, sé que lo que está haciendo es importante, pero creo que tiene que ver esto.

El inspector se puso inmediatamente de pie.

—Disculpe señora Tafur, ya vuelvo —y diciendo esto salió a prisa siguiendo al policía.

Entraron el inspector y el policía en la lavandería de la mansión y allí estaba, escondida en medio de dos lavadoras, un hacha ensangrentada.

—Traiga mi equipo, quiero saber si hay alguna huella dactilar en el arma —ordenó al policía; este salió corriendo del lugar.

El inspector entró de nuevo en la biblioteca de Sidi Farid, mientras entraba se quitaba un par de guantes blancos, parecía llevar más claras sus ideas. Allí paciente lo esperaba Rania. Se sentó de nuevo frente a ella.

—Encontramos el hacha con el que asesinaron a la señorita López, no hay huellas, usaron guantes —dijo mirándola a los ojos—. Señora Tafur, ¿sabe si la sirvienta tenía enemigos?

—No, que yo supiera, era una mujer tranquila, jamás tuvo problemas con sus compañeras ni con mamá, ni con nadie.

El inspector se puso de pie y se acercó a la ventana y sin mirar atrás agregó:

—El asesino vive en esta casa, ¿no le da miedo eso doña Rania?

—Mucho. Temo por mí, por mi hijo que estoy esperando.

—No tema, señora, para eso estoy yo aquí, para llevar a prisión al culpable... o a la culpable.

—¿Dónde estaba a la hora del asesinato, señora Tafur? —preguntó el inspector mirando fijamente a doña Magali.

—Estaba en el jardín, fumando.

—No sabía que fumara.

—¿Hay algún problema con que fume?

—Por supuesto que no señora Tafur, estamos en un país libre, lo que sí me parece extraño es que la esposa de un musulmán fume, no sabía que los musulmanes fueran tan liberales en este tiempo.

—¿Fumar me convierte en sospechosa de un asesinato?

—Desde luego que no, señora. Dígame algo... ¿A qué hora fue la última vez que vio a la señorita López?

—Por la tarde, estaba cansada, no suelo andar encima de la servidumbre, ellos saben qué hacer, no sé la hora exacta si es que piensa preguntármela, era un día normal y corriente, no me percaté de nada. No tenía idea de que ella moriría.

—¿Tiene una idea de la hora que era la última vez que la vio?

—De verla, pues hasta que terminó la fiesta, mi hijo volvió a la casa y él mismo organizó una fiesta, nosotros fuimos llevados por mi hija Maité a la casa de su novio, cuando volvimos había una gran fiesta al estilo árabe, no sabíamos qué era lo que pasaba, pero luego nos llevamos la sorpresa que nuestro hijo Omar había regresado del internado donde estudió durante cinco años. Marlen andaba con toda la servidumbre, sirviendo, algo normal, la vi en toda la fiesta, pero de hablar con ella, pues no sé…, quizá ayer por la tarde, tipo dos de la tarde, creo que ella quería saber si podía cambiar las sábanas en el cuarto de mi hijo, ella evidentemente sabía que él volvería. Le autoricé que lo hiciera, además quizá por instinto le pedí que arreglara el cuarto de Omar, fue la última vez que hablé con ella…

—Cuando estaba en el jardín fumando, ¿vio algo o a alguien sospechoso?, ¿entrar, salir?

—No, estaba sentada frente a la piscina cuando escuché el grito de Rania y entré corriendo asustada y fue cuando vi la terrible escena.

—Encontramos un hacha en su lavandería, además usaron unos guantes para el asesinato, guantes que estoy completamente seguro que están en algún rincón de esta mansión. Estoy esperando la orden de un juez para revisar toda la casa. De aquí no me voy hasta salir con él o con la sospechosa con las manos entre esposas.

—Por favor, no podríamos dormir con un asesino rondando nuestros cuartos —suplicó ella llevando su mano derecha al pecho.

—Es todo, doña Magali, puede retirarse. Le recuerdo que, sea como sea, tendrá que ir ante un juez, aquí habrá un juicio y todos ustedes son en cierta medida testigos del crimen. ¿Podría hablar con el señor Omar Tafur...?

—Quería darles una sorpresa a mis padres, por lo que con mi hermana Maité, planeamos una fiesta sorpresa, yo quería aparecer en ella, coordinamos con toda la servidumbre e hicimos una fiesta árabe, traje unas bailarinas, y después de convivir, ver unas fotos familiares, me retiré a mi cuarto, estaba muy cansado por lo que me quedé dormido. Fueron los gritos de Rania los que me despertaron, corrí a ver qué pasaba y encontré en la cocina a mi mamá, Rania, Maité y parte de los sirvientes, pero escuché gritar a mi padre y decidí ir a por él, pero encontré por el pasillo a mi cuñado Aldo, lo traía rápidamente a la cocina, por lo que regresé a la cocina con ellos; al ver la horrible escena, mi padre me ordenó que llamara a la policía y el resto ya usted lo sabe.

—Interesante, no tengo más preguntas que hacerle señor Tafur.

A punto estaba de salir cuando el inspector lo detuvo agregando:

—Señor Tafur, una última pregunta… Aparte de la familia, la servidumbre, ¿habían invitados de fuera en su fiesta?

—Alrededor de cien invitados, pero nadie se quedó al terminar la fiesta.

—Tengo entendido que su hermana Maité está comprometida, dígame una cosa, ¿el novio de ella estaba en la casa anoche en la fiesta?

—Así es, Gabriel Izaguirre es su nombre y sí, estuvo todo el tiempo con nosotros.

El día fue largo y tedioso para todos, el inspector interrogó uno a uno a los que parecían sospechosos, tal cual lo había prometido.

Cuando obtuvo sus conclusiones reunió a todo mundo en el centro de la sala, servidumbre, miembros de la familia y a la policía que estaba en la investigación. Sostenía en sus manos unos guantes negros, estaban en una bolsa transparente:

—Tenemos la suficiente evidencia para arrestar a uno de ustedes, la principal sospechosa del asesinato de la señorita López. Estos guantes fueron encontrados entre sus cosas. Lo siento, está detenida señora Magali de Tafur, tiene derecho a guardar silencio, cualquier cosa que diga será usada en su contra. Tiene derecho a un abogado…

El escándalo envolvió a la prestigiosa familia, la mirada incrédula de doña Magali expresaba su miedo y su impotencia, la deshonra caía sobre su cabeza. No pronunció palabra alguna, mientras las lágrimas poblaban sus mejillas, lágrimas de confusión y desesperación.

Las palabras firmes de su marido hicieron que la ahora principal sospechosa guardara una leve esperanza en su corazón, el dinero acumulado con los años tendría que servir de algo. Saldría libre, estaba segura.

—No te voy a abandonar, te voy a sacar de la cárcel, te lo juro —prometió con toda certeza el millonario Tafur. Fue sacada de la casa esposada, caminaba firme, sin caer en pánico, mientras sus hijos no podían creer lo que sus ojos miraban, Rania se recostó en el hombro de su marido mientras Maité buscaba consuelo en su hermano.

—¡Omar, busca al mejor abogado del Estado! ¡Soborna al juez! Haz lo que sea, pero quiero a tu madre aquí, no quiero que pase ni un día en la cárcel. ¿Entendiste?

Las instrucciones contundentes de su padre al verse solo con los de su familia le indicaron a Omar cuál era su misión de ahora en adelante, el viejo Farid no se detendría ante nada ni ante nadie hasta no ver en libertad a su esposa.

—Pongo a Alá por testigo que no permitiré que mi madre sea condenada por este crimen que no cometió, padre. ¡Juro por Alá! ¡Juro por Alá! —exclamó saliendo de la casa corriendo.

—¡Voy contigo! —indicó Aldo, mirando a su esposa, mientras que esta autorizaba con la cabeza que lo acompañara.

La hija mayor de la familia era la más afectada, estaba devastada por lo que estaba pasando, su crisis nerviosa empezaba a hacerse más visible ahora que se veía sin la protección y el cariño de su madre, se sentó lentamente en el sillón aún envuelta en histeria, lloraba como una niña abandonada. Maité fue a su lado para intentar calmarla, era comprensible el estado de Rania, no podía ser de otra manera.

—Va a salir, va a volver, no por gusto somos los más adinerados de Costa Asunción, tranquila —dijo acariciando el hombro de su hermana, intentaba inyectar en ella un poco de cordura.

Cuando Maité vio a su novio parado en la entrada de la sala, su corazón palpitó frenéticamente, no podía aparecer en mejor momento, seguramente la servidumbre lo había dejado llegar hasta allí, era el novio de la "señorita Maité" y todo mundo lo sabía. Corrió a refugiarse en los brazos de su adorado Gabriel.

—¿Qué pasó? ¡Me enteré por las noticias que mataron a tu sirvienta! —dijo él confortándola entre sus brazos.

—¡Sí! ¡Gabriel, mi madre es la principal sospechosa, se la llevaron presa.

—¿Qué? ¿Por qué ella?

—Encontraron entre sus cosas unos guantes que se supone usó el asesino y no sé qué más pruebas han de tener.

—Cálmate, mi amor, vas a ver que tu mami va a salir de esta, ustedes son una de las familias más ricas de toda la región, no creo que Sidi Farid permita que doña Magali permanezca presa mucho tiempo.

—¿Puedes ir conmigo a la comisaría? Quiero verla.

—Me vine en un taxi, no sé cómo llevarte.

—Llevaremos mi auto.

—Iremos todos —ordenó don Farid— que preparen un auto y vamos a la comisaría, no solucionamos nada con quedarnos aquí llorando y lamentándonos.

Farid quiso mostrar todo su poder, cuando el auto lujoso que los conducía llegó a la comisaría. Los allí presentes se percataron del gran despliegue de seguridad que se produjo, ocho guardias privados escoltaban a los integrantes de la familia, el auto se estacionó justo en la entrada, estaba prohibido, pero ¿qué se le podía prohibir a alguien que puede comprar hasta las conciencias más limpias en una ciudad como Costa Asunción?

—No llores, Rania, confía en Alá.

Fueron las palabras del padre de Rania mientras uno de sus guardaespaldas lo bajaba del auto y lo colocaba en su silla de ruedas.

En la entrada estaba Omar con un hombre alto y flaco, las canas pregonaban su sabiduría, seguramente era el hombre que el astuto heredero de Farid Tafur había elegido para defender a su amada madre. Después de presentarlo a su padre y de calificarlo como "el mejor abogado de Costa Asunción" el patriarca de la familia suplicó por Alá que la sacara de la prisión a costa de lo que fuera. Prometió hacerlo siempre cuando la señora Tafur colaborara con él.

—Dicen que solo su abogado puede verla —argumentó Omar mientras el abogado hacía una discreta señal intentando calmar los ánimos de los allí presentes.

Los días en prisión parecían transcurrir a cuenta gotas. Doña Magali había sido aislada de todo el mundo; en una pequeña habitación aguardaba el día de su juicio, tenía acceso únicamente a información que su abogado le llevaba no solo de su caso sino de su familia. Aquella mañana fue trasladada de la penitenciaría hasta la sala de apelaciones donde por fin se encontraría con un juez y un jurado que decidirían su destino. Afuera todo parecía seguir su curso, el sol golpeó su rostro y sintió rechazo por la abundante luz, era un día exageradamente caluroso, se sentó en la parte trasera de la patrulla y sus ojos contemplaron con tristeza las esposas que no permitían que sus manos tuvieran libertad. Entró acompañada de dos guardias, caminaba lenta y con un rostro falto de expresión. Todos los allí presentes, parte de la familia al verla sintieron deseos de saludarla, pero guardaron la calma.

La concurrencia se puso de pie al ser anunciado el juez que conocería el caso de la acusada de asesinato; era un hombre serio, de tez morena y de mirada profunda, tomó asiento y con un solo gesto hizo que todos los presentes se sentaran después de él.

—Abrimos el caso en contra de la señora Magali Robles de Tafur, acusada de homicidio. Hoy jueves, 8 de enero de 2015, siendo las diez de la mañana en punto, en la Corte de Justicia de Costa Asunción. Iniciando el debate, la parte acusadora.

El abogado encargado de llevar a la esposa del poderoso Farid a prisión, era un hombre de facciones aburridas, un hombre acostumbrado a ganar todos los casos por muy difíciles que estos fueran, tomó un bolígrafo y empezó a juguetear con él mientras hablaba:

—Honorable juez, honorables miembros del jurado, estamos aquí para demostrar que la señora Robles de Tafur es la actora intelectual en la muerte de la señorita Marlen López, quien trabajaba como empleada en la mansión donde ocurrió dicho asesinato….

Los días siguientes del juicio la familia Tafur estaba tan destrozada que Maité prefirió renunciar a su trabajo, el director del canal le suplicó que se quedara, pero ser el centro de atención fue demasiado para la joven periodista. A pesar de que Gabriel llevaba una doble vida, estuvo al lado de su novia todo el tiempo apoyándola. Después de presentar pruebas en contra y pruebas a favor, aquella tarde el jurado se había prometido emitir un fallo, estuvieron deliberando quizá unas cuatro horas en la sala de deliberaciones mientras que doña Magali se moría de los nervios...

—Todo saldrá bien señora Tafur, se lo prometo, el jurado no puede estar tan ciego, hemos presentado evidencias de que usted no estuvo en la escena en el momento que su empleada murió —argumentó el licenciado Bocanegra tratando de tranquilizarla, mientras caminaban por el pasillo en dirección a la enorme sala, era evidente que estaba nerviosa por lo que aquella tarde gris iba a suceder.

Con el alma destrozada, la Familia Tafur vio entrar esposada a doña Magali; sus hijos y su marido estaban allí en el público temblando del miedo, mientras Rania se recostaba en el hombro de su marido llorando desconsolada por lo que veía.

Como si fuese un ritual, el juez entró de nuevo a la sala provocando que la concurrencia se pusiera de pie automáticamente al verlo, no pronunció palabra alguna, sino que tomó asiento y los asistentes se acomodaron después de que él lo hiciera.

—El jurado ya tiene su veredicto, ¿serían tan amables de pasármelo?

Un hombre alto, delgado y con una mirada muy penetrante se puso de pie y llevó con él un sobre sellado. Se acercó al juez y se lo entregó sin pronunciar palabra alguna. El juez rompió el sobre sin ninguna estima y abrió la sentencia, se quedó en silencio, silencio que para la acusada duró una eternidad.

—Que se ponga de pie la acusada, voy a dictar sentencia.

Su voz era como un trueno que ensordece en la distancia, así lo percibió doña Magali, un escalofrío recorrió su cuerpo de pies a cabeza, sus pies parecían no responderle y su corazón parecía tener prisa por palpitar. Intentó mantener la cordura, lentamente se puso de pie para escuchar la sentencia:

"Hoy lunes, 19 de enero de 2015, siendo las once de la mañana, y después de unas semanas de juicio en contra de la señora Magali Robles de Tafur, el honorable jurado ha llegado a una determinación y yo haciendo uso de mis obligaciones dicto sentencia. El jurado, estudiando las pruebas presentadas ante este tribunal, considera que la señora Robles de Tafur, es culpable del asesinato de la señorita Marlen López, por lo que este tribunal la condena a 15 años de prisión, sin derecho a fianza. Puede apelar el fallo transcurrido el tiempo que dicta la ley. Caso Cerrado".

El mundo pareció oscurecer, sus ojos automáticamente se poblaron de lágrimas y su fe se quebrantó. Lentamente tomó asiento, era para ella como una sentencia de muerte, presa durante 15 años no lo podía creer, era morir en vida.

El abogado defensor la miró con pena, era su destino, había hecho cuanto había podido por defenderla, estaba escrito, era hora de pagar por un crimen que no había cometido... ¿o sí?

Los miembros de la familia se hundieron en la depresión y en el desconsuelo, como siempre la más afectada era la hija mayor Rania, quien después de oír el veredicto se desmayó de la impresión, despertando poco después gracias a la rápida intervención de su marido y su hermano Omar.

—¿Me puedes explicar qué fue lo que pasó aquí?, ¿No se supone que…?

El viejo Farid estaba tan histérico que hubiera querido abofetear a su hijo, se suponía que su esposa no sería condenada y menos a una eternidad en prisión.

—Padre, por favor, mida sus palabras, estamos en una corte, tranquilícese, esto lo vamos a solucionar.

Sidi Farid le agarró la corbata y lo jaló contra él.

—¿Lo vamos a solucionar?, ¿no escuchaste? La sentenciaron a 15 años sin derecho a fianza, ¡15 años, Omar! Quiero hablar con ese abogado de pacotilla que contrataste.

—Está ocupado, papá, está con mamá, él hará que se revise nuevamente el caso.

—¿Y ahora qué? —preguntó doña Magali llorando ante su abogado.

—No hay mucho que hacer, doña Magali, ya el juez dictó sentencia, la verdad no contaba con el testimonio de su sirvienta, ella la sepultó, ¿por qué no me dijo que sí había visto a la difunta minutos antes de morir?

El abogado se refería al testimonio de Matilda, una de las más antiguas empleadas de la familia, quien había sido llamada a declarar; en su confesión argumentó haber visto a doña Magali discutiendo con la difunta en el despacho del viejo árabe. Su testimonio había hecho que todo encajara como si fuera un rompecabezas.

—Si confesaba eso me sepultaría automáticamente, pensé que nadie nos había visto, pero yo no la maté.

—El jurado piensa lo contrario, ni siquiera fue capaz de explicar con claridad qué hacía usted y la difunta Marlen en la biblioteca de su marido, ¿ve? Eso la hace culpable, ni siquiera sabía qué responder cuando le preguntaron qué tanto hacían encerradas...

—Quince años, Dios mío, quince años presa —repitió con desconsuelo.

—Aunque el juez me negó la apelación, voy a reunir más pruebas y voy a apelar —prometió mientras caminaba al lado de la sentenciada y de dos policías que la conducían a una patrulla para trasladarla a la cárcel en la que pagaría por aquel crimen.

La tarde anunciaba tormenta para la región, el cielo estaba cubierto de nubes negras, así advertía que esa noche la lluvia bañaría no solo la ciudad sino las playas hermosas de Costa Asunción.

Gabriel, que no quiso entrar a la mansión, prefería ir a su casa a descansar, había sido una jornada muy agotadora, así que se despidió de su novia.

—Es mejor que trates de descansar, amor, estos días han sido tan largos, trata de dormir un poco.

La voz del muchacho tenía la magia de calmar a Maité, solo en él encontraba un poco de paz en medio de la terrible tormenta en la que se habían envuelto.

—No podré descansar, ¿no te das cuenta que el asesino podría volver y atacarnos?

—No, amor, no digas eso, quizá la sirvienta tenía enemigos, no creo que esto se repita, mejor intenta dormir, además hay guardias por todos lados, toma algo para poder dormir un poco.

—¿Nos vemos mañana? —preguntó la chica cansada de todo el ajetreo de aquellos días.

Maité entró a su casa y vio a su padre colapsar, por fin el hombre de carácter fuerte lloraba desconsolado en el regazo de Rania. Nunca Maité recordó haber visto tan devastado a su padre, es más, no tenía un registro en su memoria de haberlo visto llorar antes y esto la impactó muchísimo. Sus pasos se detuvieron y no sabía qué hacer, en realidad tenía el corazón partido. Intentando que tanto Rania como su padre no la vieran, cruzó hacia la derecha en dirección al jardín trasero donde la servidumbre tenía sus cuartos para descansar.

La puerta se abrió de par en par escandalosamente, la sirvienta estaba arreglando sus cosas en una pequeña maleta.

—Al menos tienes la dignidad de largarte antes de que te echemos de aquí—. Fueron las palabras de Maité quien había irrumpido en la habitación de Matilda, estaba infinitamente furiosa. —No quiero volverte a ver en mi vida, por tu culpa mi madre se está pudriendo en prisión y dale gracias a Dios que no eres la siguiente, porque juro por Dios que con mis propias manos voy a matarte si no te largas ahora mismo de mi casa, ¿escuchaste, maldita criada?

Las puertas de la Cárcel de Costa Asunción se abrieron para recibir a la nueva reclusa, trató de endurecer su carácter, por lo que limpió con furia sus lágrimas, era hora de demostrar que tan fuerte era, fue conducida por un largo y estrecho corredor, detrás de ella y los policías, su abogado le pisaba los talones, no se había dado por vencido, encontraría la forma de sacar a su clienta, estaba en juego su carrera, conocía a los Tafur, sabía que el viejo árabe era de armas tomar.

La detuvieron frente a un largo escritorio donde una mujer robusta la examinó de pies a cabeza.

—La nueva —exclamó en un tono de despreocupación. El abogado pasó una carpeta llena de papeles a la mujer que aún tenía la mirada puesta en doña Magali.

—Necesito que firmes aquí, querida, esta será tu nueva mansión.

Dos golpes dio la mujer con su dedo índice sobre el papel que le mostraba a la nueva reclusa donde estampar su firma. Y luego con desaire le entregó un bolígrafo negro.

V

La princesa de Arabia

La noche cayó sobre Costa Asunción y con ella llegó también la tormenta, el mar se tiñó de negro y no cesó de rugir. Aldo le suplicó a su esposa que se alejara de la ventana, no había luna que ver, no había estrellas que contemplar y era una noche fría, le preocupaba su salud, con todo el esfuerzo del mundo la hizo llegar a su cama. Rania se sentó, sin dejar un segundo de llorar.

—No puedo imaginar lo que está sufriendo mi mamá en la cárcel.

—Amor, no te mortifiques más, hay que tener esperanzas, nadie puede pasar todos esos años presa por un crimen que no cometió, algo va a ocurrir y la van a dejar libre. Ven, dame un abrazo…

Maité, por su parte, estaba sentada en la orilla de su cama, miraba hacia el vacío, no se dio cuenta que su padre entraba en ese momento, lo hizo sigiloso y sin interrumpir el trance de su hija, colocó su silla de ruedas al lado de su pequeña.

—Maité…

—Papá. No escuché cuando entró.

—Esta noche será larga, hija.

—Esta y todas las noches, esta y todas las noches serán largas, papá...

—Me preocupa, tu hermano no ha regresado, no sé qué tanto hace en la calle.

—Omar quiere sacar a mamá de la cárcel a como dé lugar y creo que en esas vueltas anda, no debe preocuparse.

—Por ahora no se podrá hacer nada, tendrá que pasar un tiempo en prisión para poder apelar ante la corte, la voy a extrañar tanto.

—La vamos a extrañar papá, la vamos a extrañar.

—Entra —dijo el guardia abriendo una celda, doña Magali echó un breve vistazo al pasillo, preguntándose cuando lo cruzaría de nuevo hacia la libertad, ya extrañaba a sus hijos, sus comodidades, su vida.

Las dos mujeres que estaban dentro de la celda al ver que una nueva compañera entraba, se enderezaron inmediatamente, perezosamente descansaban en sus literas.

—Una nueva —dijo una de ellas sonriendo y de un salto cayó en el suelo. Era una mujer alta, su cabello estaba tan maltratado como ella, parecía estar resignada a vivir en esa realidad.

—Bienvenida a tu nueva casa, mi vida, ¿qué delito cometiste? —preguntó la otra, medio enderezándose, tenía puesto un gorro negro. Su voz era chillona como una mujerzuela de cantina.

—Me acusan de matar a mi sirvienta —explicó doña Magali mientras a sus espaldas el guardia cerraba la celda, el sonido interrumpió el profundo silencio de la zona. Llevaba con ella un saco con ropa, su abogado había hecho que la familia le reuniera un poco de ropa interior, que necesitaría seguramente.

—Soy la "Leona".

Doña Magali puso su saco en el piso y extendió su mano para saludar a la mujer que estaba parada frente a ella, hacía honor a su nombre, en su rostro se podía ver una enorme cicatriz que cruzaba desde el ojo derecho hasta la mandíbula izquierda.

—Maté a mi marido —explicó oprimiendo la delicada mano de la señora Tafur— y lo volvería a matar mil veces, el maldito me engañó con mi propia hermana.

— Me llamo Magali…

—Aquí todas tenemos un apodo, mi vida, así que vamos a ir pensando en uno para ti.

La voz provenía de la otra mujer que ni siquiera se preocupó en ponerse de pie, seguía allí echada en su litera sin pena alguna.

—Soy la "Panteonera", por lo de la araña panteonera, estoy aquí por haber matado a mi madre, la muy perra no solo me quitó a mi marido, sino que me robó la custodia de mis hijos, me echó de la casa y se encargó de que nadie me ayudara, la muy maldita, la maté, y después de que la enterraron la saqué para quemarla a la muy infeliz. Ahora arde en el infierno, por eso mi apodo, querida, ni en el panteón estuvo a salvo la zorra de mi madre.

La carcajada que soltó erizó los brazos de doña Magali, eran unas mujeres muy peligrosas, pero al parecer querían llevar con ella una buena relación, o se adaptaba o moría, la ley de quien tiene que sobrevivir en situaciones extremas.

La tal "Leona" apuntó con su dedo índice la litera que estaba encima de su compañera.

—Dormirás en la litera de arriba, y mañana cuando tengamos recreo, tienes que irte a presentar con la Caimana.

—¿Quién es la Caimana?

El día martes era radiante, el sol brillaba escandalosamente en el cielo, borrando por completo las huellas de la tormenta de la noche anterior; dentro de la prisión nada de eso importaba, allí las paredes no dejaban contemplar algo tan simple y maravilloso como al astro rey en su máximo esplendor.

Sus nuevas compañeras de celda la escoltaron hasta la inmensa celda de aquella mujer envuelta en misterio. Ya doña Magali portaba aquel uniforme gris que toda reclusa estaba obligada a llevar puesto, ella iba en medio, caminaban despacio mientras el resto de las condenadas sabían perfectamente que esa procesión tenía un destino: la celda de la mujer más poderosa en toda la penitenciaría. La dejaron en la entrada, estaba completamente oscuro, la única luz que había era la del pasillo y nada más.

—Bienvenida a mi prisión, Magali Tafur —saludó una voz femenina que salía de la celda envuelta en una oscuridad tan negra como el infierno, era una voz ruda, grave, poderosa.

—Entra mamita—continuó diciendo después de un breve silencio.

—No veo nada, puedo tropezarme…

El miedo de su argumento lo percibió de inmediato la mujer que continuaba sin mostrarse a la nueva inquilina de la cárcel más peligrosa de la región.

La luz de la linterna la enceguenció por unos momentos, la mujer le alumbraba directamente a la cara.

—Mira nada más, en efecto eres tú, Magali Tafur —dijo sonriendo, y alumbrando el camino añadió—, acércate, Tafur.

La luz marcaba el camino por donde ella podía caminar en medio de las tinieblas, lo hizo lentamente y envuelta en un terrible miedo.

—¿Por qué estás aquí, cariño?

—Me acusan de matar a mi sirvienta.

—No tiembles, cariño, ¿por qué tiemblas?

—Hace un poco de frío aquí.

—Soy "la Caimana", dueña y señora de todo este presidio, nada se mueve sin que yo no lo autorice, tengo tanto poder que cuando todas las presas están en sus celdas, yo salgo a mi "Recreo Privado". Puedo cumplir deseos o mandar al infierno a quien no me obedezca.

La luz de la linterna se apagó, la oscuridad volvió a cubrir toda la habitación, tuvo la sensación de estar parada en medio de la nada, indefensa ante una mujer que solo su apodo era sinónimo de destrucción.

—Tendrás que pagarme tu seguridad si quieres vivir en paz aquí, amor.

El susurro de sus palabras tan cerca de su cara hizo que la piel de doña Magali se enchinara, la misteriosa mujer tenía un aliento putrefacto, tan despreciable que por un segundo quiso vomitar, pero con todas sus fuerzas se contuvo.

—Sé quién eres Tafur, eres la mujer del hombre más rico y poderoso de Costa Asunción, me encanta que esos peces gordos caigan en mis redes, tendrás que pagarme en dolarucos, mi vida, mucho dinero para que estés segura; eso sí, si pagas, nadie podrá tocarte, si no pagas, no solo te dejarán desfigurada, sino que tu familia podría también recibir su parte. No quisiera imaginar que le pudiera pasar a tu hija Maité, o a tu hija Rania, está embarazada, ¿no?

—¿Cuánto? ¿Cuánto tendré que pagar?

—Dos mil dólares quincenales, mamita.

—¿Cuatro mil dólares mensuales?

—Así mismo es, mamacita, sin falta, y el mes empieza hoy, y me gusta la plata por adelantado. Ahora vete, junta ese dinero en los próximos 5 días, los primeros dos mil y regresa cuando los tengas.

El calor del sol despertó a Rania, sus rayos invadían la habitación de la joven, la ventana estaba abierta de par en par. Eran, quizá, las diez y media, trató de levantarse y se dejó caer de nuevo sobre la almohada; se percató de que un papel estaba escondido debajo de su reloj despertador. "Aldo, ¿qué me habrá dejado escrito?", el grito de horror puso en alerta a sus hermanos, los cuales entraron inmediatamente.

—¿Qué rayos te pasa? —preguntó Omar asustado.

—Soy la próxima, por Dios, soy la próxima —gritó Rania envuelta en histeria, sus manos temblaban al sostener el papel que fue arrebatado por su hermano para leerlo.

—¿Qué dice? —preguntó Maité con un semblante lleno de angustia. Omar volteó la hoja lentamente para que su hermana pudiera leer el escalofriante mensaje escrito a computadora con letra clara y grande: "ERES LA PRÓXIMA, RANIA".

—Tiene un aliento a dragón.

Las palabras sinceras de la recién llegada pusieron en alerta a la Leona y a la Panteonera, quienes se escandalizaron al escuchar aquellas breves palabras.

—Cierra la boca, la Caimana tiene oídos en toda la prisión —advirtió la Panteonera en un tono sigiloso, mientras su mirada desconfiada monitoreaba a su derecha e izquierda para cerciorarse que nadie la había escuchado.

—Esa mujer es una especie de diosa en esta cárcel —explicó la Leona, mirando a unas mujeres que a lo lejos se peleaban. Las peleas en prisión eran tan comunes que a las viejas reclusas no les producía ya morbo ver pelearse a sus compañeras, se había convertido en un hábito dentro de aquellas inmensas paredes.

—Es normal que te haya pedido dinero, todas pagamos nuestra cuota aquí, ella es una mujer muy rica y poderosa dentro de la prisión.

—¿Por qué nunca se deja ver? ¿Por qué está en un cuarto oscuro?

La tal Leona abrazó con confianza a doña Magali, era evidente que le había caído muy bien, quizá por su dinero, quizá porque también en cierta medida la esposa del árabe representaba poder en aquel submundo donde los poderosos encabezan la cadena alimenticia.

—Nadie sabe, nadie la ha visto, tiene sus achichicles, les llaman las Hormigas Rojas, ellas son sus tentáculos, ella nunca sale al patio y cuando lo hace todas estamos en nuestras celdas. Nadie le ha visto la cara, hasta mitos se han forjado en torno a ella, unas dicen que tiene la cara marcada, casi desecha, otras dicen que es tan fea que no le gusta que nadie la vea. Lo que sí sabemos es que solo hay una forma de no pagarle el dinero que exige.

—¿Cuál es esa forma?

La sonrisa pícara de la Leona hizo que doña Magali sintiera aún más miedo.

—Tiene un punto débil, si le gusta alguna muchacha, no le cobra ni un centavo, eso sí, tiene que tener sexo con ella —replicó guiñando el ojo la Panteonera mientras hacía de señas a una de las compañeras para que le compartiera un cigarrillo.

La histeria de Rania al entrar corriendo al despacho de su padre, hizo que este se alarmara sobremanera, sus hermanos la seguían de cerca y los tres entraron al lugar sin pedir permiso. Dejó a un lado unas hojas que leía atento para intentar entender lo que sucedía.

—Por Alá, ¿qué les pasa?

—Soy la siguiente papá, me van a matar. —Rania extendió el papel con el breve recado hacia su padre.

—Por Dios, esto no nos puede estar pasando a nosotros. Omar, llama a toda la servidumbre y guardias, reúnelos en la sala, vamos a reforzar la vigilancia.

Al escuchar las órdenes de su padre, Omar salió del lugar dejando a Rania y a su hermana en presencia de su padre.

Rania estaba completamente pálida, su rostro estaba cubierto de sudor y su pecho parecía exaltado sobremanera, sus nervios la estaban llevando al límite.

—Papá, por favor, yo no puedo seguir así, necesito tranquilizarme, necesito tomar mis pastillas.

—Por supuesto que no, hija, ¿no ves que estás embarazada?

—No me voy a sentir segura hasta que la policía nos custodie, ¿por qué no le pides al inspector que mande a alguien o que venga él mismo a investigar esto? Maité, quien permanecía al lado de su hermana, intervino, sabía que su hermana colapsaría si continuaba en ese estado, el anónimo que había encontrado no podía tomarse como una broma, no permitiría una desgracia más.

—Rania tiene razón, debemos avisar a la policía, necesitamos que vigilen, ¿no crees que es bueno que el inspector García sepa de esto, padre?

La procesadora de Mariscos "Cairo" propiedad del multimillonario Farid estaba ubicada al otro lado de Costa Asunción, a 8 kilómetros en línea recta en la zona playera, era uno de los edificios más altos de la ciudad, se había convertido en un punto de referencia para los habitantes de la zona, contaba con más de 200 empleados que se encargaban de embarcar los mariscos que procesaban a distintos países del mundo, era la única fábrica de su tipo en Costa Asunción, sin competencia, los Tafur controlaban el mercado a su gusto.

Aunque era un día normal, Aldo no podía concentrarse en su trabajo, era evidente que sus días como presidente de la empresa habían terminado, la interrupción en su despacho de su secretaria lo hizo reaccionar.

—Señor, un joven quiere verlo, dice que es urgente.

—¿Su nombre?

—Gabriel Izaguirre, señor.

—Que entre.

Gabriel entró sin que la secretaria le autorizara dicha acción, la joven, al ver atrevimiento de la visita, los dejó solos cerrando la puerta del despacho de su jefe.

—Gabriel, ¿Qué haces aquí?

—Deja el teatro Aldo, vengo a que cumplas con tu parte del trato, ya me cansé de esperarte. El viejo casi se muere y ni siquiera me has dado ni un dólar, ya te casaste con Rania, eres el presidente de la empresa de los Tafur y no veo forma de que cumplas con el convenio, ¿no te das cuenta?, nuestro padre se está muriendo y tú, tú nadando en dinero.

La servidumbre y sus hijos se reunieron en la sala tal cual eran sus deseos, allí estaba él en su silla de ruedas y aunque se percató que la sirvienta que había testificado en contra de su esposa ya no estaba, asumió que una de sus hijas o quizá el mismo Omar la había despedido, cualquiera de los tres que lo hubiera hecho contaba con su aprobación.

—Escuchen bien —dijo en un tono casi amenazador—, de ahora en adelante nadie entra a esta casa sin ser registrado, nadie. Vigilarán la mansión día y noche, se turnarán para hacerlo, no quiero otra tragedia en mi casa, a los guardias que vigilen les duplicaré el sueldo, y cada vez que entre alguien deberá ser registrado, incluyéndolos a ustedes, a los únicos que no pueden registrar son a mis hijos y a Aldo, mi yerno, de allí todo mundo será rigurosamente registrado, ¿entendido?

El tono en que su hermano le había hablado hizo que Aldo tomara una chequera y firmara un cheque; lo arrancó de la billetera y se lo entregó, no le agradaba la idea de compartir el botín, pero ese había sido el trato.

—Dile a papá que lo iré a ver en cuanto pueda, en cuanto a nosotros, nuestro plan sigue, las cosas se complicaron y tú lo sabes mejor que yo, nadie debe sospechar que somos hermanos o todo se vendrá abajo, así que como hasta ahora tú y yo no nos conocemos, cuando les vaya a dar dinero yo iré a la casa, ¿entendido?

—Entendido, ve preparándome un puesto en la Procesadora porque no pienso seguir siendo un vendedor de verduras.

—No dependerá de mí, Omar tomará las riendas de la empresa pronto, tienes que convencer a tu novia para que te consiga un puesto en la empresa, recuerda, tú y yo no nos conocemos, ahora retírate, tengo mil cosas que poner en orden antes de que Omar llegue a querer sentirse un dios en la empresa.

Omar se sentó frente al escritorio de su padre, mientras este dirigía su silla de ruedas hacia el otro lado del escritorio. Eran días difíciles, pero si mantenían la calma, doña Magali estaría libre antes de lo que el juez había sentenciado.

—Padre, ¿qué hago? ¿Llamo al inspector de la policía para que revise lo del anónimo?

—¿Qué harías tú en mi lugar?

—Quizá no llamaría a nadie, pero si despediría a toda la servidumbre.

—¿No crees que sería injusto despedir a más de 25 empleados solo por una duda? Alá podría tomar venganza en contra tuya.

—Por proteger a mi familia haría lo que fuera, padre.

—¡Hablas como un infiel! ¡No piensas como musulmán!

—¿Puedo retirarme, padre?

—Omar, no te olvides que un musulmán no puede ser injusto, porque Alá odia la injusticia.

—¿Puedo retirarme, padre?

Y el viejo Farid le hizo una seña con la mano para que saliera de su biblioteca.

—No puedo creer que con este caos estés metida en la piscina —cuchicheó Rania en un tono de enfado, mirando como su hermana disfrutaba la mañana en la piscina, parecía relajada como si nada hubiera pasado, como si Marlen nunca hubiera existido.

—¿Y qué quieres que haga? No puedo sacar a mi madre de la cárcel, no puedo asegurar la vida de ustedes, para eso están los guardias, si me encierro en mi cuarto a llorar me enfermo, es mejor que me relaje un poco, deberías de hacer lo mismo, Rania.

—Yo no soy tan fría como tú Maité, me encuentro un papel con amenaza de muerte, mi madre está metida en la cárcel, acaban de asesinar en nuestras narices a Marlen y ¿quieres que me relaje?

—Rania, estás esperando un hijo, no tomes tan a pecho lo que está pasando o tu hijo lo asimilará todo y nacerá enfermo.

—¿En serio? ¿Crees que a mi bebé le afecte?

—Es obvio, mira, no es que a mí no me importe lo que pasa a mi alrededor, pero en medio del caos como dices tú, hay que conservar la cordura, no ganamos nada entrando en histeria y menos en estos momentos en los que papá nos necesita tanto. Omar salió temprano y estoy segura que no fue a la Procesadora sino a hablar con el licenciado para que saquen a mamá de la cárcel, deja que ellos hagan el trabajo y haz el tuyo, y tu trabajo es cuidar de tu bebé y solo lo puedes hacer comiendo bien, tranquilizándote y no alterándote, ¿entiendes?

—Tafur, tienes visita, tu abogado.

La voz altanera de la guardia hizo que doña Magali saltara de la litera y se pusiera de pie frente a la reja, deslizó sus dedos sobre su pelo para acomodárselo y se preparó para encontrarse con su defensor.

—Siéntese, por favor.

La invitación cortés del abogado hizo que los nervios de la señora Tafur se aplacaran un poco, se sentó justo frente a él mientras esperaba buenas noticias.

—Tuve en mi oficina hoy a su hijo, estuvimos hablando largo y tendido, doña Magali, honestamente sigo creyendo que usted es inocente, voy a luchar por sacarla de aquí, no importa que ya hayan dictado sentencia.

—Licenciado, dígame exactamente por qué está aquí.

—Hay sospechas bien fundamentadas de que el asesino quiere volver a atacar, no quiero que se preocupe por eso, pero si logramos probar que el asesino está libre, automáticamente logramos su libertad.

—¿A cambio de la muerte de uno de mis hijos o mi marido?

—Calma, doña Magali, es exactamente lo que vamos a evitar; según me dijo su hijo piensan involucrar a la policía para evitar un atentado en contra de su familia; ellos están protegidos, pero si logro reunir las pruebas suficientes de que el asesino está suelto, al juez no le quedará otra opción que dejarla en libertad.

—¿Qué clase de sospechas fundamentadas son las que tiene licenciado?

—Confíe en mí, señora, solo confíe en mí, yo le prometo que no le pasará nada a su familia y le prometo que pronto volverá a ver la libertad.

Cuando Farid se enteró que el doctor Francisco Mora lo visitaba, ordenó inmediatamente que lo hicieran pasar a su despacho, intuyó enseguida el motivo de la visita del doctor, pero quiso recibirlo de todas maneras, amablemente lo invitó a tomar asiento.

—Farid, supongo que sabe muy bien el motivo de mi visita.

—Creo imaginarlo, doctor; disculpe que no he pagado los servicios en estos dos meses, pero he estado tan ajetreado que hasta me había olvidado de esto —argumentó Sidi Farid mirándolo a la cara. El doctor Mora era un hombre de quizá unos 65 años, frío y sin ninguna expresión facial, con lentes a media nariz y con una mirada calculadora, solo su presencia inspiraba respeto, quizá por tantos años de labor.

—Entiendo, señor, pero los servicios en el hospital deben pagarse.

—Dígame, ¿cuánto le debo doctor?

Tomó entonces el árabe una pluma y sacó de su gaveta una chequera, la abrió y empezó a escribir.

—Dos mil dólares, pero hay algo más, señor Farid, es bueno que visiten a la señora Jalila, nosotros podemos darle los cuidados profesionales, pero el amor de ustedes es más eficaz que cualquier medicina.

Sidi Farid después de extender el cheque, lo puso sobre su escritorio. El doctor tomó el cheque, lo dobló, lo guardó en la pequeña bolsa que su camisa tenía a su lado izquierdo.

—Lo sé, doctor, pero Jalila debe esperar por ahora, tengo cosas muy importantes que resolver, pero le prometo que la visitaré este mismo mes, por Alá que la visitaré.

—De acuerdo, confío en su palabra, lo esperamos por el hospital señor Farid, que tenga un buen día.

La noche llegó a Costa Asunción, una vez más Sidi Farid dormiría solo, la mansión Tafur no era la misma desde el día en que doña Magali había sido condenada. Los guardias custodiaban la mansión como si estuvieran bajo la amenaza de un ataque terrorista. Aunque aquella noche no llovió, el frío parecía azotar el viejo cuerpo del árabe abandonado por su mujer por cuestiones del destino, intentó dormir, pero las preocupaciones no se lo permitieron; sí, la extrañaba demasiado, no sabía si por costumbre o por amor, pero el calor de su cuerpo era necesario para poder descansar. Dio mil vueltas en la cama, sería una noche larga.

Por su parte, Aldo se acercó a la ventana de su habitación, abajo un guardia merodeaba cerca de la muralla que separaba la mansión de la calle, la ciudad permanecía despierta, pero todo había cambiado de los muros hacia adentro.

—Cómo hemos perdido la paz en esta casa, parece más una prisión que un hogar —comentó, quizá añorando poder tener la libertad de salir cuando quisiera como antes.

—Extraño a mamá, extraño a Marlen, nada es igual. Las palabras de su esposa hicieron que el joven se sintiera un poco apenado por la familia de la difunta Marlen, nadie había aparecido para reclamar su cuerpo y fue enterrada en el cementerio de Costa Asunción como si se tratara de un miembro más de la familia Tafur.

—Me preocupa ese papel —aseguró el muchacho acariciando las manos de su esposa que se había acercado por detrás para rodear su cintura—, esta noche será la primera en que tenga que ponerle el seguro a la puerta, cerraremos bien las ventanas y trataremos de dormir bien. Todo esto es tan incómodo, a estas alturas se supone que Omar debería de estar al frente de la empresa y ni siquiera se ha parado por allá y lo entiendo, doña Magali es lo primero. Me haré cargo de la procesadora en medio de esta crisis, no dejaré de ser el presidente de la procesadora hasta que no se me notifique oficialmente.

—Extraño, cuando salía de esta casa sola, iba a la playa sin guaruras, me tiraba en la arena y veía el cielo azul, todo eso es parte del pasado, ¿has visto cómo registran a la gente cuando entra a la casa?, desde la ventana vi cuando llegó un doctor por la tarde y lo registraron como si fuera a entrar a la cárcel…

—¿Vino a verte a ti?

—No, vino a ver a papá.

—No sabía que Sidi Farid estuviera enfermo.

—Ni yo, jamás había visto a ese doctor, según me dijo una de las empleadas se encerraron en la biblioteca por largo rato, luego salió el doctor y se fue, pero no traía ningún maletín. Es bastante extraño.

—Oye Tafur, ya te tengo tu apodo —carcajeó la Leona, quien se afilaba las uñas completamente despreocupada, los días y las noches en prisión eran la misma cosa, nada importaba en la vida de aquellas mujeres que habían aceptado ya su suerte.

—¡Ajá!, dime ¿cómo me voy a llamar? —preguntó la mujer en un tono de resignación.

—"La Princesa de Arabia". Con eso de que te casaste con un viejo rico árabe, lo menos que has de ser para él es una princesa.

—Lo extraño tanto, siempre fue bueno conmigo, pero…

Al sentir el silencio y percibir que "La Princesa de Arabia" se había arrepentido de seguir hablando, las mujeres treparon hasta su litera interesadas en saber que continuaba después de "pero…"

—¿Pero? —preguntó La Panteonera interesada en saber la historia completa.

—Farid tuvo un accidente, estaba una tarde montando el más fino de los caballos en la mansión, fue con los empleados cerca de los manglares, pero el caballo en el que él cabalgaba se asustó al ver una serpiente y sin previo aviso relinchó lanzándolo por los aires, mala suerte la de Farid, dio bruscamente contra una piedra y allí quedó tendido en el suelo, la serpiente y el caballo salieron disparados, los empleados lo levantaron y como pudieron lo llevaron al hospital… pasaron tres semanas para que Farid despertara del estado de coma que el golpe le había producido. ¿El resultado? Farid jamás volvió a caminar, se quedó en una silla de ruedas para siempre, y sexualmente jamás respondió, aunque siempre le dije que era un trauma, que él estaba paralítico no impotente, después del accidente nunca tuvimos sexo.

—Ay, mamita ¿y desde cuándo fue eso?

La pregunta intrigada de la Leona hizo recordar las noches de placer desenfrenadas con su ahora yerno, el destino los había llevado a vivir el morbo al máximo, la agraciada señora se sentía tan abandonada por su esposo y se refugió en los brazos de su joven amante, todas las noches de placer que su marido le negaba, Aldo se las reponía con creces, así era feliz mientras el placer duraba.

—Hace cinco años.

—Obviamente le pusiste los cuernos mamita.

No era una pregunta, era casi una afirmación de La Panteonera, nadie puede aguantar cinco años siendo fiel a alguien que no quiere cumplir en la cama.

—Sí, le fui infiel, no una, ni dos, ni tres, ni cien veces, muchísimas veces, y no fue con cualquier hombre, fue con el marido de mi hija.

Las mujeres se echaron a reír, la confesión descarada de la "Princesa de Arabia" como sería conocida, les provocó gracia, y hasta se atrevieron a aplaudir celebrando las acciones de su compañera de celda.

—Oye, mamita, creo que el apodo de "Leona" te queda mejor a ti, ¿eh? Eres una sucia.

Leona, en algunas partes de América Latina hace referencia a mujeres que practican descaradamente la prostitución, por eso el comentario de la Leona hacia doña Magali, se lo dijo ahogada en risa, era divertido para ellas toda aquella situación, hacía que el tiempo no fuera tan eterno dentro del penal.

—No se burlen, podría sonar a que soy una perra infiel, pero es una historia tan larga.

—¿*Hello*? Estamos presas, mi vida, tenemos toda la vida para escuchar esa historia tan interesante —agregó la Panteonera provocando a doña Magali para que continuara contado sus historias personales.

Uno de los guardias caminaba cerca de las caballerizas cuando escuchó un ruido, desenfundó su pistola y caminó lentamente escondiéndose por los matorrales, vio una sombra y se acercó lo más que pudo, le apuntó por la espalda y gritó:

—¿Quién anda allí? Identifíquese o disparo. Entonces el guardia reconoció la voz.

—Relájate Medardo, soy yo Omar.

—Discúlpeme señor, no lo reconocí.

—Vine a ver a mi caballo.

—Sí, entiendo señor, lo dejo para que pueda estar tranquilo con su caballo.

—Medardo…

—Dígame, señor…

—¿En serio nadie vio nada la noche en que asesinaron a Marlen? ¿Nada sospechoso?

—No, señor; si bien es cierto que aquella noche la mansión no estaba tan custodiada como está ahora, pero no vimos a nadie entrar ni salir de la mansión.

—Nunca le disparen a nadie sin que antes no se identifique, pudiste matarme, retírate.

Medardo se quitó el sombrero en una señal de disculpas, era uno de los guardaespaldas más antiguos que Farid había contratado, era un hombre serio, de espaldas anchas, de cuerpo fornido y de mirada penetrante, fiel a quien contrataba sus servicios; había llegado a la mansión Tafur por recomendaciones de un viejo amigo del árabe, se había ganado la confianza de todos en la casa grande, nunca se le escuchaba bromear con nadie y nunca participaba de las "tardeadas" que organizaban los empleados para tomar cerveza y jugar a las cartas.

—¡Ay, Alma Negra!, ¡cuánto diera por volver a cabalgar sin ninguna pena sobre tus hombros!, como cuando era un niño, ¿te acuerdas?

El caballo negro relinchó al sentir las manos de su dueño en su cuello, era uno de los caballos más veloces, pero también el más peligroso para montar, Omar lo adoptó luego de enterarse que él había sido el causante de que su padre quedara en silla de ruedas.

—Sí, amor, mañana es sábado y todos vamos a ir a ver a mamá por la mañana —dijo Maité por el teléfono mientras se ponía crema en las piernas—. Sí, es nuestra primera visita, todos iremos, Rania, mi papá y Omar... No, amor, Aldo no irá, mañana tiene que trabajar, solo nosotros iremos, estoy ansiosa por verla. ¿Quieres ir con nosotros?

El amor que sentía por Maité hizo salir a Gabriel a un teléfono público, el barrio en el que vivía era extremadamente pobre, su casa era una covacha que su enfermo padre había construido con sus propias manos, sabía positivamente que su relación con la hija de Tafur no tenía futuro, pero ella le había insistido mil veces para que no terminaran, además Aldo y su plan de terminar siendo parte de la rica familia de la playa lo obligaba a seguir fingiendo ser alguien que no era, al menos frente a los padres y hermanos de su prometida. Maité le había ofrecido mil veces un celular para que no llamara desde teléfonos públicos, pero este nunca aceptó, el mismo ofrecimiento le hizo su hermano, quizá era la única forma de mantenerlos a los dos a distancia; aunque amaba a Maité, si él tuviera consigo un celular quizá el control fuera mayor, por eso optó en rechazar todas esas ofertas y gastar las monedas que tuviera para comunicarse con ellos.

—¿Crees que sería prudente que yo los acompañara? —preguntó, mientras buscaba en su bolsa una moneda para el teléfono.

—Amor, ya no tengo monedas, quedemos en que mañana llego a tu casa a las diez de la mañana y vamos a ver a tu mamá, ¿te parece? Te amo, bebé, que tengas una linda noche.

Bajó lentamente el teléfono y echó una vista a la gran ciudad que se miraba majestuosa desde aquel lugar enclavado en una colina, los barrios más pobres de Costa Asunción estaban retirados del centro, allí los hombres y las mujeres se las ingeniaban para poder vivir día a día.

Eran alrededor de las dos de la mañana cuando Rania se despertó, escuchó claramente un susurro: "Rania, Rania". Era la voz de un hombre, por un momento creyó que era Omar, luego pensó que era su padre, pero luego no supo quién la llamaba, se enderezó y al querer tocar a su marido se dio cuenta que él no estaba allí.

—¿Aldo? —preguntó temerosa, su voz se quebró al sentirse sola— Aldo, ¿estás en el baño? —volvió a preguntar, pero nadie respondió, decidió levantarse lentamente y se puso su bata, se puso sus sandalias y fue hacia el baño, se acercó y giró la perilla, abrió lentamente la puerta y entró, pero nadie estaba allí. De pronto, afuera escuchó la voz de una niña que parecía llamarla "Mamá" —la voz de la pequeña estaba envuelta en miedo—. Rania se miró el vientre y se vio como de 9 meses de embarazo, su barriga estaba enorme, estaba muy confundida, luego se acercó a la puerta de su cuarto, quería encontrar a su marido en aquel perturbado escenario. Pero entonces, escuchó a la niña afuera de la casa, corrió a la ventana y vio a una niña como de unos 4 años, en las afueras de la casa, cerca de la entrada, vestía de blanco.

—¡Por Dios!, ¿qué hace esa niña afuera a estas horas? —musitó con miedo, corrió a la puerta y la abrió apresurada. Vio el pasillo completamente vacío y bajó las escaleras corriendo, pero al llegar al último escalón se quedó perpleja, en la entrada de la casa vio a la niña, adentro, detrás de ella, un hombre, con una capa negra, con unos guantes negros y su rostro no se podía ver, la niña la miraba con miedo mientras la llamaba como si Rania fuera su madre. Rania empezó a caminar lentamente hasta donde estaba la niña, y el hombre sacó de su bolsa un cuchillo grande y sin misericordia le rebanó el cuello y la niña cayó al piso, mientras Rania dejó salir aquel largo y espeluznante grito.

Nuevamente el susto despertó a su marido, con horror vio cómo su esposa hacía movimientos bruscos sobre la cama, era claramente una horrible pesadilla, una más que la atormentaba.

—Rania, Rania, despierta, despierta...

Aunque la movía vertiginosamente, la hermosa Rania no despertaba de su perturbador sueño. De pronto, se incorporó y no supo distinguir entre la realidad y la pesadilla que acababa de tener.

—Mi hija, quiere matar a mi hija.

—Amor, cálmate fue una pesadilla.

La joven se abrazó a su marido, aún temblaba mientras Aldo secaba el sudor de su frente. Todo aquello empezaba a estresar al joven marido, casi todas las noches Rania tenía pesadillas, nunca se podía dormir en paz en la casa grande. Como si fuese una niña pequeña, la intentó calmar y la indujo nuevamente al sueño rodeándola con sus brazos y acostándola tan cerca de él, que no pudo conciliar el sueño hasta la mañana siguiente.

En el comedor estaban todos esperando que bajaran los aún recién casados.

El semblante sin expresión hizo que Sidi Farid intentara que su hijo le contara el porqué de su estado de ánimo.

—¿Qué te pasa Omar? Te veo serio.

—Me preocupa cómo ha reaccionado a la prisión mi mamá, estoy ansioso por verla, saber cómo está.

—El abogado Bocanegra me ha dicho que está tranquila, que está estable, espero verla así hoy. Nos tiene que ver fuertes, positivos, eso le ayudará mucho.

—Amigas, ya va a empezar la visita, espero que mi marido venga a verme hoy, necesito el dinero para pagarle a la idiota de la Caimana. —Estaba pegada a la reja de su celda mirando el patio vacío, no le interesaba tanto ver a su marido si no que el mismo le entregara el dinero para asegurar así su integridad dentro de la cárcel. La tristeza de "La princesa de Arabia" llamó poderosamente la atención de la Leona, así que se acercó a ella para investigar el porqué de su estado de ánimo.

—¿Qué pasa Princesa Árabe?, ¿por qué estás tan triste?, ¿no estás contenta? Tu marido y tus hijos vienen a verte, eso debería ponerte feliz.

—No, a pesar de todo jamás hubiera querido que mis hijos me vieran en esta situación, no es que no quiera verlos, me muero por verlos, pero... no quiero causarles ni pena ni lástima.

—Relájate princesa —dijo la Panteonera, limándose las uñas—, esos sentimientos siempre se tienen en las primeras visitas, luego ya te tranquilizas y vas viendo la vida desde otra perspectiva, tienes muchos años por vivir en este palacio, así que relájate y disfruta de tu primera visita, mira que te lo digo yo que al final, ni se siente nada, así que ánimo Princesa Árabe, a lucir bien para nuestros invitados.

Aldo pidió disculparse por no presentarse aquella mañana en la prisión, su trabajo se lo impediría, pidió a su mujer que presentara sus excusas a doña Magali personalmente. Rania aceptó con gusto entregar el recado a su madre. Como si se tratara de una figura importante, Farid y su familia abordaron el auto más lujoso custodiado por guardias y abandonaron la casa en estricto control por miedo a un nuevo ataque. Era todo un espectáculo ver salir a la familia, incluso algunos curiosos se dedicaban a husmear desde sus casas para verlos salir. Los tachaban de escandalosos, pero el viejo Farid no escatimaba en gastos en pro de la seguridad familiar.

Por su parte Maité esperó a su amado Gabriel, tres de los guardaespaldas se quedaron para acompañarlos en un auto que luego llegaría a la prisión.

—¡Apúrate, Tafur, que no tengo tu tiempo!

Los gritos de la celadora hicieron que doña Magali recordara lo incómodo que era estar presa, los gritos y los maltratos no eran algo familiar para ella, desde joven había estado acostumbrada a dar órdenes, todo mundo le obedecía y ahora no era más que una vulgar delincuente que tenía que callarse ante tanta injusticia.

Doña Magali salió de la celda y se dirigió custodiada a la sala de espera. Caminaron por el largo pasillo juntas, y a la entrada de la sala la guardia se detuvo y dejó que doña Magali entrara. La sala estaba repleta de presas y sus respectivas visitas, todas vestían el color gris, distintivo de la prisión, y doña Magali no era la excepción. Al verla entrar, Rania corrió a sus brazos y empezó a llorar.

—Rania, hija…

—Mamita, te extrañamos.

—Yo también, mi vida, yo también los extraño.

—¿Cómo estás? —preguntó su marido dándole un abrazo después de que por fin Rania la dejara libre.

—Terrible, ya se podrán imaginar.

—Pronto saldrá de aquí mamá, lo juro por Alá.

La promesa de Omar y sus abrazos hicieron que doña Magali recobrara un poco las esperanzas de volver a saborear la libertad.

Había una mesa disponible, allí se acomodaron todos, excepto los guardaespaldas que se quedaron unos afuera del reclusorio y otros que estaban cerca de donde la familia platicaba.

—¿Dónde está Maité?

—Va a llegar, viene con su novio mamá.

La respuesta de Rania tranquilizó a su madre, quien intentaba mostrarse fuerte ante su familia, pero por dentro estaba deshecha, lo único que quería era echarse a llorar al ver a sus pequeños, siempre los veía así, sus pequeños hijos.

—¿Cómo te tratan aquí?

La pregunta de su marido escarbó en lo más profundo de su corazón, fue como desatar una presa inmensa de agua, sus ojos empezaron a llenarse de lágrimas y su fortaleza se quebraba frente a ellos.

—Esto es un infierno, perder la libertad es algo terrible y más si uno es inocente —comentó ella secándose rápidamente las lágrimas—. El abogado dice que me sacará pronto, pero lo veo tan lejano…

Maité y su novio aparecieron en la puerta y al localizar a su familia corrió a los brazos de su madre, aunque esta era menos expresiva que Rania, había extrañado a su madre como nunca lo había imaginado.

El inspector Benjamín García entró en las oficinas de Aldo y se sentó por invitación del mismo presidente de la Procesadora de Mariscos "Cairo".

—Inspector García, gracias por aceptar venir a mi oficina —dijo él sentándose frente a aquel hombre que seguía de cerca los acontecimientos vividos en torno al caso de doña Magali de Tafur.

—Me extrañó su llamada, señor Zapata, pero es un placer visitarlo. Dígame, ¿en qué le puedo servir? —preguntó sacando su libreta de notas y acomodándose frente al escritorio de aquel hombre que parecía tan poderoso en aquella lujosa oficina de la empresa de mariscos más grande del país.

—Quiero que esté enterado de un suceso que acaba de pasar en la familia: mi esposa Rania ha recibido un anónimo, en ese anónimo la amenazan diciendo que ella será la próxima víctima. No entiendo por qué Sidi Farid no ha informado esto a la policía, pero me veo en la obligación y en el derecho de informarles; no quiero una sorpresita con mi esposa, es mi deber protegerla, además no soy inspector, pero deduzco que, si alguien está amenazando a mi esposa, significa que mi suegra está presa injustamente.

El inspector García, quien escribía atentamente lo que escuchaba, levantó la vista para clavarla en la mirada de Aldo.

—Qué interesante, Sidi Farid debió notificarlo a la policía inmediatamente, pero sin embargo no lo hizo, en cuanto a su llamado lo entiendo perfectamente señor Zapata, es su obligación cuidar a su esposa, ahora bien, yo necesito un permiso de mi superior para entrar a la mansión Tafur a investigar, o un permiso suyo autorizándome para hacerlo, pero de todos modos, por respeto al Señor Farid, me parece que sería ideal que él esté enterado de esto para que no sienta que estamos invadiendo su casa; cada minuto que pasa su esposa puede estar corriendo peligro.

—Por eso mismo lo llamé, no soy el dueño de la casa, pero si el responsable de la seguridad de mi esposa, la mansión Tafur está infestada de guardias, guaruras nos acompañan día y noche, pero eso no es ninguna garantía, en sus narices asesinaron a la sirvienta. No quiero una sorpresita así, dígame ¿qué me aconseja que haga?

—¿Por qué no le cuenta al Señor Tafur que usted ha hablado conmigo?, dígale que necesita que se levante una denuncia para que me autoricen a investigar. Así podríamos entrar a la mansión Tafur sin inquietar a nadie.

—Estar presa se ha convertido en una pesadilla, y más cuando uno es inocente...

Omar tomó la mano de su madre y la acarició, aunque Omar y Maité se parecían mucho en su carácter frío, este no estaba dispuesto a abandonar a su madre en aquella fría prisión.

—Mamá, juro por Alá que no descansaré ni un solo minuto hasta sacarla de aquí, estos días han sido un infierno, pero le prometo que pronto terminarán.

—Mi vida, ¿qué no oíste la sentencia del juez?...

—El juez puede sentenciar lo que quiera, madre, yo no dormiré en paz hasta que usted regrese a casa con nosotros.

—Gracias, mi vida, sé que todos están haciendo lo posible por que salga de aquí y se lo agradezco tanto, y tu Rania ¿cómo sigues mi amor?

—Me están amenazando de muerte, mamá, eso significa que tenemos una prueba de que eres inocente.

—¡Jesucristo! Hija, ¡por Dios!, ¿cómo que te están amenazando de muerte?

Maité se enfureció al escuchar la confesión de su hermana, le parecía contraproducente su declaración, pondría peor a doña Magali, pues ella desde la prisión no podría hacer nada si algo le sucedía.

—¡Rania! ¿Cómo se te ocurre contarle esas cosas a mamá?

Era sabido que el viejo Farid era un hombre sabio por lo que intentó poner orden en la reunión familiar.

—Relájense todas, tu hermana tiene razón, Rania, por otro lado, considero que Magali tiene derecho a saber la verdad. Amor —dijo mirando a su esposa—, le dejaron un anónimo a Rania, una amenaza de muerte, he tratado de mantener la calma en todo esto, hemos reforzado la vigilancia las 24 horas en la casa y debes estar tranquila, nada pasará, por otro lado, tu abogado va a presentar ese anónimo como prueba de que eres inocente.

—Yo solo quiero que mi familia esté a salvo, prefiero permanecer toda la vida aquí encerrada a que les pase algo a ustedes.

Aunque Rania se había arrepentido de su imprudencia, sabía también que su madre debía saber la verdad, primero porque ese anónimo podría sacarla de prisión si lograban descubrir quién lo había escrito, segundo porque si algo le pasaba a ella y su madre no estaba enterada jamás les perdonaría a sus hijos que le hubieran ocultado la verdad, así que trató de calmarla.

—Todo va a estar bien, mamá, en serio, todo estará bien, pronto se terminará esta pesadilla.

La conversación fue interrumpida por un anuncio, una de las guardias gritó fuerte:

—¡Damas y caballeros, terminó la hora de visita, recuerden que pueden volver hoy a las tres de la tarde o el próximo sábado!, ¡vayan saliendo por favor!

Con lágrimas en los ojos, los hijos de doña Magali se despidieron de ella, Gabriel por su parte se acercó y le dio unas breves palabras de aliento. Todo el mundo iba a salir cuando doña Magali pidió hablar a solas con su marido.

—Farid, hay una reclusa muy peligrosa, ella controla toda esta prisión, que me está extorsionando, necesito dinero.

—¿Qué?

—Farid, no tengo tiempo, no te podía decir esto frente a todos.

—¿Cuánto te están pidiendo?

—Cuatro mil dólares mensuales. Necesita 2,000 en los próximos 3 días.

—Está bien, mañana mismo te haré llegar los dos mil dólares con tu abogado, y relájate, pronto saldrás de aquí.

Hacía tanto tiempo que no se abrazaban tan efusivamente como lo hicieron en aquella despedida, ambos se extrañaban, por costumbre más que por amor, pero el separarse les dolió a ambos, quizá pronto estarían juntos de nuevo o esperarían 15 años para volver a vivir la paz que les habían arrebatado aquella noche de la trágica muerte de Marlen.

Sidi Farid miraba atento por la ventana del auto los edificios de la ciudad, parecía sumido en sus pensamientos, no había pronunciado palabra alguna de regreso a la Casa Grande de la playa, de su trance se dio cuenta Rania y lo interrumpió tocándole la mano para hacerlo reaccionar.

—Disculpe que sea tan entrometida, papá, pero ¿qué quería mamá? ¿Por qué lo hizo regresar?

—No te alarmes hija, cosas de pareja.

La contestación de su padre hizo comprender a Rania que no obtendría la respuesta que buscaba. El viejo ordenó a su chofer dejar a sus hijos en la Casa Grande de la Playa y le pidió que le acompañara a hacer unas diligencias. Medardo disciplinado como siempre, obedecería las órdenes de su jefe. Por su parte Omar pidió al chofer que lo dejara frente a la Procesadora, que justamente estaba en el camino que llevaban, había decidido quedarse en la empresa de su padre, tomaría un taxi cuando terminara sus actividades en la fábrica.

Cuando doña Magali entró a su celda, sus compañeras se dieron cuenta de su terrible estado de ánimo, nadie se resigna recién llegada a una cárcel, pero si doña Magali no se tranquilizaba podría terminar enfermándose. La Panteonera se levantó de su litera y se acercó hasta ella, la abrazó para darle ánimos.

—¿Qué tal la primera visita, Princesa?

—Pues supongo que normal, tengo que acostumbrarme a esto.

—Y que… ¿Tu Romeo vendrá a las tres?, a las tres de la tarde vienen generalmente los maridos, tienen dos horas de visitas conyugales. Hay lugares específicos para tener sexo, ¿entiendes?

—No sé, no tengo ánimos para estar pensando en sexo en este momento.

—Si viene tu Romeo y no quieres atenderlo déjamelo a mí, yo puedo llevarlo al cielo, y más si está tan guapo como dices.

Aldo se sorprendió al ver entrar a Omar a su oficina, tras él entró más que apenada su secretaria, el rostro de la joven estaba pálido, tenía miedo de la reacción de su jefe al ser interrumpido de esa manera.

—Disculpe, señor, pero el joven no me dio tiempo para anunciarlo.

—Retírate, Lorena, el joven es el hijo del dueño de esta empresa, puede entrar sin anunciarse cuando él lo desee.

La sonrisa de Omar calmó los nervios de Aldo, quien lo invitó a terminar de entrar en su oficina, este echó un ligero vistazo a las instalaciones.

—¿Qué haces? —preguntó el único hijo varón del viejo Farid, acomodándose en la silla de los visitantes, frente al escritorio de su cuñado.

—Revisando los balances del mes, tenemos unos pedidos y estaba revisando los pedidos del mes pasado, comparándolos.

—¿Es difícil manejar el imperio Tafur?

—No, siempre y cuando entiendas todo el movimiento, no es tan difícil, solo se necesita concentración.

—¿Qué te parece si vamos a almorzar y luego me explicas a grandes rasgos tu trabajo?

—Me parece perfecto, vamos a un restaurante que está en la esquina, comida china muy deliciosa.

Luego de que Rania y su hermana se quedaran en la mansión, y que sus guardaespaldas las llevaran hasta adentro, Medardo, el chofer de más confianza de don Farid lo condujo en el auto hasta el hospital que él le había pedido ser llevado.

—Espérame aquí Medardo —dijo luego de que el hombre corpulento lo colocara en su silla de ruedas, el millonario echó un ligero vistazo al hospital psiquiátrico de la bella ciudad.

—Sidi, ¿está seguro que no quiere que lo ayude a entrar?

—Espérame aquí, yo entraré solo.

Había una rampa para sillas de ruedas y el chofer lo ayudó a subir hasta llegar a la entrada principal del hospital, el guardaespaldas regresó al auto y esperó pacientemente.

Gabriel se despidió de Maité con un beso tierno en los labios, había faltado a su trabajo casi toda la mañana y aunque contaba con el aprecio de su patrón, no quería abusar de eso, por lo que se negó a almorzar en la mansión, aunque su amada se lo había suplicado, lo hacía también porque se sentía incómodo comiendo con gente tan distinguida como las niñas Tafur.

El doctor al ver a Sidi Farid entrando en su oficina se puso de pie, le alegraba saber que su visita el día anterior a la mansión había hecho mella en él, era importante la visita del millonario en su hospital.

—Don Farid Tafur, por favor, adelante.

—¿Cómo está ella? —interrogó acercándose al escritorio del doctor Mora.

—Es imposible que mejore, su enfermedad no es curable don Farid, lo único que sí sabemos es que cuando la familia visita a los pacientes estos muestran una leve mejoría.

—Necesito verla.

—Por supuesto, señor Tafur, por supuesto, personalmente lo llevaré con ella.

—Aldo, he hablado con mi papá por lo que ha sucedido: el anónimo que Rania recibió me tiene preocupado, yo le dije que buscara ayuda con la policía, pero parece que no hará nada, ¿no crees que tú, como el esposo de Rania, deberías de denunciar lo que está pasando?

Aldo tomó un sorbo de vino, habían llegado al restaurante para almorzar aquel mediodía, sabía positivamente que su cuñado tenía toda la razón.

—Ya lo hice Omar, justamente hoy denuncié ante las autoridades el hecho, el inspector García necesita que la denuncia vaya avalada por tu padre. Hoy mismo quiero hablar con Sidi Farid para que él me apoye en esto. No quiero ni imaginar que le pase algo a mi esposa.

Sidi Farid se acercó con la ayuda del doctor Mora a una paciente que estaba sentada sobre el pasto, tenía todo el pelo sobre su cara y su vestidura blanca estaba desgarrada, entre sus brazos llevaba una muñeca vieja, la mecía como si fuera su bebé. Claramente la mujer tenía problemas mentales. Sidi Farid se puso justo frente a ella y la saludó con tristeza:

—Jalila, soy yo Farid, tu hermano.

VI

Flor marchita

Aldo estaba esperando pacientemente en las afueras del colegio, era un chico de unos 17 años, llevaba en su mano una flor amarilla y olía su cuello a cada rato, no quería que la loción barata perdiera su aroma, quería que su novia lo viera impecable. Su corazón palpitó al escuchar la campana de salida. No había pasado mucho tiempo cuando las colegialas salieron de su recinto educativo y allí, entre tanta jovencita bonita apareció Maité, la que buscaba con la mirada a su enamorado, sus ojos brillaron al verlo y corrió a sus brazos.

—Hola, princesa.

—Hola, bebé.

—Para ti —dijo él entregándole la flor.

—Amor, gracias, la guardaré en mi libro preferido, allí estará siempre, siempre conmigo.

—¿Quiere un helado la niña más linda de este colegio?

—Claro, amor.

Aquellos años fueron los más felices para Maité, su noviazgo con Aldo la había marcado para siempre, recordó las tardes hermosas a su lado, los momentos agradables que juntos habían pasado, lo enamorada que estaba aquella niña colegiala, nada había cambiado, su cuerpo era otro, pero su corazón, su alma le seguían perteneciendo a Aldo, su gran amor y su ahora cuñado.

Maité lloró al sacar de aquella vieja página aquella flor completamente marchita, sus pétalos habían perdido la vida, habían pasado tantos años, no sabía cómo superar la pérdida de aquel gran amor, pasó de ser su prometido a ser su cuñado. Ni siquiera había salido del trance cuando Rania tocó a su puerta:

—¿Puedo entrar?

—Sí, entra.

Al autorizar la entrada a su hermana, Maité cerró de un golpe el libro dejando la flor entre sus páginas. Colocó el libro sobre su mesita de noche e intentó controlar sus emociones.

—¿Qué escondes?

—Una flor, una promesa rota, guardo el pasado…

—¿Pasa algo con Gabriel?

—Claro que no, todo está bien, ¿te pasa algo a ti, Rania?

—Maité, no sé si yo soy la que veo fantasmas, pero ¿no crees que mi marido se mantiene muy fresco a pesar de que me han amenazado de muerte?

—Por favor, Rania, evita involucrarme en tus problemas matrimoniales ¿quieres?, nunca me he metido en tu vida conyugal y no quiero hacerlo ahora. Se me antoja un helado, ¿quieres acompañarme?

—Sí, claro, vamos, así aprovechamos para conversar mejor.

La mujer con la muñeca en la mano levantó su rostro, su mirada estaba perdida, no había expresión en su cara, cosa que siempre había destrozado a su hermano Farid.

—¿Quién es usted?

Y sin esperar una respuesta empezó a gritar llena de histeria:

—¡Traigan mi velo! ¡Por favor, traigan mi velo, un extraño no puede verme con la cabeza descubierta!

—¿Es mi imaginación o se está recuperando? —preguntó Farid al doctor, quien estaba detrás de él observando el encuentro entre ellos.

—Cuanto quisiera decirle que sí don Farid, pero no es así, es solo un reflejo de lo que un día fue, si le ponemos el velo se lo arranca inmediatamente, no se preocupe, ya se le pasará, es uno de tantos momentos de crisis que tiene.

—Jalila, soy yo, Farid, tu hermano, ¿cómo estás?

—Mi niña tiene hambre ¿no hay nadie que le vaya a traer de comer?

—Jalila, la que tienes en tus manos es una muñeca.

Entonces la mujer se paró como un rayo y se le dejó ir encima y le tomó el cuello intentando ahorcarlo. El doctor forcejeó con ella y a la fuerza la separó de él. La sometió al instante, era una mujer débil y la experiencia del médico hizo fácil calmarla.

—¡Jalila, cálmese, cálmese!

—Sigue tan violenta como el primer día.

—Todo el tiempo pregunta por su hija, ¿por qué no la trae un día de estos?

—No puedo traerla doctor, no puedo porque la hija de Jalila está muerta.

El almuerzo entre Omar y su cuñado había estado plagado de preguntas. Omar estaba muy interesado en aprender todo lo concerniente al manejo de la empresa de su padre.

—¿Cuándo tomaras posesión de la presidencia?

—Pues no sé, toda esta situación de mamá nos ha consumido mucho tiempo y energía, mi papá se supone que debería de estar aquí para alguna especie de acto de transición, pero como ves, ni él ni yo tenemos cabeza para eso. Así que habrá que esperar un tiempo más.

—¡Diablos!, no me había dado cuenta, ya casi van a dar las tres, disculpa Omar, tengo una reunión con unos inversionistas, ¿te quedas en tu oficina?

—¿Y por qué tendría que quedarme? No tengo nada que hacer en tu oficina, ni siquiera sé cómo abrir los archivos de los registros, como hijo del dueño debería de acompañarte a esa reunión.

—Lo siento, Omar, no quiero contradecirte, pero esta reunión es muy importante y aunque seas el hijo del dueño me parece que no sería muy buena idea que vayas conmigo, los inversionistas podrían intuir que estás aprendiendo a manejar las cosas y a esa gente no le gusta cuando intuyen inseguridad a su alrededor.

—Bien, parece que tienes razón, creo que mejor regresaré a casa.

—Vamos, yo te llevo.

Las hermanas Tafur degustaban de un delicioso helado; en la entrada del lugar uno de los guardaespaldas vigilaba con discreción, jamás las chicas se habían sentido tan incómodas al salir como en aquellos días en que no podían dar un paso sin estar custodiadas.

—Rania, ¿quién crees que asesinó a Marlen?

—No lo sé, no entiendo por qué la mataron, no creo que mamá lo haya hecho.

—¿Y si el asesino estuviera entre nosotros?

—¿Qué quieres decir con eso?

—No sé, la mansión está custodiada, es ilógico que los guardias no hayan visto a nadie, además lo que dijo Matilda en el juicio me puso mucho en qué pensar. ¿Qué hacía mamá encerrada en el estudio con Marlen unos minutos antes de que…?

—Ey, ey, Maité ¿estás insinuando que mamá es la asesina de Marlen?

—Claro que no, Rania, estoy diciendo que quizá mamá sabe algo sobre quién fue, quizá mamá está ocultando algo, está protegiendo a alguien…, estoy segura de que mamá no fue, pero estoy segura también de que ella está ocultando algo.

La Panteonera estaba dormida, mientras la Leona leía una vieja novela, doña Magali estaba sentada sobre su litera llorando quedito por la impotencia de sentirse presa…

De pronto una de las guardias golpeó la reja despertando a la Panteonera y desconcentrando a la Leona.

—Robles, tienes visita.

—¿Visita?

—Así es, levántate, tu marido está aquí.

—¿Mi marido? Qué raro, Farid vino por la mañana, ¿por qué volvería? —se preguntó en voz baja. Y bajó de su litera apresuradamente.

Omar entró en su cuarto y desde la ventana vio la piscina, por lo que se fue a su *closet* y sacó ropa adecuada para darse un chapuzón.

Bajaba por las escaleras con la ropa de baño en sus manos cuando vio entrar a sus hermanas.

—¿Y ustedes de dónde vienen?

Rania no contestó la pregunta de su hermano y se excusó dirigiéndose a su cuarto argumentando que le dolía la cabeza; Omar terminó de bajar las escaleras que daban al primer nivel de la casa grande, miraba con extrañeza a Maité.

—¿Qué le pasa a Rania? Siempre está huyendo de mí, le he dejado claro que no siento rencor por lo del internado y sigue comportándose como si yo quisiera hacerle daño.

—Rania tiene grandes problemas con sus nervios y lo sabes, con el tiempo se acostumbrará a tu regreso y todo volverá a la normalidad, solo es cuestión de tiempo, Omar, debes comprenderla. ¿Vas a la playa?

—Claro que no, solo me daré un chapuzón en la piscina.

—¿A dónde vamos, señor? —preguntó el chofer de Sidi Farid al verlo salir del hospital psiquiátrico.

—Vamos a la procesadora, aprovechemos que Omar y Aldo están allá para afinar algunos detalles.

Doña Magali salió a la sala de espera y empezó a buscar con la mirada a su marido, pero en su lugar vio a Aldo, caminó lentamente hacia donde estaba él.

—Aldo, ¿qué haces aquí? —interrogó mientras miraba rápidamente a todos lados, esperando que ningún conocido la viera.

—Vine a ver a mi mujer.

—¿De qué demonios hablas?

—Vine porque me estoy muriendo de las ganas de hacerte el amor… niégame que tú no sientes lo mismo. Sé que esta es la hora de las visitas conyugales y ya pagué un cuarto para que nos dejen estar solos, ¿vamos?

—¿Estás loco? Yo no puedo acostarme contigo aquí. No eres mi marido.

—En ese caso tenga una buena tarde señora de Tafur.

—Se levantó decidido a retirarse del lugar, pero ella se interpuso en su camino, su mirada de deseo le hizo entender a Aldo que estaba dispuesta a acostarse con él aquella tarde.

El elevador se abrió en la Procesadora y todos los empleados de la oficina se pusieron de pie al ver a Sidi Farid; el viejo jamás llegaba por la empresa excepto con motivos importantísimos. Pero este se dirigió hacia la oficina principal, la oficina de Aldo.

La secretaria de Aldo al verlo se puso en exceso nerviosa.

—Anúnciame con el presidente—. Pidió sereno sentado en su silla de ruedas justo frente a ella.

—Señor, cuanto lo siento, el señor Zapata salió, no se encuentra en su oficina.

—¿No está?, ¿y cuál es el motivo?

—Está en una reunión, señor.

—¿Y dónde es tal reunión?

—No sé exactamente, señor, él solo salió y dijo que regresaría a las cuatro.

—¿Mi hijo está aquí?

—No, señor, solo almorzó con el señor Zapata y se regresó a su casa según tengo entendido, señor.

—¿Puedo esperar al Señor Zapata en su oficina?

—Por supuesto, señor, faltaba más, por favor tenga la bondad de entrar.

Omar se sumergió en el agua, era una tarde muy calurosa y el agua estaba muy rica, bajó casi al fondo de la piscina y luego subió a la superficie a tomar aire, pero se sorprendió al ver a Rania, en la orilla de la piscina, con bikini y mirándolo a los ojos.

—¿Estás bien?

—¿Puedo acompañarte?

—Pues, claro, entra al agua.

Rania caminó lentamente y entró en la piscina, ya se le notaba un poco su embarazo.

—¿Te pasa algo, Rania?

Ella sonrió y luego de sumergir la cabeza en la piscina para mojarse el cabello agregó:

—No, no me pasa nada, tenía calor, te vi que venías a la piscina y se me antojó, ¿hay algo de malo en eso?

—No, claro que no hay nada de malo en eso, el agua está riquísima, solo creí que dormirías porque dijiste que tenías dolor de cabeza.

—¿Unas competencias?

Omar entendió que ella lo que quería era jugar a competir, cuando eran niños los tres jugaban siempre a competir en la piscina y generalmente era Rania quien ganaba todas las competencias.

—Está bien, pero de tres vueltas cada ciclo.

Jamás Aldo y doña Magali habían hecho el amor tan excitados como aquella tarde, tal vez fue el ambiente, tal vez en lo más recóndito de sus mentes habían tenido la fantasía de hacerlo en un lugar como ese, eran esos momentos que la señora de Tafur había perdido desde hacía años con su marido, momentos de morbo, de placer y de peligro, ya ella no sentía ningún remordimiento, ¿por qué sentirlo? Si por más que había luchado, su marido ya no respondía en la intimidad, cosa que de más hacía su yerno. En cuanto a Rania, lo sentía por su hija, pero nadie podía impedir lo que ella sentía por su yerno. Una macana golpeó la celda apartada para visitas conyugales y era la señal... la hora de visita había terminado. Aldo había pagado para que lo dejaran más tiempo, pero ya se habían pasado quince minutos más de lo estipulado por el penal, todo el mundo se había ido menos él. Así que se apresuró a vestirse, mientras ella lucía regia, satisfecha y con un toque de vida en sus pétalos marchitos.

Gabriel no hizo caso a la secretaria, quien le rogó que no entrara a la oficina de Aldo, pero entró de igual manera sin previo aviso.

—Aldo, necesito que hablemos sobre lo que me prometiste, estoy cansado de esperar.

Entonces Sidi Farid se dio la vuelta en la silla, pues estaba de espaldas revisando una carpeta.

—¿Y qué te prometió Aldo, Gabriel?

Gabriel empalideció al ver a Sidi Farid sentado en la silla de su hermano y no sabía que responder.

—¡Ajá! Dime, ¿qué te prometió mi yerno? —interrogó poniendo la carpeta sobre el escritorio. El viejo era un hombre de sangre fría, un imperio como el que tenía no se forma si no se tiene una mente lo suficientemente calculadora.

—¡Ni porque estoy embarazada puedes ganarme! —comentó Rania soltando una carcajada, como siempre ella ganaba las competencias acuáticas, su velocidad era increíble, pero a Omar eso no le importó aquella tarde, el hecho de que ella estuviera con él en la piscina significaba que las viejas rencillas habían terminado por fin.

—Eres muy buena en esto, me rindo.

—¿En serio no me guardas rencor porque por mi culpa te metieron al internado?

—Rania, claro que no fue por tu culpa, no sé de dónde sacaste eso, si estuve internado todos estos años fue porque con papá llegamos a ese acuerdo, no te flageles más, ni fue tu culpa ni quiero vengarme de ti.

—Me torturé durante todos estos años pensando que me odiabas.

—Cómo se te ocurre, por supuesto que no te odio. Eres mi hermana, no podría odiarte, incluso si hubiera sido tu culpa que me internaran, ni así, yo no soy hombre que guarde rencores.

—Omar, ¿por qué renunciaste a ser católico y te volviste musulmán?

—Desde el día que nací fui musulmán, Rania, soy musulmán por raza, mi padre es musulmán, yo soy musulmán, pero ya conoces el convenio que nuestros padres hicieron al casarse, mi mamá me educó como católico, pero al final yo decidí abrazar el islam y no me preguntes por qué, porque no quiero ofenderte.

El celular de Maité hizo que su atención se desviara hacia él, aunque estaba entretenida viendo la televisión se dio cuenta que su antiguo jefe y dueño del canal en el que antes trabajaba intentaba comunicarse con ella. Así que le tomó la llamada.

—¿Aló? ¿Señor Fernández?, ¿dígame?

—Maité, ya han pasado unos días desde que renunciaste y te soy honesto, pensé que luego que pasara esta tempestad regresarías a trabajar con nosotros, incluso en el canal casi todo el mundo piensa que estás de vacaciones, te estoy llamando porque en verdad me gustaría que reconsideraras el hecho de volver a trabajar con nosotros, el noticiero no es lo mismo sin ti, la nueva muchacha es buena, pero el rating ha bajado considerablemente, te necesitamos en el canal…

—Señor, le agradezco tanto su llamada, no sabe lo que significa para mí, me siento halagada con esto, y seré honesta, me hace tanta falta mi trabajo, mi rutina, mi secretaria, el andar corriendo por todo el canal, trabaje o no trabaje las cosas aquí no cambiarán, si usted me permite volver, déjeme reorganizarme y en una semana vuelvo a las pantallas del canal, ¿le parece bien?

—¿Y entonces, Gabriel? ¿No vas a decirme cuál fue la promesa que Aldo te hizo?

Gabriel sonrió con nervios, tendría que ser astuto para esquivar las preguntas del dueño de aquel imperio, no podría descubrir que unía a estos dos muchachos que fingían no conocerse.

—Señor, en realidad son negocios que él y yo tenemos, me había prometido conseguirme unos clientes que irían en un crucero que estamos armando por toda América, y a cambio yo le conseguiría clientes de Europa para que invirtieran con ustedes, en realidad somos buenos amigos y por eso entré de esa manera a su oficina.

—Que interesante, pero no te quedes allí parado, siéntate. Y cuéntame más sobre ese intercambio de clientes que ustedes tienen.

—Es una idea que apenas estamos madurando señor, la verdad es que solo lo hemos hablado un par de veces.

—Me parece excelente, voy a hablar con mi yerno para que eso se lleve a cabo, lo estoy esperando, pero parece que tardará en llegar.

—Yo pasé por aquí solo para saludarlo, pero no está, creo que en otra ocasión lo visitaré, pero en realidad fue un honor poder verlo, señor Farid.

—Supongo que tienes muchas cosas que hacer, si no lo puedes esperar, entiendo.

—En efecto, señor, no creo que vuelva pronto y no cuento con mucho tiempo, un gusto saludarlo.

Después de estrechar la mano de su futuro suegro, Gabriel salió a prisa del lugar, dando gracias a Dios por no haber sido descubierto, había estado cerca, pero no volvería a pasar. Se cuidaría las espaldas de ahora en adelante.

Maité bajó por las escaleras muy feliz, la idea de volver al canal le emocionaba, al cruzar la sala se encontró con su hermana quien caminaba rumbo a su cuarto secándose el pelo, era obvio que había estado en la piscina.

—¿Se te antojó un chapuzón?

—Sí, nadé un rato con Omar.

—¿En serio?, en realidad me alegro que estés arreglando tus diferencias con él.

—¿Te pasa algo? te veo un poco entusiasmada.

—Voy a volver a trabajar en el Canal, me llamaron y creo que es mejor que me reintegre a mi trabajo.

—Bien por ti. Voy a cambiarme porque estoy toda mojada.

—¿Cómo te fue? ¿Era tu marido? ¿Era tu yerno?

La emoción de sus compañeras le causó gracia a la renovada "Princesa de Arabia", parecía otra mujer, la vida había vuelto a su cuerpo, se sentía tan renovada como si hubiera salido una hora a la superficie a tomar aire después de estar sumergida en un profundo mar.

—Era mi yerno.

—Ay, ay, ay —exclamó la Panteonera carcajeándose.

—Tienes una suerte, Princesa Árabe, ha de estar delicioso ese yerno tuyo.

—Pues no lo niego.

La amena conversación fue interrumpida abruptamente por una guardia quien estrelló su macana en las rejas haciendo que las reclusas le prestaran toda la atención.

—¡Ey, Robles, ¡la Caimana quiere verte! ¡Vamos!

Aldo entró en su oficina y lo primero que encontró fue la silla de ruedas vacía de Sidi Farid, quien ocupaba la silla donde solía sentarse él.

—¡Sidi! —exclamó sorprendido al ver a su suegro cómodamente ubicado en su silla.

—Buenas tardes, Aldo.

—Que grata sorpresa.

—Disculpa que me haya atrevido a sentarme en tu silla.

—Por favor, esta es su oficina, ¿pasó algo?, ¿a qué debemos el honor de su visita? —preguntó poniendo unos papeles que llevaba en la mano sobre el escritorio y sentándose en la silla donde generalmente se sentaban los visitantes.

—Vine a ver cómo andan las cosas por aquí, pero parece que muy bien.

—Sí, señor, todo bajo control.

—¿Quieres decirme algo, muchacho?

—Sí, en efecto, aprovechando que ha venido quisiera decirle algo Sidi, Rania es mi esposa y el anónimo que le llegó no me agradó mucho, quiero comentarle que hoy me visitó el inspector García y le he pedido que tome cartas en el asunto, no quiero otra desgracia y menos que la protagonista sea mi esposa, ella lleva un hijo mío en su vientre.

—En efecto, tuve una discusión con Omar por eso, y estaba esperando que tú, como marido de Rania, tomarás cartas en el asunto, me parece que esas acciones corresponden a un buen marido y te felicito, la casa está a tu disposición para que se hagan las investigaciones pertinentes, quiero que esto no quede al azar, tienes todo mi apoyo, muchacho, otra desgracia bajo mi techo no la quiero, que Alá me libre de eso.

Doña Magali entró a la celda oscura de la Caimana, la mujer encendió un foco y le alumbró justo a la cara dejándola cegada.

—Así que tienes el descaro de tener sexo con tu propio yerno, ¿no?

La voz tosca, burlona de la mujer más sanguinaria de la zona hizo que la piel se le enchinara, era una mujer en exceso intimidante.

—¿Qué quieres, Caimana?

—Pero no te quedes allí parada, Princesa Árabe, entra, te alumbraré el camino.

La mujer del viejo Farid se acercó lentamente y luego se detuvo a una distancia prudente, donde podía sentirse un poco más segura y preguntó de nuevo:

—¿Qué es lo que quieres?

—¿Tu yerno hace el amor más rico que tu marido?, cuéntame, eso me excita…

—Si para eso me llamaste, no pierdas tu tiempo

—Te tengo un negocio, princesa.

—¿Qué clase de negocio?

—Ven, siéntate aquí a mi lado, vamos a conversar.

Sidi Farid salió de su empresa empujado por su guardaespaldas y chofer, quien no solía entablar conversaciones con su patrón excepto que el árabe las iniciase; lo dirigió hasta el elevador y cuando las puertas del mismo se cerraron, Aldo quien veía todo a través de su ventana, salió para hacer unas cuantas advertencias a su secretaria.

—Escúcheme bien, Lorena, la próxima vez que el Señor Tafur venga a la empresa y yo no esté y usted no me llama para avisarme que él está aquí, dese por despedida. ¿Entendió?

—Sí, señor, como usted diga.

La Leona saltó de su cama al ver entrar a doña Magali de vuelta en su celda, cada vez que su "Princesa de Arabia" salía, un suceso nuevo había por saber, por lo que quiso enterarse de todo.

—¿Qué quería la Caimana?

La Panteonera se enderezó para oír la respuesta de doña Magali, pero esta se limitó a decir:

—Negocios, quiere hacer negocios conmigo, pero no entendí bien qué es lo que quiere, ya saben cómo es esa mujer de misteriosa.

El cielo volvió a oscurecer, las gaviotas dejaron de poblar los cielos playeros de Costa Asunción, las luces de la ciudad volvieron a encenderse y la familia Tafur se reunió una vez más para cenar alrededor de la inmensa y elegante mesa.

—Aldo ha decidido contratar los servicios del inspector García, el anónimo que le llegó a Rania no puede pasar desapercibido, así que de mañana en adelante estará aquí en la casa para investigar quién está enviando esos anónimos —informó a su familia el patriarca Tafur mientras sus hijos y su yerno degustaban de la deliciosa cena.

—Me parece que no podemos poner en riesgo la vida de mi esposa ni la de ninguno que come alrededor de esta mesa.

Las palabras de su marido tranquilizaron un poco a Rania quien cenaba a su lado.

Una de las sirvientas entró al comedor y pidiendo una disculpa por interrumpir el momento le informó al viejo Tafur que el abogado encargado de llevar el caso de su esposa estaba al teléfono. Extendió la mano para entregarle el teléfono inalámbrico a su jefe y se retiró en seguida del lugar.

—Disculpen, regreso enseguida.

Prensó el teléfono entre su mejilla y su hombro mientras con las dos manos empujaba su silla de ruedas en dirección hacia su estudio.

—Licenciado, estuve intentando comunicarme con usted todo el día...

Fue lo único que los demás lograron escuchar de aquella conversación tan urgente que hizo que el viejo Farid violara una de las reglas más sagradas: "Levantarse de la mesa antes de que la comida terminara oficialmente".

—Señor, sé que me estuvo llamando todo el día, disculpe que no pude atenderlo, pero estuve en un juicio muy importante, pero dígame ¿en qué le puedo servir? —El abogado colocó su saco sobre el sillón en su casa, mientras al mismo tiempo besaba en la mejilla a su esposa.

Sidi Farid cerró la puerta de su despacho y casi susurrando dijo:

—Mañana a primera hora necesito que le lleve a mi esposa dos mil dólares. Como ha de saber, en la cárcel debe pagarse cierta seguridad, y ella necesita ese dinero.

Como ya era costumbre, Omar antes de irse a dormir, fue hasta el establo y acarició la cara de su caballo y mirándolo fijamente dijo:

—Ay Alma Negra, no sé por qué tengo la intuición de que si tú pudieras hablar contarías historias muy interesantes —luego le dio un beso y agregó tristeza—: Que descanses campeón.

No había caminado mucho cuando pasó cerca de donde dormían los empleados y tocó la puerta de la habitación del chofer de su padre. Tocó y Medardo salió enseguida a abrir.

—¡Joven! ¿Se le ofrece algo?

—¿Puedo hablar contigo Medardo?

—Claro, joven, ¿gusta pasar a mi cuarto?

—No, prefiero que salgamos a caminar, hay luna y me gusta hacerlo.

—Claro, joven. Permítame, voy por la llave.

Al ver a su hermana parada justo en la entrada de su habitación hizo que Maité se asustara, luego de que Rania le pidiera permiso para entrar y le pidiera parte de su tiempo para conversar, esta gustosa la invitó a que se acomodara en la orilla de su cama.

—No quiero que mi marido traiga a ese inspector a la casa, en vez de sentirme segura me sentiré invadida por él —argumentó Rania acariciándose las manos. Este gesto denotaba en ella el nerviosismo que intentaba ocultar, esto lo sabía Maité, la conocía como a ella misma.

—Pero Rania, si el inspector García viene es para protegernos, para investigar quién te está amenazando. No viene a invadirnos, solo cumple con su deber.

—Maité ¿puedo confesarte un secreto?

—Ay, Rania, me asustas, claro que puedes confiar en mí, dime qué te pasa.

—He tenido sueños extraños, sueño a un hombre de capa negra, tiene guantes negros y he soñado que quiere matar a mi bebé, el día que encontré muerta a Marlen estoy segura que lo vi...

—Por Dios, Rania, me estás asustando. ¿A quién más le has dicho esto?

—A nadie, ese hombre fue el que mató a Marlen, y ese hombre me ha estado atormentado en sueños.

—¡Rania, ¿por qué demonios no dijiste eso en el juicio?, mi madre pudo haber salido inocente si tú hubieras dicho eso.

—Maité, no es tan sencillo como tú crees, no tengo pruebas de que ese hombre haya matado a Marlen, y no quiero tampoco que el juez piense que estoy loca, ¿qué le voy a decir? ¿Qué el mismo hombre que me atormenta en mis sueños se hizo carne y mató a la sirvienta de la casa?

—Mañana mismo que venga el inspector García le voy a decir esto Rania, es importante que el inspector sepa que hay un extraño disfrazado que se está metiendo en la casa.

—¿Y si el inspector piensa que yo estoy loca?

—Rania, el embarazo te tiene muy sensible, tienes que aprender a controlarte. No puedes derrumbarte por un solo temblor, vamos a agarrar a ese infeliz que te está atormentando y vas a ver, mamá va a salir libre y todo volverá a la normalidad.

La luna parecía no tener sueño y sus rayos eran imponentes, ni el calor costeño, ni los mosquitos que parecían endemoniados buscando un poco de sangre humana para poder sobrevivir una noche más, eran un factor de preocupación para los lugareños.

Omar prefirió caminar a lo largo de la orilla de la playa junto a Medardo. El mar parecía inquieto y sus rugientes olas chocando en la playa, eran parte del ambiente sonoro del lugar.

—Y bien joven, ¿de qué quería hablarme?

La pregunta directa de Medardo hizo que el hijo único de la familia rompiera su largo silencio.

—¿Hace cuánto llevas trabajando con mi padre?

—Pues ahora que lo pienso voy a cumplir 40 años al lado de Sidi Farid, cuando empecé a trabajar con él, era prácticamente un niño.

—Sí, te recuerdo desde siempre, fiel a él, siempre a su lado. ¿Cómo lo conociste?

—Mi madre era dueña de un lujoso hotel aquí en Costa Asunción, una tarde llegaron al hotel un grupo de árabes, por su forma de vestir se notaba que eran infinitamente ricos, entre el grupo estaba su padre, en aquel entonces no hablaba español, pero sí una mujer que los guiaba, ella era árabe, pero dominaba muy bien los dos idiomas. Sidi Farid estuvo viajando durante un año y medio entre Costa Asunción y Egipto, siempre acompañado de su traductora, pero cierto día en el hotel se hospedaba una hermosa mujer de la cual Sidi Farid se enamoró perdidamente, era doña Magali, su madre, joven. Sidi Farid inmediatamente le ofreció matrimonio y pasado un tiempo se casaron, para ello Sidi Farid había hecho hasta lo imposible para aprender español y lo logró, el amor lo hizo derrumbar la barrera del idioma y la religión.

—¿Quién era la mujer que le traducía a papá? ¿Qué se hizo?

—Vivió un tiempo en la mansión junto con Sidi Farid y doña Magali, yo entré a trabajar con Sidi Farid, apenas él levantó esta mansión desde muy joven me convertí en su mano derecha, en cuanto a la traductora, de la noche a la mañana desapareció, supongo que se regresó a Egipto, nunca la volví a ver, en realidad en aquel entonces yo estaba tan enamorado de la que sería mi esposa, no le presté mucha atención a esos detalles, Sidi Farid hablaba español y no me pareció raro que su traductora se fuera de Costa Asunción.

—Dime una cosa, Medardo, ¿te recuerdas cómo se llamaba esa mujer? ¿La traductora?

—Claro, claro que me acuerdo, se llamaba Jalila, era una mujer muy bella, jamás se quitaba el velo, y siempre esquivaba la mirada de los hombres.

VII

La mujer de la playa

La noche estaba tan silenciosa, la luz de la luna traspasaba las cortinas de la mansión, eran quizá ya las dos o tres de la mañana y fue la sed la que despertó a Rania, fue hacia la mesa que estaba junto a la ventana y no encontró agua en el jarrón acostumbrado, miró a la cama y vio a su marido tan cansado que no quiso despertarlo, abrió lentamente la puerta y salió casi de puntitas para la cocina. Bajó las escaleras sin encender ninguna luz, no quería despertar a nadie ni poner en alerta a los guardias. Llegó hasta la cocina y abrió la refrigeradora, la luz del refrigerador bastó para encontrar un vaso, lo llenó de agua y de un sorbo lo tomó. Puso el vaso en el lavamanos y se disponía a dar la vuelta cuando una mano le tapó la boca, tenía un guante negro, no podía gritar, estaba muerta del susto.

De pronto despertó, era otra pesadilla, se asustó tanto que Aldo despertó también.

—¿Rania? ¿Estás bien?

—Otra pesadilla amor, era solo una pesadilla.

La mañana transcurrió sin mayores eventos en la mansión Tafur, Sidi Farid estaba en su biblioteca frente a su computadora, cuando escuchó tocar la puerta, pidió que entrara quienquiera fue fuese.

—Medardo —dijo mirándolo por encima de sus lentes—. ¿Pasa algo? —preguntó mientras su guardaespaldas no caminaba ni retrocedía.

—Sidi, la verdad no sé si decirle o no esto…

—Cierra la puerta y termina de entrar, sabes que odio el misterio, si has venido hasta acá es porque algo importante quieres decirme.

—Sidi, su hijo estuvo haciendo algunas preguntas anoche, sobre su pasado.

—¿Sobre mi pasado?, ¿qué te preguntó?

—Pues, de cómo usted y yo nos habíamos conocido, de cómo fue que usted y doña Magali se conocieron, cosas así…

—¿Para qué querría saber eso Omar?, se supone que esa historia todo mundo la sabe.

—Lo sé, Sidi, pero algo quiere saber el joven Omar, algo anda investigando, pero no sé exactamente qué es, por las noches siempre va a ver a su caballo, le acaricia la cara y habla con él, una noche por un poco y le meto un plomazo en la cabeza pensando que era un ladrón, deambula por las noches como buscando algo, me preocupa.

—Si vuelve a preguntar algo sospechoso invéntale algo, es mejor que no sepa la verdad. Si no tienes nada más que decirme, retírate que estoy muy ocupado.

—Ya te lo dije amor, debes distraerte un poco más, no sé, vente conmigo a la oficina, es domingo, pero solo iré a revisar unas cuentas pendientes y regreso, no sé, podemos ir a almorzar juntos al salir de la procesadora o sal con tu hermana a pasear por la playa, ve con las sirvientas al mercado, no sé, haz algo, pero no te quedes encerrada en esta casa todo el día— sugirió Aldo a su esposa bajando las escaleras con el maletín de trabajo en su mano.

—Tienes razón, amor, tanto encierro me está matando.

—¿Quieres ir hoy a la oficina? —propuso él sonriéndole.

—No, no tengo ánimos de ir a la procesadora hoy, mejor vete, creo que acompañaré a las muchachas al mercado, se me antoja un licuado de banano e iré a escogerlo personalmente.

—Me parece perfecto, así te distraes un poco.

—Ey, bella durmiente, levántate.

El golpetazo que recibió doña Magali con la macana en el abdomen la despertó abruptamente, tenía enfrente a la guardia quien la miraba con cara de pocos amigos.

—¿Qué pasa?

—La Caimana quiere conversar contigo, está en el patio, es su hora de recreo privado, pero quiere verte. La Pantionera, quien estaba sentada desde hacía rato leyendo su acostumbrada novela, sonrió y comentó con sarcasmo:

—Uy, Princesa de Arabia, eso sí que está interesante, la Caimana jamás en la vida ha querido ver a nadie a plena luz del día, parece que le gustaste.

La Leona dio algunas vueltas en su cama, se reacomodó para seguir durmiendo mientras protestaba:

—Ustedes cállense y dejen dormir.

Omar se encontró con Medardo en uno de los pasillos de la mansión, iba vestido con ropa apropiada para montar, era una mañana hermosa para salir y distraerse, una mañana hermosa de domingo.

—Medardo, dile a uno de los muchachos que me ensille a Alma Negra, saldré a dar una vuelta.

—En diez minutos estará listo el caballo, joven.

—Y tú, ¿a dónde vas tan de prisa? —preguntó Maité al chocar con su hermano que caminaba a prisa de regreso a la casa grande, venía de las caballerizas. El lugar donde estaban los caballos estaba un poco separado de la mansión y para llegar a allá se tenía que cruzar el enorme jardín y una pequeña llanura hermosa que a veces ocupaban los sirvientes para jugar a las cartas y contar historias en sus días de descanso.

—Odio los domingos en casa, voy a ir a dar una vuelta en el caballo, quiero ir a la playa de pronto y puede que llegue hasta Costa Asunción, no sé, la verdad, no quiero estar aquí.

—Entiendo, hoy es día en que todas las muchachas salen a pasear, deberías de llamar a algún amigo y salir.

—Todos mis amigos están en el internado, aquí no tengo a nadie y es mejor así, hay momentos en que hasta los amigos estorban, bueno hermana, tengo que irme, olvidé mi látigo, nos vemos luego.

Maité observaba desde la ventana de su habitación en el segundo nivel como su hermana se despedía de Aldo, el beso en la boca entre los esposos mortificó su alma, los celos se apoderaron de ella, ¿Cuántas noches no le habría hecho el amor desenfrenadamente como Aldo acostumbraba? ¿Cuántas veces él habría pensado en ella cuando tenía relaciones con su esposa? No lo sabía, pero la rabia que sentía en contra del destino era incontrolable.

La celadora dejó en la entrada del gran patio a doña Magali, la temible Caimana estaba de espaldas a la "Princesa de Arabia", miraba atenta el patio vecino de la prisión, con miedo avanzó a pasos lentos, la asesina no permitió que doña Magali se acercara demasiado a ella. Con su voz aguda la detuvo en seguida sin voltearse.

—¿Qué? ¿Pensaste en lo que te dije?

—No, definitivamente no acepto, prefiero pagarte todo el dinero, pero jamás tendría sexo contigo, no soy lesbiana.

—Eres una idiota, no cabe duda, ¿sabes?, nadie, absolutamente nadie antes se había negado y eso que jamás ofrecí perdonar la mitad de la deuda.

—Yo a ti no te debo nada, esas deudas tú te las inventaste, y no puedes obligarme a estar haciendo esas depravaciones.

La Caimana se echó a reír y sin que doña Magali pudiera evitarlo, la tuvo cara a cara y se asustó, tenía una inmensa cicatriz que venía desde la frente cruzándole el ojo izquierdo, el cual no tenía y parecía que había sido arrancado de su hueco, la cicatriz terminaba en la parte izquierda del cuello y su mandíbula parecía destrozada.

—Te asusto, ¿eh? ¿Te asusto, princesa? Esto me lo hizo un caimán, ¿por qué crees que me dicen la Caimana? ¿Y sabes? Soy modesta, al inicio me llamaban "La Reina Caimana", pero no me gustó, maté al maldito que me hizo esto, le arranqué los ojos con mis propias manos y una bala le atravesó el cráneo, pedí que lo guardaran en un refrigerador y cuando me recuperé me lo comí asado al hijo de puta, el maldito de mi marido me lanzó a un pantano donde ese caimán era el rey y sobreviví, pero antes de caer al agua mi marido yacía muerto en la orilla, lo crucé de un balazo, a nadie jamás amé nunca como amé al maldito de mi marido, eso solo puede darte una idea de lo que te espera por tu irreverencia, yo te aseguro ¡maldita!, que de esta prisión no sales, y si sales, sales con dos pies por delante, no saldrás viva de aquí y de hoy en adelante eres mi peor enemiga, Magali Robles de Tafur, estás muerta, ¡perra! —dijo empujándola y dejándola tirada en el suelo y saliendo del inmenso patio que servía de área para recrearse.

—Su caballo está listo, joven.

—Perfecto, Medardo. Nos vemos luego.

Omar había extrañado tanto subirse a su caballo, sentir el viento en su rostro era sentirse libre.

Rania entró en la cocina y vio a la cocinera sacando unas bolsas para ir de compras. Se sentó a la mesa a mirar como la robusta mujer preparaba todo para salir.

—¿Qué prepararás de comer hoy, Marce?

—Pues pensaba hacer pollo en hongos señora, pero si se le apetece algo en especial dígame, yo lo cocino con gusto.

—Se me antoja tajín.

—Perfecto, si se le antoja tajín a la señora, tajín haremos.

—Ah, Marce, iré contigo al mercado, quiero distraerme y de paso te ayudo a escoger las verduras.

—¿Ir conmigo al mercado?, bueno, me parece bien señora, solo que yo siempre voy en taxi, ¿iremos en taxi?

—No, esta vez, le pediré a Medardo que nos lleve, no te preocupes, vamos a ir cómodas.

Se topó con el guardaespaldas en la sala, al verlo Rania lo interceptó pues lo vio apurado.

—Medardo, Marce y yo vamos a ir al mercado, necesito que vayas con nosotras.

—Señora, justo su padre me ha pedido que aliste el carro que vamos a salir, pero puedo pedirle a uno de los choferes que las lleve, hay más autos disponibles para usted.

—Está bien, que uno de los otros choferes nos lleve.

—Perfecto, señora, en cinco minutos tiene un auto en la entrada esperando por ustedes.

Doña Magali entró a su celda y las dos mujeres que la acompañaban en aquel pequeño cuarto al verla entrar se pusieron de pie. No había otra cosa más entretenida para aquellas reclusas que enterarse de los chismes no solo de "La princesa de Arabia" como le habían apodado, si no de todas sus compañeras.

—¿Qué tienes Princesa Árabe?, estas pálida —puntualizó la Panteonera al ver el rostro falto de vida de su compañera de celda.

—Estoy en problemas y muy serios…

—¿Problemas serios? ¿Qué pasó? ¿Para qué te quería la Caimana?

—La Caimana quería acostarse conmigo, tener sexo la muy cerda, pero me negué y ahora estoy amenazada de muerte, dice que no saldré viva de aquí.

La Leona se sentó junto a ella asustada, la abrazó para darle un poco de ánimos, aquella mujer tan peligrosa jamás amenazaba en vano, había asesinado a algunas reclusas por negarse a cumplir sus órdenes, esto preocupó no solo a sus compañeras sino también a la misma doña Magali.

—Ay Dios, princesa, estás más que en problemas, yo no quiero asustarte, pero tú ya estás muerta, nadie que haya disgustado a la Caimana ha sobrevivido, y ¡ay amor!, no creo que tú vayas a ser la primera.

Después de acomodar a su patrón a su lado, Medardo encendió el auto y se dispuso a salir del estacionamiento de la procesadora.

—¿A dónde vamos, señor?

—Al Hospital Psiquiátrico, Medardo, llévame a ese lugar.

—Sí, señor.

La celadora estrelló su macana en los barrotes de la celda, era una mujer de carácter fuerte, de complexión flaca y de una mirada casi asesina, gruñona y con sus gritos mantenía el orden en el penal.

—Ey tú, Robles, tienes visita, tu abogado quiere verte.

—El Señor Tafur me ha enviado, me ha dicho que usted necesita dinero y le he traído la cantidad que ha pedido.

El abogado colocó sobre la mesa su portafolio y lo abrió lentamente, entregó a su clienta la cantidad que ésta había solicitado para pagar las deudas con la Caimana.

—Licenciado, discúlpeme, pero si no tiene nada más para mí, necesito retirarme.

—Entiendo que se sienta irritada por todo esto señora, cuando tenga alguna noticia la visito de nuevo.

El caminar pausado de regreso a su celda hizo que doña Magali tuviera tiempo de pensar en lo rápido que habían transcurrido los hechos, los días en prisión eran en exceso monótonos y transcurrían demasiado lentos.

El florido mercado le hizo recordar a Rania cuanto tiempo había pasado desde la última vez que había estado en ese lugar, quizá era una niña, el olor a fruta fresca y el vaivén de la gente le hizo relajarse y sentirse más tranquila. Parecía el mercado de un pueblo perdido en alguna montaña. La gente iba y venía sin ningún orden, llegaron a una venta de frutas y el joven que vendía estaba de espaldas arreglando unas manzanas, entonces la pregunta de la cocinera hizo que el joven voltease al escuchar la pregunta.

—Oiga, joven ¿a cómo la libra de naranja?

—A $0.75 mi reina.

—¿Gabriel?, ¿qué haces tú aquí vendiendo frutas?

Omar había decidido llegar al límite entre las hermosas playas y la ciudad, el auto de su padre le llamó poderosamente la atención, vio entonces como Medardo lo bajaba y lo colocaba en su silla de ruedas, se extrañó ver entrar a su padre en el Hospital Psiquiátrico, por lo que acarició el pelo de su caballo y disimuladamente se dirigió de nuevo en dirección a la playa ¿Qué hacía su padre en un hospital psiquiátrico? Pronto lo averiguaría, pero intuyó que le estaban ocultando algo.

—Qué gusto verle señor Farid, mire que hoy vine porque contaríamos con su distinguida presencia —argumentó el doctor Francisco Mora, mientras caminaba empujándolo por el corredor del hospital.

—Le agradezco, doctor, he venido a ver a mi hermana.

—La señora Jalila ha estado muy tranquila últimamente, cualquiera diría que no está enferma. Toda la semana ha estado muy calmada, tal vez la medicina le está haciendo efecto. Tantos años aquí que creo que ya está acostumbrándose.

Frenó la silla de ruedas y se paró frente a la puerta de metal, sacó de su bata la llave y abrió la puerta, allí estaba ella, frente a la ventana, se mecía como si fuera una silla mecedora.

—¿Desea que los deje solos?

—Sí, doctor, si necesito algo se lo haré saber, no se vaya muy lejos por favor.

Avanzó lentamente él mismo empujando su silla, mientras que su hermana parecía perdida en un mundo opuesto al que los demás vivían. Entró a la vieja habitación y se detuvo justo detrás de la enferma.

—Jalila, soy yo, Farid.

—¿Cómo está mamá?

La pregunta de Jalila retrocedió muchos años a Farid, a su Cairo natal, cuando de niños jugaban en Zamalek, su populoso barrio, cuando su madre los buscaba por horas interminables y los niños eran severamente castigados por desobedecerla, pese a eso la madre de ambos era muy amorosa y les enseñó cómo seguir al pie de la letra todo lo que dicta el libro sagrado del Corán.

—Hace treinta años que nuestra madre murió.

—Oh, por Alá, cómo ha de estar la abuela de desecha por el dolor.

—Jalila, no estás entendiendo, nosotros ni siquiera conocimos a nuestros abuelos.

—¿Qué te pasó? ¿Por qué estás en silla de ruedas?

Sidi Farid entendió que estaba loca, cada día que la visitaba intentaba engañar a su cerebro y guardar la esperanza que su hermana algún día recobrara la razón

—Mañana vamos a ir a la Meca, ¿verdad? —volvió a preguntar.

—¿Quieres salir aunque sea un momento al jardín?

—No, claro que no, no me gusta que los empleados me vean descubierta, ¿no ves que un genio malo vino y se robó mi velo? —dijo tocando su cabello—. Viene de noche y me lo devuelve a la mañana.

Era su restaurante favorito, estaba a la orilla de la playa, a unos treinta minutos de su casa. Amarró su caballo y entró al rancho, estaba hecho de paja, pero servían una comida exquisita.

—¿Omar? —preguntó intrigado un muchacho que era el bar tender, dejando la copa que limpiaba en el mostrador y saliendo a su encuentro.

—¡Emilio!

—¡Caray, tanto tiempo sin verte!

—Entra, entra —lo invitó preparándole una mesa.

—No sabes cómo extrañaba tu comida.

—Gracias. ¿Hace cuánto llegaste a Costa Asunción? ¿Por qué no me avistaste?

—No hace mucho que llegué, y hemos estado metidos en problemas, mi madre está presa y eso me ha consumido mucho tiempo y energía.

—Sí, sí, me enteré de eso en la televisión, lo lamento mucho, hermano.

—No te preocupes.

—¿Qué se te apetece comer, amigo mío?

No había terminado de preguntar cuando dos jóvenes muy hermosas entraron al restaurante. Una de ellas llevaba un vestido rojo y unos hermosos lentes que ocultaban sus hechiceros ojos, fue ella la que llamó poderosamente la atención de Omar.

—Mira eso, Omar, por Dios.

—Tráeme un vaso con agua y atiéndelas a ellas primero.

Gabriel se sentía atrapado, estaba casi en harapos, demasiado sucio y la mirada acusadora de Rania le hizo caer en cuenta que estaba descubierto, ¿Qué hacia un hombre de negocios importantes, con cruceros a su disposición, cargando cajas de frutas?

—Rania, yo… yo…

—¿Mi hermana sabe quién eres en realidad o la estás engañando?

—Maité sabe perfectamente quien soy Rania, y todo tiene una explicación. Fue idea de ella que me hiciera pasar por un joven rico, ella conoce bien a Sidi Farid, sabía que nunca aceptaría que su hija se casara con un muerto de hambre como yo.

—¿En serio? ¿Mi hermana lo fraguó todo?

—Sí, yo no quería, pero la amo tanto que terminó convenciéndome.

—Dame dos libras de naranjas, luego hablaremos del tema y en otro lugar.

Gabriel le pesó las naranjas y Rania se retiró del lugar seguida por la cocinera y no dijo ni media palabra. El sudor en su frente hizo que Gabriel se decepcionara de la telaraña de mentiras que habían construido no solo con su hermano sino también con Maité, el plan se estaba saliendo de control.

Doña Magali entró lentamente a la celda oscura de la Caimana, no era de su agrado esas visitas forzadas a aquel universo oscuro de su enemiga, cada vez que entraba a ese lugar la desesperación por salir de allí se apoderaba de ella, pero intentó mantener la calma.

—Deja en el piso todo el dinero que tu abogado te dejó y lárgate de aquí.

—Caimana, yo…

—Tú y yo no tenemos nada que hablar, lárgate "Princesa Árabe". Y no olvides que de aquí no vas a salir jamás, no viva.

—¿No te parece que es un pecado que esté solito siendo tan guapo? —preguntó la joven a su amiga mientras se dejaba al descubierto sus hermosos ojos azules, de eso Omar se dio cuenta pues la mirada penetrante de la joven se posó en su rostro. Era demasiado hermosa y era evidente que Omar no le era del todo indiferente.

—No empieces, Maritza.

—Voy a invitarlo a que se siente con nosotras.

—Por favor, Maritza, compórtate.

A la atrevida chica no le importaron las súplicas de su amiga y sin que esta pudiera detenerla se dirigió a la mesa donde Omar estaba.

—Hola, ¿qué hace un muchacho tan guapo solo?

—Pues ya ves, así es la vida, gracias por lo de guapo.

—¿Te gustaría acompañarnos?

—Claro, con gusto.

Gustosamente Omar abandonó su mesa y acompañó a la extraña joven, se dirigieron los dos a la mesa que les habían apartado a ellas.

—Te presento a mi mejor amiga, Leonor.

—Hola.

—Me llamo Omar.

Maritza se sentó e invitó amablemente a que se sentara a su lado.

—Siéntate, Omar. Mi nombre es Maritza, Maritza Mora.

—Aquí está su platillo señoritas —dijo el mesero poniendo frente a ellas un rico platillo de mojarras fritas acompañadas de arroz y una ensalada de pepino con vinagre.

—Y tú Omar, ¿ya decidiste que vas a comer?

—Claro, un caldo de mariscos está bien.

El amigo de Omar se retiró dejando al trío solo en la mesa, aquel joven había llamado poderosamente la atención de la atrevida Maritza Mora, era de las mujeres que creía que no siempre el hombre tenía que tomar la iniciativa, aquel día sellaría su destino para siempre.

—¿No eres de por aquí? Jamás te había visto.

Leonor sabía positivamente lo que su amiga quería; al escuchar la pregunta, intuyó que Maritza estaba entrando en un camino sin retorno, jamás la había visto tan interesada por alguien y también sabía que si se encaprichaba con el desconocido no descansaría hasta tenerlo debajo de sus sábanas.

—Estuve estudiando en un internado por mucho tiempo, por eso no nos habíamos visto. Pero nací aquí en Costa Asunción.

—Creo que mi amiga se refiere a tus rasgos físicos —aclaró Leonor, al ver que Omar no había entendido la pregunta; tanto Rania como él tenían rasgos musulmanes muy marcados, Maité por su parte se parecía más a su madre, su rostro no había heredado casi nada de su padre.

—Soy musulmán, mi padre es árabe, por eso tengo estos rasgos.

—Que interesante, no me digas que tu padre es el viej... —y pausó presintiendo que había cometido una imprudencia.

—Sí, soy hijo del "Viejo Árabe", sé que así le dicen a mi padre aquí.

—Disculpa, fue una imprudencia de mi parte.

La conversación se vio levemente interrumpida cuando el mesero llegó con el platillo para su amigo, lo colocó frente a él y esbozó una leve sonrisa.

—No te preocupes, háblenme de ustedes.

Entonces Maritza miró al mesero y ordenó:

—Tres cervezas por favor.

Al escuchar la orden e intuir que una de las cervezas sería para él, Omar aclaró:

—Lo siento, yo no tomo.

—¡Uy!, un angelito, aparte de guapo, bueno. Tres Cervezas —dijo mirando a Emilio mientras este sonreía y se retiraba para traerlas.

Rania tocó la puerta de Maité, esta estaba tirada en la cama escuchando música, bajó el volumen de su aparato y fue hasta la puerta a abrir, en ese momento entró Rania y no le dio tiempo a su hermana de nada y por un poco la derriba de una cachetada.

—¡¿Cómo te atreviste a engañarnos a todos?!

Aldo jaló su saco, iba de salida cuando se sorprendió al ver entrar a su hermano agitado a su oficina, el rostro pálido de Gabriel preocupó de inmediato a su hermano, pensó inmediatamente en su padre, su mente se pobló de malos pensamientos, ¿habría muerto?

—¿Qué haces aquí, Gabriel?

—Me descubrió, Aldo, Rania me descubrió.

—¿De qué demonios me estás hablando?

—Me encontró vendiendo verduras en el mercado, se enteró de que yo no soy el hijo de ese multimillonario dueño de cruceros y esa sarta de mentiras que le dije a su padre y no me quedó más remedio que contarle la verdad, le dije que todo había sido idea de Maité.

—Cálmate, te invito a almorzar, ya relájate, vamos a encontrarle un camino a esto.

—Así que el niño árabe no tomaba cervezas, ¿eh?, ya te tomaste tres, cariño.

La sonrisa franca de Maritza conquistó de inmediato a Omar quien levantó su botella de cerveza para brindar con ellas por la hermosa ocasión de haberse encontrado.

—Que Alá me perdone.

—¿Andas a caballo?

—Sí, Alma Negra, se llama.

—¿Me llevarás a dar una vueltita?

—Será un placer llevarte conmigo, pero ¿qué hará tu amiga Leonor?

Maritza tomó de la mano a Omar y lo levantó de la mesa sonriendo, mientras tronaba los dedos para llamar la atención del mesero.

—¡Mesero! ¡Te encargo a esta princesa!

Leonor se enfadó tanto al ver la actitud de Maritza que al ver como ella y Omar subían al caballo y se alejaban cabalgando se levantó y se retiró del lugar.

Maité se frotó la cara, estaba furiosa y confundida con la actitud de su hermana.

—¡Qué te pasa Rania! ¿De qué me hablas?

—Fuimos con Marce al mercado, ¿sabes a quién nos encontramos vendiendo verduras? Al multimillonario de tu novio, ¿qué pretenden engañándonos a todos?

—¿Crees que el interesado de mi papá iba a permitir que yo me hiciera novia de un don nadie?, ¡mi padre primero revisa la billetera de quien nos pretende antes que mirarles a los ojos!

Las lágrimas de impotencia de Maité la hicieron hablar francamente, nada le importaba más a Farid que una billetera rebosante de dólares, eso lo sabía, lo sabía desde niña.

—Yo quiero a Gabriel y ni los intereses de mi padre ni tus cachetadas van a hacer que yo lo deje, ¿entendiste, Rania?

Pasaron tres días, Rania por fin pudo dormir tranquila, por lo consiguiente su esposo disfrutó del placer de abandonarse en sus sueños profundos, Maité intentó mantener la calma al enterarse que su hermana la había descubierto, y aunque Gabriel se negaba a visitarla en su casa, Maité ideó que se verían en la playa mientras la tormenta se calmaba. Los días en la prisión para doña Magali seguían siendo eternos y aquella mañana Sidi Farid se preparaba para recibir al inspector quien regresaba para seguir investigando la misteriosa muerte de la sirvienta.

—Gracias, Medardo, puedes retirarte —dijo Sidi Farid, mientras el inspector García se acomodaba frente a él.

—Señor Farid, disculpe que hasta hoy acuda a su llamado, pero he estado un poco ocupado, sin embargo, yo personalmente me encargaré de su caso. Si a usted no le molesta me gustaría hacer una investigación profunda de lo sucedido, y si usted fuera tan amable de prepararme una habitación me gustaría quedarme unos días aquí.

—Por supuesto, inspector, cuente con ello. Hoy mismo le haré arreglar una habitación.

—Como no todos están en casa, si usted me permite, quisiera hacer un recorrido por toda la mansión, por la noche si usted gusta reunimos a todos y quisiera ver ese anónimo, quisiera examinarlo bien.

—Claro, yo mismo le doy un tour por la mansión y por la noche reuniré a todo mundo para que haga sus preguntas inspector, ¿gusta acompañarme?

Omar estaba sentado frente a la computadora de Aldo revisando algunas cuentas mientras su cuñado, impaciente frente a él, esperaba que Omar dijera algo.

—Aldo, creo que es hora que yo me haga cargo de la empresa, quiero empezar en serio y manejar este barco, así que, desde hoy voy a ocupar esta oficina, voy a ordenar que te asignen otra.

—Me parece perfecto, pero ¿crees que estás listo para manejar la procesadora?

—Para eso estas aquí cuñado, para enseñarme el eje y maneje de la procesadora, además al ojo del amo engorda el ganado y no te sientas ofendido, pero esta empresa algún día será mía y quiero hacer las cosas bien desde ahora. Así que, hoy mismo te asignaré una oficina adjunta, voy a necesitar una secretaria, porque es conveniente que conserves a la tuya. ¿De acuerdo?

—Ay ya, Leonor, perdóname, ni que te hubiera hecho algo terrible —imploró Maritza abrazando a su amiga mientras caminaban por el jardín de la casa de Leonor.

—¡Solo a ti se te ocurre dejarme tirada en ese restaurante e irte con un desconocido!

—Ay, amiga, no sabes, mira, todo tuvo recompensa, Omar y yo vamos a volver a salir, aparte, ¿no crees que es guapísimo? ¿Verdad que hacemos bonita pareja?, ay ya, Leonor, ¿me vas a disculpar o me voy?

—Estás tan loca, está guapo, hacen bonita pareja y sí, te voy a perdonar. Ya vamos a estudiar que mañana tenemos exámenes.

Doña Magali se enderezó de la silla de la enfermería, a su lado estaba la Panteonera, la única reclusa que pudo entrar con ella, después de que la Princesa de Arabia se había desmayado.

—¿Será que me desmayé por comer poco? —preguntó doña Magali recostándose de nuevo, estaba tan cansada.

—Eso es lo que estoy averiguando —contestó con frialdad la doctora mientras la Panteonera le sostenía la mano.

—Nos asustamos cuando caíste al suelo, princesa, pensamos que te nos ibas a morir.

—De pronto todo se me nubló alrededor y después no supe que hacer.

La doctora tomó una libreta y luego de mirarla fijamente dijo en un tono de desinterés:

—Señora Robles, le hice un examen de sangre, quería estar segura, y pues definitivamente usted está embarazada.

Rania se enteró que por fin su hermana volvería a trabajar en el canal local de Costa Asunción, el verla entusiasmada le tranquilizaba un poco, las cosas en la casa grande por fin habían vuelto a la normalidad, había aprendido a tranquilizar sus nervios y la paz interior por fin aterrizó. Quizá el hecho de que el inspector estuviera viviendo allí hacía que la familia se sintiera más segura, aunque Rania sentía que el inspector invadía su privacidad, entendió que era para su bien.

Después de dar una pequeña vuelta por toda la casa, y de camino de regreso adentro en medio del jardín, el inspector preguntó a su guía:

—De sus hijos ¿quién está en casa?

Sidi Farid que iba a su lado empujando su silla de ruedas explicó:

—Rania, ella es la única que está en casa, tengo entendido que mi hija Maité empezaba hoy a trabajar en el canal de televisión y Omar se fue temprano a la fábrica. Rania es la única que no trabaja. Está esperando un bebé y Aldo ha preferido que descanse todo el tiempo necesario.

—¿Será posible que pueda entrevistarme con la señora Rania?

—¿Embarazada?, ¿estás embarazada, Princesa? ¡Ay cariño!, estas en problemas porque supongo que ese bebé es hijo de tu yerno, porque por lo que nos has contado, tu marido y tu llevan siglos de no tener relaciones sexuales, ¿Cómo crees que reaccionará él cuando sepas que estas preñada? —argumentó la Leona sonriendo en un tono burlesco.

—Sí, este hijo es de Aldo, ¡maldita sea!, mi hija y yo estamos embarazadas del mismo hombre.

—Vaya familia, mamita, vaya familia, tienes que contarle esta noticia a tu amante, porque él debe saber que será papá por partida doble…

La secretaria de Aldo interrumpió la conversación entrando lentamente al despacho que hasta hacía unos minutos atrás era suyo:

—Don Aldo, el Licenciado Bocanegra, lo busca.

—Lo atiendo afuera.

—Ey, el Licenciado Bocanegra es el abogado de la familia, ¿por qué tienes que atenderlo en el pasillo?, atiéndelo aquí, en la oficina, ¿o no quieres que me entere de su conversación?

—Por favor, Omar, no sé qué es lo que el Licenciado me quiere decir, no quiero incomodarlo es todo.

Omar, mirando a la secretaria, ordenó:

—Lorena, que entre el licenciado, si es sobre mi madre que desea hablar con mi cuñado no veo porqué tenga yo que irme de mi oficina.

La secretaria hizo un gesto de obediencia con la cabeza y se retiró. Entonces Omar se acomodó en la silla de Aldo y señalándole otra que tenía frente a él agregó:

—Siéntate cuñado, relájate.

No tardó en entrar el abogado de la familia, llevaba con él un portafolio y al ver a Omar se detuvo en la puerta.

—Licenciado Bocanegra, no se detenga, entre por favor —lo invitó Aldo, mientras este avanzaba lentamente.

—Don Omar, no sabía que usted estaba aquí.

—Adelante y no me diga don Omar, pase, siéntese, mi cuñado y yo queremos saber si tiene noticias de mi madre.

—En realidad traigo un recado para don Aldo.

—¿Le pasa algo a doña Magali?

—Don Aldo, doña Magali quiere verlo, me acaba de llamar, dice que es urgente que vaya a verla…

—¿Mi mamá quiere ver a Aldo con urgencia?

—Sí, doña Magali no me dijo por qué lo quería ver, solo me pidió que yo le consiguiera una cita para hoy o mañana.

—Bueno, pues dígame usted cuando puedo verla.

—Mañana a las 3 de la tarde la podrá ver, yo iré con usted para que lo dejen entrar, don Aldo.

El inspector examinó el simple papel que Rania le había entregado.

—Así que este es el dichoso anónimo.

Mientras que Rania permanecía sentada frente al escritorio del despacho de su padre, el inspector le había pedido permiso a Sidi Farid para hacer las entrevistas allí.

—Sí.

—¿Tiene usted alguna idea de quién se lo pudo mandar?

—No, supongo que cualquiera, todo el mundo tiene computadoras en estos días.

—Me quedaré con esto, señora, lo examinaré más a fondo.

—Si eso es todo me retiro...

—No, no doña Rania, eso no es todo. Necesito hacerle otras preguntas.

—Dígame…

El inspector sacó su agenda de notas y anotaba todo lo que decía tanto él como ella.

—¿Se sentiría usted más segura si su señor esposo le consigue un guardaespaldas? Tomando en cuenta que está amenazada de muerte...

—No, nunca salgo de esta casa, esta casa está plagada de guardias y cuando salgo siempre alguno de los guardaespaldas de papá está conmigo.

—La señorita López murió aquí adentro. ¿No teme por su vida?

—Claro que temo por mi vida inspector, pero confío en que usted nos cuidará, por eso está aquí.

—Señora, yo estoy aquí para investigar y prevenir un asesinato, pero el hecho de que yo esté aquí no le garantiza nada a usted, que es la amenazada, en que pueda yo salvar su vida, ¿no le parece?

—Me está poniendo nerviosa, ¿cree que me van a matar? ¿Verdad que es inminente mi muerte?

—Doña Rania no fue mi intención ponerla así, solamente es una hipótesis, cálmese, yo le prometo que vamos a encontrar a quien está amenazándola.

Gabriel entró en la vieja choza, llevaba con él el dinero que había retirado del banco, producto del cheque que su hermano le había dado. Su hermana estaba adentro lavando un poco de ropa.

—¿Cómo está? —preguntó.

—No se ha despertado casi en todo el día, apenas ha comido —contestó Matilda sin ni siquiera mirarlo a la cara.

—¿Vino el doctor a verlo?

—Sí, dejó la receta sobre la mesa, dijo que necesita que le canceles lo que se le debe o no podrá seguir atendiendo a papá.

—Sí, vengo del banco, el dinero que Aldo nos dio nos alcanza para esto.

—Gabriel, esa parte no la entiendo, ¿por qué Aldo se pudre en dinero, mientras nosotros nos ahogamos en la maldita pobreza, mi padre se está muriendo mientras él con aire acondicionado cuenta perchas de dinero en una hermosa oficina, ¿qué carajos hacemos aquí?

—Matilda, Aldo tiene algo que tú y yo no tenemos, in-te-li-gen-cia, entiéndelo. Así que por ahora hay que conformarnos con sus migajas, hasta que yo me case con Maité.

La tarde se desplomó sobre la región, las aves buscaron hospedaje y el mar rugía como un monstruo mítico encadenado eternamente, la oscuridad se apoderaba de todo, tan negra como los pensamientos de muchos en esta historia.

—¿A dónde vas? —preguntó Sidi Farid, mientras Omar se detenía en la puerta.

—Voy a salir, padre.

—El inspector quiere una reunión con todo mundo esta noche.

—Pues tendrá que ser cuando yo regrese, porque ya me comprometí a salir con una muchacha.

Afuera estaba Medardo, quien fumaba tranquilamente un cigarrillo, al verlo salir, corrió hacia él.

—¿Necesita que lo escoltemos? Es peligroso que salga de noche y solo, joven.

—Sigue fumando Medardo, no me pasará nada, me cuidaré solo.

—Sidi Farid se enfadará si se entera que lo dejamos salir solo a esta hora, las reglas de la casa dicen que…

—Conozco las reglas de la casa, Medardo, y de memoria, pero no te preocupes yo me hago responsable de mi seguridad.

—Está bien, joven, como usted diga.

—Pues me alegro tanto que hayas vuelto al canal Maité, aunque nunca te perdonaré que me negaste todo acceso cuando mataron a la sirvienta en tu casa— alegó el compañero de Maité en el estudio de las noticias, mientras esta se terminaba de maquillar.

—Bernardo, por Dios, estaba asustada, estaba fuera de este mundo ¿crees que tenía la capacidad para andar dando entrevistas?, fue algo que nadie esperaba, y no tenía el ánimo para andar ventilando las cosas que pasaban en casa. Si volví a trabajar en el canal es porque amo mi profesión y tú lo sabes.

—Sí, tal vez tengas razón. Por lo pronto me alegra que hayas vuelto con nosotros. Hemos anunciado tu regreso y creo que esta noche el rating subirá. Vas a ver…

La calma en Rania alarmó en cierta medida a su esposo, ella contemplaba la ciudad parada justo frente a su ventana, inmóvil, carente de toda expresión, parecía sumergida en sus más profundos pensamientos.

—¿Te pasa algo amor?, te noto rara.

—Aldo, hay algo que no te he dicho, mi hermana y su novio nos han estado engañando.

Aldo se incomodó y tomándola de la mano la invitó a sentarse en la orilla de la cama.

—¿Qué? ¿Cómo que nos han estado engañando?

—Sí, ¿te recuerdas que Gabriel nos contó que era hijo de un hombre dueño de cruceros y esas cosas?

—Sí, claro, claro que me acuerdo.

—Lo encontré vendiendo naranjas en el mercado, Gabriel no es quien dice ser y lo peor es que Maité lo sabe, ellos planearon todo, supuestamente por amor, tengo miedo que ese muchacho se esté aprovechando de mi hermana.

—Amor, si tu hermana sabe que ese muchacho no es quien dice ser, pues ella se arriesga ¿no crees?, si bien es cierto Gabriel nos engañó a nosotros, por lo visto a Maité no logró engañarla o al menos ella lo ama a pesar de que él es pobre, no le pongas mucha atención a eso, en todo caso, si ella lo ama así, ella tiene derecho a amarlo, el dinero no lo es todo en la vida, ¿no crees?

—No, claro que no lo es todo, pero tengo miedo de que ella sufra, no está acostumbrada a la pobreza, a vivir limitada, y no quiero ni imaginar cuando mi padre se entere, va a poner el grito en el cielo. No sé cómo le hizo para llevarnos a aquella gran mansión, el día que Omar regresó a la casa, debió alquilarla para que no fuera descubierto, la pregunta es.... ¿con qué dinero? ¿Y si Maité le ayudo?, tengo miedo de que la tenga hipnotizada por ese amor que profesa tenerle y le esté quitando dinero.

—Mi vida, Maité es una mujer fría, no creo que por amor le esté dando dinero, si así fuera no lo hubieras encontrado trabajando tan duro, en todo caso si fuera un vividor, ¿quién teniendo a una novia rica se mata trabajando?

Gabriel estaba parado en la entrada del Canal de Televisión esperando a que Maité saliera y no tardó mucho en suceder eso.

—¿Qué tal te fue en tu primera emisión, amor?

—Muy bien, definitivamente nací para hacer esto. ¿Qué te parece si celebramos?

—Maité, sabes bien que no tengo dinero para invitarte.

—Ay, bobo, yo te voy a invitar, ¿por qué los hombres tienen ese complejo de que ellos tienen que invitar siempre? Gabriel, cuando te conocí, sabía quién eras tú, así que deja de pensar esas cosas y vamos a cenar que quiero estar contigo.

—Está bien, vamos a cenar.

Omar tomó la copa y brindó con Maritza

—¡Por nosotros!

—¡Por nosotros!

—Entonces ¿hasta cuándo vas a responder a mi propuesta?

—He pensado mucho lo que me has dicho y creo que voy a darme una oportunidad contigo, y esta noche debo decirte que acepto ser tu novia.

Las tres estaban acostadas, ya habían cenado y todo en la cárcel estaba en silencio. De pronto alguien golpeó las rejas, las tres se levantaron y también las tres identificaron la voz de quien las visitaba.

—¡Vaya, vaya, vaya! ¡Así que la señora de Tafur está preñada!

La sonrisa endemoniada de la Caimana era inconfundible, se había desplazado libremente desde su celda hasta donde estaba doña Magali y sus compañeras.

—¿Qué quieres Caimana?, ya te pagué, no me fastidies —argumentó doña Magali mirando hacia afuera, mientras la vieja Caimana permanecía en las sombras.

—Un pajarito me dijo que ese niño que esperas no es del viejo árabe.

—Caimana, déjame en paz, ya te pagué y eso es lo importante.

—Es de tu yerno, es de Aldo Zapata, ¿no es verdad?

—Abres la boca y te juro que lo que el cocodrilo

no terminó de hacer lo haré yo, con mis propios dientes terminaré de destruir tu horrible rostro.

—No olvides, mamacita, que de aquí no saldrán vivos, ni tú ni esa aberración que llevas en tu vientre, de eso me encargo yo, en todo caso si no te mato yo, el árabe te matará al enterarse que estás preñada, porque es que te recuerdo que ni tú eres la virgen María ni él te ha cogido. Cuando esa barriga empiece a inflarse, él sabrá que eres una perra.

Las carcajadas de la mujer se fueron esfumando en el pasillo, mientras doña Magali reconocía que tenía toda la razón, le gustara o no, estaba ya en serios problemas.

Los besos apasionados hicieron que Maritza perdiera la cabeza por el chico árabe del cual se hacía acompañar aquella noche. Maité al ver a su hermano tan bien acompañado de aquella muchacha no pudo resistir la tentación de acercarse a la mesa, Gabriel la seguía muy de cerca.

—¿Omar?

—¿Maité? ¿Qué haces aquí?

—Bueno, este es un restaurante, vine a celebrar con mi novio mi regreso a la televisión, no sabía que tenías novia.

La joven carismática sonrió y extendiendo su mano, se presentó con aquella joven que intuyó sería su futura cuñada.

—Me llamo Maritza Mora, y apenas hace unos tres segundos atrás acepté a Omar como mi novio.

—Mucho gusto, soy hermana de Omar, mi nombre es...

—Maité Tafur, la presentadora del noticiero, te conozco porque siempre veo tu programa, pero no había atado cabos de que eres hermana de Omar. ¿Por qué no se sientan con nosotros y los cuatro celebramos tu regreso a la televisión?

—Claro que no, no queremos interrumpir.

—Ay, claro que no, sería ideal compartir la mesa con ustedes, ay qué maleducada soy, ya oíste mi nombre, estoy a tus órdenes —dijo extendiendo su mano para saludar a Gabriel.

—Gabriel Izaguirre para servirle —contestó él correspondiendo a su saludo.

—No me trates de usted que me siento anciana, tutéame, entonces ¿qué? ¿Se sientan en nuestra mesa? ¿No te molesta, verdad, amor? —preguntó a Omar quien sonriendo indicó que los acompañaran.

—Este será su cuarto inspector, disculpe la tardanza en entregárselo —aclaró Sidi Farid, entrando primero al cuarto que habían preparado para el inspector en la mansión Tafur.

—Tranquilo, señor, quería una entrevista con sus hijos esta noche, pero por lo visto salieron.

—Así es, mi hija menor es conductora de televisión, suele llegar muy noche, y Omar salió, no me dijo a dónde, y pues ya habló usted con mi hija mayor.

—Efectivamente, antes de irme a dormir si al marido de su hija no le molesta, me gustaría saludarlo y hacerle algunas preguntas.

—Déjeme, concreto un encuentro entre ustedes, enviaré a una sirvienta para que le comunique su deseo de verlo.

—Me parece excelente, señor, esperaré su respuesta.

Sidi Farid salió del cuarto. El inspector echó un vistazo a su habitación, era grande y acogedora, vio que la cortina de su cuarto estaba cerrada, así que se acercó a la ventana para abrirla e intentar ver el mar que rugía a lo lejos. Al abrirla, su corazón se detuvo, alguien estaba en el jardín, vestía de negro y una capa cubría su espalda, caminaba en dirección a la entrada.

—¡Ey!, ¿quién anda ahí? ¡Identifíquese! —gritó sacando la pistola, pero la sombra corrió y desapareció de su vista. El inspector salió aprisa en dirección a donde había visto la aparición.

Corrió a toda prisa, cruzó la sala y dobló a la derecha en dirección al jardín, abrió sin pensarlo la puerta y el aire caliente golpeó su cara, corrió en medio del inmenso jardín y se detuvo al chocar con Medardo.

—¿Qué pasa? ¿A quién corre?

—¿No has visto a un extraño con una capa negra?

—No, vengo de hacer una ronda por todos los alrededores y no he visto a nadie.

—Alerta a todos los guardias, un extraño entró a la mansión, lleva una capa negra y estoy seguro de que está escondido en algún lugar.

—Bien, no saldrá de aquí sin que sepamos quien es.

La Panteonera invitó a sentarse a la Princesa de Arabia junto a ella en la orilla de la cama y como si hubiera sido su madre dulcificó su tono para aconsejarla.

—No se te ocurra volver a retar a la Caimana, es la mujer más peligrosa de todo el penal, podría matarte en un abrir y cerrar de ojos.

—Esa idiota ya me amenazó de muerte, me ha dicho que no saldré viva de aquí, que más me da si la insulto o no.

La Leona se enderezó y e intentó hacer entrar en razón a aquella mujer que conforme los días pasaban le tomaba cada vez más afecto.

—Princesa, no te busques problemas con esa mujer, nadie aquí se ha atrevido a decirle algo como lo que tú le dijiste, mantente tranquila, si no lo quieres hacer por ti, recuerda que llevas en tu vientre a un niño.

La cena fue una velada muy agradable para los cuatro, habían terminado ya de comer por lo que Maité intentó alargar los minutos en aquel restaurante donde solían reunirse cuando querían salir de la rutina de estar encerrados en la mansión.

—Y cuéntanos un poco más de ti, Maritza.

La futura cuñada de Maritza estaba interesada en saber exactamente con quien había compartido la mesa esa noche y entre líneas aprovecharía para saber si sería una buena compañera para su hermano.

—Soy hija del doctor Francisco Mora, el famoso psiquiatra, director del Hospital Psiquiátrico de Costa Asunción, y mi madre es una muy famosa actriz retirada.

La información que la chica había dado le pareció muy interesante a Omar, las puertas del Hospital Psiquiátrico parecían abrírsele de par en par e investigar exactamente que nexos tenía su padre con ese lugar.

—¿Tu padre es el director del Hospital Psiquiátrico? —preguntó Omar deseoso de saber más sobre el tema.

—Sí, yo también estoy estudiando medicina, pero yo quiero ser pediatra, amo los niños.

Omar insistió:

—¿Crees que podría yo hablar con tu papá un día de estos?

—¡Ay!, amor, ¿tanta prisa tienes en hacerle saber que somos novios?

—No, mi vida, creo que tu papá puede resolver una dudita que tengo, creo que lo nuestro debemos llevarlo con calma, cuando llegue el momento pediré tu mano.

Medardo entró a prisa a la sala, allí estaba el inspector intentando descifrar el misterio de porqué un hombre con un atuendo tan llamativo se había inmiscuido en la mansión sin que nadie lo viera, las cosas se estaban tornando muy peligrosas.

—No, inspector, no encontramos a nadie —informó el guardia, sobresaltado.

El viejo Farid salió de su despacho, había escuchado el escándalo e intentó informarse de lo que sucedía.

—¿Qué pasa? ¿Por qué tanto escándalo? Veo a los guardias ir y venir.

—Alguien intentó meterse a la casa, señor, alguien demasiado sospechoso, era un hombre, vestía una misteriosa capa negra. No le pude ver la cara, pero estoy seguro de que él es el asesino que estamos buscando, salí corriendo para atraparlo, pero se esfumó, no obstante, de algo estoy seguro, es alguien que o vive en esta casa o tiene acceso a la misma sin que nadie lo vea —aseguró el inspector, quien creía tener al asesino casi atrapado.

Omar bajó de su auto, su hermana lo había seguido muy de cerca en el suyo, se extrañaron ambos de ver las luces encendidas en toda la mansión, aunque no había indicios de movimientos adentro, eso inquietó a los hermanos Tafur. Maité alcanzó a su hermano justo en las escaleras de la entrada principal, quiso interrogarlo antes de entrar.

—Omar, ¿qué es lo que quieres saber del padre de Maritza?

—Accidentalmente vi a mi padre entrando al Manicomio de Costa Asunción, quiero saber a quién entró a ver, quiero saber quién está allí recluido, no sé por qué, sospecho que mi padre está guardando un secreto y yo voy a averiguarlo.

—¿Estás usando a Maritza?

—Quizá…

La noche siguió su curso, las luces fueron apagándose una tras otra en la Casa Grande de la playa, excepto la luz del cuarto del inspector, ya que no podría dormir en paz hasta descifrar el misterio del hombre de la capa negra. Todos dormían. Después de la negativa de Aldo de entrevistarse esa noche con él, el inspector empezó a armar el difícil rompecabezas: ¿Y si de quien sospechaba no era realmente el asesino? Eran demasiadas preguntas las que atormentaban su cabeza. Se sentó por fin en el borde de la cama mientras pensaba: "El asesino regresó, ¿y si se dejó ver para provocarme?". Miró el reloj en la pared, eran las dos de la mañana. Su meditación fue interrumpida por un ruido extraño en la cocina, lentamente tomó su pistola, que la tenía junto a un viejo libro de criminología que solía leer cuando no podía dormir, avanzó lentamente hacia la puerta de su habitación…

Caminó sigilosamente por los pasillos esperando escuchar otro ruido, sabía que alguien andaba por allí, alzada llevaba su arma, lista para disparar. Caminó lentamente hasta la sala…, de pronto un nuevo ruido, parecía una taza estrellándose en el suelo de la cocina, aceleró su caminar hacia ella, se acercó con cuidado, y en efecto, alguien estaba allí. Encendió con cuidado la luz mientras apuntaba firmemente a todos lados con su revólver y se quedó pasmado con lo que vio, era el hombre vestido de negro, estaba de espaldas con una capa negra larga que iba desde su cabeza hasta sus pies; el inspector García apuntó directamente a su cabeza y sentenció con voz firme:

—Levante las manos, y de la vuelta lentamente.

El hombre seguía allí parado dándole la espalda sin moverse:

—¡Levante las manos y de la vuelta lentamente!

Eran alrededor de las cinco de la mañana cuando, como de costumbre, Marcela, la cocinera, se dirigió a la cocina, ella era la primera en levantarse, y a pesar de que los guardias estaban vigilando toda la noche, ella era la primera en activarse dentro de la mansión. Abrió la puerta de la cocina y la mansión entera se sobresaltó al escuchar el infernal grito de la cocinera. Allí estaba degollado y nadando en sangre: el inspector García yacía muerto en la cocina…

VIII

Un peligroso regalo de Dios

Aldo y Omar fueron los primeros en bajar corriendo al oír los gritos de la vieja Marcela, seguidos por Medardo, quien aceleró sus pasos al oír los escalofriantes gritos de la cocinera.

—¿Qué demonios pasa aquí? —preguntó enojado Aldo, irrumpiendo en la cocina.

Se quedaron todos pasmados al ver la escena del crimen.

La policía llegó unas horas más tarde mientras la prensa se aglomeraba en las afueras de la mansión. Todos estaban tan asustados.

—La maldición ha caído sobre esta familia —decía Sidi Farid con gran tristeza.

Mientras acordonaban la zona, agentes de la policía entraban y salían sin cesar, mientras el pánico envolvía nuevamente a Costa Asunción.

—Le dispararon primero y luego lo degollaron —dijo uno de los oficiales de la policía recogiendo un casquillo bañado en sangre.

—Por Alá, nosotros no escuchamos ningún disparo en ningún momento —confirmó Omar, quien abrazaba a Rania; su hermana estaba completamente histérica, lloraba sin parar, la paz que había encontrado los días anteriores se derrumbaba con este nuevo asesinato.

—Pero eso fue lo que pasó, joven, le dispararon, luego lo degollaron con un hacha, es el mismo *modus operandi*, es el mismo asesino que le quitó la vida a la sirvienta, no cabe duda, es un asesino en serie, lo que no entiendo es por qué asesinó al inspector si a quien tenía amenazada era a la señora Rania.

—Quizá se sintió amenazado al ver a un inspector de la policía aquí dentro de la casa.

La hipótesis de Omar era muy convincente, pero hasta no demostrarlo no tendrían algo concreto del porqué el inspector había fallecido de esa forma.

—Por Alá, por Alá —exclamó Farid en un tono de confusión y asombro—, esto prueba que mi esposa es inocente, si alguien asesinó al inspector García de la misma forma que mataron a Marlen, eso significa que Magali…, Magali no fue, es inocente.

Maité intentó salir de la casa, pero fue interceptada por su hermano.

—¿A dónde vas?

—¿No ves que la prensa casi se tira los muros para entrar? Voy a decirles que se vayan, que no hay nada que aclarar, que para eso está la policía aquí.

Maité bajó las escaleras mientras la prensa se abalanzaba por las rejas de la puerta que daba a la calle, se acercó a ellos y ellos le preguntaban a diestra y siniestra:

—¿Quién cree que es el asesino?, ¿qué dice la policía sobre el asesinato? ¿Ustedes no temen por sus vidas?

—¡Señores, por favor! Yo soy periodista y entiendo que tienen muchas preguntas, pero escuchen lo que voy a decirles: La familia está desconcertada, no entendemos que fue lo que pasó y por eso es que está aquí la policía, lo único que les pido es que se retiren, no tenemos nada que comunicarles y si algo hay que decir creo que la policía es la más idónea para aclarar todas las dudas, por favor retírense.

Aquella tarde Aldo llegó puntual a la cita con doña Magali, que lo recibió perturbada.

—Aldo, por Dios, ¿cómo está eso de que asesinaron a un inspector de la policía en la casa?

—Sí, doña Magali, así es, estaba investigando sobre la amenaza que pesaba sobre Rania.

—¿Amenaza? ¿Hablas del famoso anónimo?

—Sí, el inspector estaba en la mansión para esclarecer de donde venía ese anónimo, pero terminó muerto en la cocina, bueno ahora importante es que su abogado está trabajando a marchas forzadas, ¿no entiende? Con esto está más que claro que usted es inocente, el juez tendrá que dejarla libre a más tardar mañana, esta es la prueba que necesitábamos para que la dejen libre, ahora dígame, ¿por qué me citó? ¿Qué quería contarme?

—Aldo, estoy embarazada, estamos esperando un hijo.

La policía terminó de limpiar la escena del crimen y el comandante se dirigió al jefe de la familia, su mirada era aguda y su voz envuelta en calma:

—Bien, señor, espero que hayan entendido que todos en esta casa son sospechosos de la muerte del inspector Benjamín García, nadie puede abandonar el país y todos, absolutamente todos, están expuestos a interrogatorios de la policía. Como ya le dije vamos a instalar cámaras de seguridad en toda su casa y a vigilar sus movimientos desde una estación cerca de su mansión.

—Tienen toda mi autorización, comandante, y nos ponemos a sus órdenes, esto que está pasando no es algo fácil para nosotros, mi hija mayor está muy asustada, está embarazada y me preocupa su estado... estas cosas podrían afectarle a mi nieto.

—Lo siento mucho, señor, yo no puedo hacer nada en cuanto a eso. Por lo pronto, en una hora todo el equipo de instalación estará en su puesto.

Ocho muchachos instalaban las cámaras de vigilancia en la mansión, eso haría sentir más seguro no solo al jefe de la familia sino a los demás habitantes, pero la persona que estaba cometiendo sus crímenes enfurecería porque los ojos de la policía tendrían acceso a la mansión las 24 horas del día.

Rania había recaído una vez más en su vieja crisis nerviosa, su rostro nuevamente se cubrió de llanto, sabía que, si el inspector había sido asesinado sin que nadie pudiera hacer nada, todos estaban vulnerables, aunque hubiera mil cámaras vigilantes siempre.

Omar le puso las manos en la espalda para intentar calmarla, estaban juntos en el pasillo y Rania miraba hacia afuera a través de la ventana, sentía desesperación, la situación la frustraba en exceso.

—Relájate, Rania, de todo esto algo bueno va a salir, mi mamá es inocente por lógica, la tendrán que dejar libre.

Maité se acercó a ella y dándole un vaso con agua agregó con ánimos de calmarla:

—Omar tiene razón Rania, yo también estoy aterrada, y si de algo te sirve lo que te voy a decir, el asesino no cumplió su amenaza, tú no fuiste la siguiente, cálmate.

Ella tomó un sorbo de agua, guardó silencio unos instantes mientras su mirada se perdía, luego volvió su mirada a sus hermanos.

—Es obvio que no, pero también es obvio que ahora sí me va a matar a mí. Quizá, el asesino se sintió intimidado con el inspector metido en la casa y por eso lo mató, ¿no se dan cuenta, para ese hombre matar a quien está en esta casa es tan fácil como matar a una mosca? Digámosle a mi padre que nos mudemos a la capital ¿sí?

Omar le presionó los hombros, entendía la desesperación de su hermana, pero su idea no sería bien vista por las autoridades.

—Obviamente, la policía no lo permitirá, dirán que estamos huyendo, no podemos movernos de aquí hasta que descubran quién es el asesino.

—Sí, hasta que descubran quién es el asesino o el asesino nos mate a todos —protestó Rania envuelta en histeria.

Leonor estaba sentada en el sillón de la sala de la casa de su mejor amiga, la miraba ir y venir, nerviosa, ansiosa, y arqueando la ceja estalló:

—¡Ya, Maritza! ¿Puedes calmarte?, poniéndote así no vas a solucionar nada, ya le llamaste a Omar, ya te dijo que está bien, ¿qué te pasa? Tranquilízate mujer.

—¿Qué no te das cuenta? La vida de Omar y todos en esa casa está en peligro, yo quiero ir...

—Maritza, por Dios, ¿no ves que esa casa está infestada de policías? No te van a dejar entrar y en segundo lugar Omar fue claro en decirte que él vendrá a verte en cuanto pueda, ya cálmate, mira, amiga, yo no quiero intrigarte, pero si alguien en esa familia fue capaz de matar a un detective de la policía, ¿no crees que deberías de replantearte la idea de ser novia de ese muchacho? Mari, tu propia vida podría estar en peligro.

Aldo se tapó la cara lentamente y deslizó sus manos sobre su rostro, estaba decepcionado, confundido.

—Vas a tener dos hijos, uno con tu suegra y otro con tu esposa —advirtió doña Magali con el rostro envuelto en desesperación. Aldo puso sus manos sobre la mesa y luego de un breve silencio comentó:

—Hay que abortarlo, ese niño no puede nacer.

—¿Qué? Claro que no, por supuesto que va a nacer, aunque eso signifique que Farid me mate con sus propias manos, voy a parir a este hijo, a nuestro hijo, Aldo, ¿no entiendes? Es el fruto de nuestro amor, yo estoy enamorada de ti, este es el más peligroso de los regalos que Dios me pudo haber dado.

Gabriel logró llegar hasta la puerta de la casa de su novia, previo a esto había sido registrado por los agentes y hasta que no contestó todas las preguntas que los investigadores le hicieron no pudo subir las escaleras que daban al segundo nivel. Por fin estaba parado frente a la puerta del cuarto de Maité. Tocó con discreción y luego de edificarse logró entrar.

Maité puso el libro que leía para calmar sus nervios sobre la mesita de noche y corrió a sus brazos.

—Hola, amor —dijo ella besándole la boca.

—Hola, ¿qué es todo esto?, ¿van a poner cámaras por todos lados?

—Sí, después de lo que sucedió anoche van a forrar esta casa con cámaras, como puedes ver ya perdimos por completo nuestra privacidad, solo en nuestros cuartos no van a colocarlas, pero sí en pasillos, en la cocina, en el despacho de papá, en todos lados, esto me incomoda.

—Solo vine a ver cómo te sentías, amor.

—Aturdida, asustada, desesperada, todo esto es para ponerle los pelos de punta a cualquiera.

—Sí, lo entiendo, pero pues todo esto de las cámaras hay que verlo por el lado positivo, amor, así estarán más cuidados y todo lo que se mueva aquí adentro será captado. Imposible que el asesino escape si es que piensa atacar de nuevo.

— Si esto sigue así me voy a volver loca.

Nada fuera de lo común sucedió en los dos meses siguientes, la mansión, mágicamente, volvió a la normalidad, Rania comprendió que lo que la policía había hecho le estaba ayudando a calmar sus nervios, a pesar de todo se sentía segura.

Era día lunes y doña Magali se limaba las uñas mientras sus compañeras dormían a pierna suelta. Entonces fueron alertadas con un macanazo en los barrotes por una celadora.

—Magali Robles, tienes visita, es tu abogado —dijo abriendo la celda de un golpe.

Doña Magali saltó de su litera y corrió hacia la puerta.

—Ojalá esta vez sean buenas noticias, chicas —miró entonces a sus compañeras que despertaban de su sueño profundo.

—Doña Magali, este es un gran día —dijo sonriendo su abogado, la sala de visitas estaba completamente vacía, las noticias que llevaba para su clienta harían que esa sala se llenara de esperanzas.

—¿Qué hace aquí tan temprano? Ayer vino y no entiendo qué hace aquí…

—Ayer no quise darle falsas esperanzas, pero hoy le traigo la mejor de las noticias, el juez ha decidido dejarla en libertad, arregle sus cosas, hoy, a las dos de la tarde la van a dejar libre.

Pocas veces se había sentido tan feliz, tanto, que se paró y se abalanzó a abrazar a su abogado.

—Toda la familia Tafur estará aquí a las dos de la tarde, antes de venir les avisé —agregó sonriendo mientras correspondía a su abrazo.

Rania se maquillaba tranquilamente frente al espejo en su habitación, mientras su esposo la esperaba cómodamente tirado en la cama.

—Es extraño que papá nos haya citado en su estudio.

—Sí, no quiso que me fuera a la procesadora sin antes hablar con nosotros.

—Estoy lista, vamos.

Omar y Maité habían llegado antes que Rania y su marido, el patriarca de la familia aguardaba frente a su escritorio en espera de que todos se reunieran para dar la mejor de las noticias.

—Bien, aquí estamos, ¿por qué tanto misterio?

Las palabras de Rania hicieron que todos voltearan a ver, cuando ellos entraron al despacho, sus rostros parecían inquietos por saber cuál era el motivo de la reunión.

—Aldo, cierra la puerta y siéntense —ordenó el viejo con una sonrisa en el rostro, había de pronto recobrado la vida, quizá en años no se le notaba tan regio. De eso se percataron sus hijos.

—Bien, hoy antes de que todos se levantaran, estuvo aquí el Licenciado Bocanegra, me trajo excelentes noticias. Hoy, ni tú, Aldo, ni tú, Omar, irán a trabajar, hoy organizaremos una hermosa fiesta aquí en la mansión, ¿el motivo? Bueno, sencillo, mi esposa, a las dos de la tarde, sale libre de la cárcel.

Los gritos y aplausos de emoción retumbaron en toda la Casa Grande, a pesar de los abrazos entre ellos, Aldo guardaba miedo en su corazón, pronto el embarazo de su suegra se notaría, ella estaría en problemas serios con su marido y probablemente lo arrastrarían en ese asunto, ¿podría doña Magali soportar la presión? De ser así, Aldo estaría libre de pecado ante los ojos del viejo Farid.

La entrada estrepitosa de doña Magali hizo que sus compañeras dejaran de lado el chisme, esa felicidad solo la podría provocar algo: la libertad.

—¿Qué te pasa, princesa?

Fue la interrogante de la Panteonera quien dejó la litera y fue hasta donde estaba su amiga.

—¡Me voy, amigas, hoy salgo de prisión!

—¿Cómo así? ¿Cómo que te vas Princesa Árabe?

—¡Sí, sí, sí!, ¡es la mejor noticia que mi abogado me pudo traer!, ¡dice que después del asesinato del inspector García, se comprobó que yo no asesiné a la sirvienta en mi casa! Este es el día más feliz de mi vida.

Maritza se enteró de primera mano que doña Magali saldría de prisión, aunque no la conocía personalmente, tenía ansias de saber quién sería su suegra. Después de que Omar la invitara a cenar por la noche aceptó gustosamente, el hecho de celebrar la libertad de doña Magali en la mansión Tafur le daba la idea de que Omar estaba tomando en serio su relación

—No sabía que andabas con novio —observó el doctor mirando a su hija con desconcierto, tomó un sorbo de agua y esperó una respuesta. Maritza había dejado la mesa para atender la llamada de Omar.

—Nada formal, papá.

—Aunque no sea formal, necesito saber quién es.

—Es Omar Tafur, papá, el hijo del viejo árabe.

—Mmmm, esa familia está plagada de secretos.

—¿Qué sabes tú de la familia Tafur, papá?, ¿tengo algo que saber de ellos?

—No, claro que no, tú misma me lo acabas de decir, "no es nada serio" así que no te metas en asuntos de una familia a la cual no vas a pertenecer, hija.

La mansión Tafur se vistió nuevamente de ilusión, Marcela, la fiel cocinera, fue la encargada de montar la fiesta, el tráfico en la cocina era insoportable, cocineros y ayudantes iban y venían como hormigas enloquecidas. Tenían poco tiempo para organizar la bienvenida de la señora, pero la experiencia de Marce hizo que la familia estuviera tranquila, las cosas saldrían muy bien. Omar lo había decidido, sí, le daría la sorpresa no solo a su familia sino también a ella, en la cena, cuando todos brindaran por el regreso de doña Magali, él presentaría a su amada Maritza como su novia oficial.

Era la una y media de la tarde de aquel lunes, cuando la familia Tafur se dio cita en las afueras del penal donde estaba recluida doña Magali. El licenciado fue el único que pudo entrar a las instalaciones, pues no era día de visita y según el protocolo los familiares debían esperar afuera: Rania, Aldo, Omar, Maité y don Farid estaban ansiosos, esperaban verla salir radiante.

El abrazo dio punto final a la relación entre la Leona, la Panteonera y la Princesa de Arabia, quizá jamás se volverían a ver, aunque doña Magali prometiera solemnemente que volvería a visitarlas.

—Pues me voy, amigas, les prometo que vendré a verlas.

—Así dicen todas y al final poco a poco se olvidan de una —comentó la Leona con lágrimas en los ojos.

—Yo no me olvidaré de ustedes, amigas —aseguró ella abrazándolas mientras la Panteonera guardaba silencio, pero lloraba por la partida de la reclusa. De pronto una celadora llegó y estrelló su macana en los barrotes de la celda diciendo:

—Magali Robles de Tafur, vamos, que tienes que firmar tu salida, llegó la hora de dejar este castillo, reina, vamos.

Las rejas se abrieron lentamente para doña Magali, jamás se había sentido tan dichosa, afuera el sol brillaba de seguro y estaba lista para disfrutar de su libertad. Había dejado ya el uniforme y vestía un hermoso atuendo celeste, había jurado que el día que saliera lo usaría y así lo hizo.

Caminaron por el largo pasillo las dos, mientras las demás reclusas gritaban cosas como "Adiós, mamacita", "No te olvides de las pobres" "Algún día volverás". La celadora detuvo su caminar repentinamente, la miró con curiosidad y le pidió que la esperara un momento, el pasillo estaba completamente vacío, así que ella obedeció.

No había pasado mucho tiempo, cuando la figura de aquella rencorosa mujer apareció frente a ella, la sonrisa macabra que dibujaba en su rostro hizo que por un momento las ilusiones de salir de prisión se esfumaran para doña Magali.

—¿Así que ya se va la princesa? ¿Y te ibas sin decirme adiós?

—Caimana, por favor, no, no hagas esto, por favor.

El filoso cuchillo que la asesina sostenía en sus manos hizo que la princesa de Arabia temiera por su vida y por la vida de su bebé, la promesa que la mujer le había hecho se cumpliría si ella no ponía un alto, pero ¿cómo defenderse si aquella mujer era una asesina profesional?

—¿Te recuerdas que te prometí que no saldrías de este lugar más que con los pies por delante?, vine a cumplir mi promesa, mi amor.

El cuchillo enterrándosele en el vientre hizo que doña Magali sintiera un calor insoportable, la sangre empezó a salir a borbotones y las palabras llenas de odio de la mujer las escuchó débilmente:

—Salúdame a Lucifer en los infiernos, hija de puta —dio vuelta al cuchillo aún ensartado en su estómago y lo sacó aprisa y corrió por el pasillo mientras doña Magali caía lentamente al piso.

Las puertas del penal se abrieron, pero no para que saliera doña Magali como todos imaginaban, una ambulancia salió de allí mientras todos se preguntaban qué era lo que sucedía, fue el abogado quien les tenía que dar la nefasta noticia.

—¿Qué está pasando aquí? ¿A quién llevan en esa ambulancia? —preguntó Maité al licenciado intuyendo que algo estaba mal.

—Apuñalaron a doña Magali, la llevan de emergencia al hospital.

El mundo oscureció para todos con la infortunada noticia, doña Magali ahora estaba entre la vida y la muerte.

La guardia abrió la puerta de una celda aislada y lanzó a la Caimana en ella, aunque todo había sido planeado y había sobornado a las autoridades, era evidente que tenían que aparentar para que las cosas no se salieran de control.

—¡Aquí te vas a quedar por largo tiempo Caimana! ¡Estás en aislamiento!

—¡Ojalá se muera esa perra!

La celadora se retiró y entonces la Caimana se acercó a los barrotes: "Ojalá que el tal Aldo Zapata cumpla con su parte, yo ya cumplí con ayudarle a que esa perra aborte, espero que cumpla con el pago" —pensó esbozando una leve y macabra sonrisa.

La noticia corrió como pólvora por toda la ciudad, parecía que la familia árabe estaba maldita, Rania no podía contener su dolor y sus hermanos intentaban estar en calma dentro de lo posible, todos se dirigieron al hospital donde internarían a la señora de Farid, serían noches largas, quizá la muerte ya había besado los labios de doña Magali, quizá le daría una nueva oportunidad.

Maritza por su parte empezó a creer que su padre tenía razón, la familia en la que intentaba entrar estaba plagada de secretos, enemigos, muertes, todos en esa familia tenían sus demonios privados.

Gabriel entró corriendo a la sala de espera del hospital, aunque allí estaba su hermano intentó saludarlo como si fuese alguien recién conocido, abrazó a Maité y esta sintió un bálsamo fresco en su alma.

—No lo podía creer cuando me enteré, amor.

—Estamos devastados —afirmó Maité limpiando sus lágrimas.

—Gracias por venir, muchacho.

Gabriel pudo leer en los ojos de su futuro suegro el dolor que aquella tragedia dejaba en su alma. Extendió su mano y la presionó intentando reconfortarlo.

—Señor, es mi deber estar aquí, sabe que amo a su hija y este momento es tan doloroso para todos…

La noticia también se divulgó por todo el penal, la Caimana había cumplido su amenaza, eso le daba más poder, inspirar miedo es el poder más grande que un ser humano puede tener para dominar a las masas y eso la Caimana lo sabía. La Panteonera y la Leona se horrorizaron al enterarse de lo que aquella mujer había hecho, ahora solo quedaba esperar noticias de su ex compañera y amiga.

No tardó en unirse al grupo Maritza, había llegado corriendo con su amiga Leonor. Al verla, Omar se llenó de esperanzas. El abrazo que se dieron extrañó a más de uno de los allí reunidos.

—Hola, amor, lo siento mucho.

Rania, al ver a la mujer extraña demostrar excesivo cariño por su hermano, se acercó a ellos para investigar quién era exactamente aquella chica.

—¿Y ella es?

Omar miró a toda su familia y dijo:

—Ella es mi novia, Maritza Mora.

—¿Eres familia del doctor Francisco Mora? Te noto cierto parecido —preguntó Farid, quien era viejo amigo del doctor Mora.

—Es mi padre, soy su única hija.

—Omar, no sabíamos que tenías novia —agregó Rania regresando al lado de su marido.

—Sí, perdón por presentarla así, sabemos que no es el momento ni el lugar, pero ella quería estar aquí conmigo.

El reloj parecía negarse a avanzar en el hospital, todos comprendieron que continuar con el asunto de la novia de Omar era inútil, nada importaba más que la salud de doña Magali.

Cuando el médico salió, todos se abalanzaron contra él para saber el estado de salud de doña Magali:

—Estable —fue la respuesta del médico, aunque todos querían verla, Rania fue la única que pudo entrar a verla, mientras los demás esperaron afuera, nadie puso resistencia, pues el hecho de que Rania la viera podría calmar sus alterados nervios.

Rania entró detrás del doctor. Allí estaba su madre, conectada a aparatos y ese incesante sonido desesperó su alma, odiaba los hospitales, pero tenía que estar allí, con ella, con la mujer que tanto la quería.

—¿Ya se siente mejor?

Preguntó el médico acariciando levemente la mano pálida de la moribunda mujer. Su voz débil dio una respuesta con dificultad.

—Sí, siento que me falta un poco el aire por momentos.

—Es normal, poco a poco se estabilizará, tiene mucha suerte, es sorprendente como el bebé se salvó.

—¿Cómo dijo? ¿Mamá, está embarazada?

—Sí, Rania, estoy embarazada.

—¡Por Dios! Voy a tener un hermanito ¿Papá ya lo sabe?

—¿Puedo hablar con ella a solas doctor?

Ni una media palabra pronunció el médico dejándolas a solas para que pudieran hablar más cómodas, Rania se acercó a ella y le tocó tiernamente la mano.

—Mamá, ¿qué pasa?

—Este hijo que estoy esperando no es hijo de tu padre.

La confesión de doña Magali dejó fría a Rania…

IX

Verdades humillantes

El impacto al escuchar a su madre fue profundo en Rania, no hizo preguntas, no quiso saber nada, simplemente retrocedió y dejó a su madre en la cama, abrió lentamente la puerta y salió del cuarto. Salió desconcertada hasta donde estaban los demás. Maité notó en ella inmediatamente que algo no andaba bien.

—¿Qué pasa? ¿Cómo está mi mamá?

—Está bien, voy a ir a tomar un café...

La respuesta fría de Rania desconcertó a todos, los dejó parados y caminó lentamente por el pasillo del hospital, su marido, al ver como su esposa actuaba, decidió ir tras ella.

—¿Rania?

Los dos se alejaron del grupo desapareciendo en los pasillos del hospital, el abogado de la familia llegó justo en ese momento, por lo que hizo que el viejo Farid apartara su atención de Rania y lo atendiera.

—¿Cómo siguió?, disculpe que llegue a esta ahora, pero estaba arreglando algunas cosas en la cárcel.

—Está bien, parece que está estable, le agradezco tanto por todo lo que ha hecho, licenciado. Ahora solo queda esperar.

Omar y Maritza prefirieron tomar asiento en las largas bancas que había en los pasillos, ella se recostó en su hombro, quería darle todo el apoyo que aquel muchacho necesitaba, estaba enamorada de él, no lo conocía, pero ansiaba pasar el resto de sus días a su lado, el chico le inspiraba paz, esa paz que ella necesitaba.

—Vi a la policía afuera, ¿los están siguiendo a ustedes?

—Sí, cuando alguien sale de la mansión, la policía nos sigue, después de lo que sucedió con el inspector todos somos sospechosos, pero no te preocupes, nada pasará

No quiso dar explicaciones mientras caminaban en dirección a la cafetería del hospital, así que Aldo se resignó a caminar a su lado, le preocupaba la actitud perturbada de su esposa. Entraron en la cafetería y Rania se sentó frente a una mesa y solicitó para ella un café, Aldo quiso acompañarla con otro.

—¿Qué pasó, Rania? ¿Por qué te pusiste así? ¿Tu mamá está bien?

—Aldo, contéstame tú una pregunta, ¿te pedí que me acompañaras? ¿Por qué no me dejas sola?

La pregunta irreverente de su mujer hizo que Aldo se sintiera humillado, se levantó de la mesa dispuesto a salir del lugar.

—Eso es, lárgate, no quiero ver a nadie.

¿Hasta dónde Aldo soportaría esa situación?, quizá ni él lo sabía, salió de la cafetería dejando a su esposa sentada con la mirada perdida esperando el café que había ordenado.

—Estúpido —dijo Rania observando cómo su marido regresaba con el resto de la familia.

Aldo caminaba por el pasillo de regreso a donde estaba la familia Tafur, pero fue encontrado por el licenciado Bocanegra.

—Aldo, qué bueno que lo encuentro a solas, la Caimana está en el hoyo, pero manda a decirle que cumpla su parte, pierda o no pierda el niño doña Magali, ella quiere que le pague, ese fue el trato.

—Dígale a esa perra que con un hombre trató, que tendrá su dinero.

—Aldo, no entiendo por qué mandó acuchillar a la señora de Tafur, ¿a usted qué le importa que ella esté embarazada?

—Usted limítese a cumplir órdenes que para eso se le paga, y si usted abre la boca en cuanto a esto de que yo tuve que ver con el ataque en contra de mi suegra, téngalo por seguro que aparecerá con hormigas en la boca, así que más le vale que se quede callado, ¿entendió?

Los siguientes ocho días fueron de ir y venir entre el hospital y la Casa Grande, la familia Tafur era perseguida por agentes de la policía que no los dejaban ni a sol ni a sombra, pero el asesino estaba suelto y podría atacar de nuevo, por eso tenían que soportar tanta presión y hostigamiento.

En la cárcel las cosas seguían igual, la poderosa Caimana había sido regresada a su oscura y cómoda celda, aquella mañana esperaba ansiosa noticias del dinero que Aldo le debía, fue llevada a la Sala de espera donde el abogado de doña Magali la esperaba.

—¿Me trajo el regalito? —preguntó esbozando una macabra sonrisa mientras se sentaba frente a él.

El abogado de la familia Tafur sacó un rollo de dólares y discretamente se lo pasó:

—Se lo envía don Aldo, aunque el niño sigue vivo, usted cumplió el trato.

—Perfecto, cuentas claras, amigos duraderos.

—Es todo, tengo que irme.

—¿Cómo está ella?

—Ayer le dieron la salida, está en su casa reposando. Caimana, es mejor que se tranquilice si no quiere tener problemas con la familia Tafur, es una familia muy poderosa.

—Relájese, licenciado, sé cómo cuidarme de gente poderosa como ellos. No soy una rata, soy una Caimana, que tenga buen día.

Rania detuvo su caminar frente a la puerta del cuarto de sus padres, lo pensó un poco y luego se decidió a tocar. Su madre autorizó que entrara, lo hizo lentamente y se sentó en la orilla de la cama donde su madre aún reposaba, tenía otro semblante, pero no estaba del todo repuesta.

—Mamá, en el hospital me quedé perpleja por lo que me dijo… yo necesito saber, necesito saber con quién engañó a mi papá.

—No me juzgues, las cosas no son tan fáciles como crees, las cosas se me salieron de control, es todo, no sabes cuantas veces le supliqué a tu padre que tuviéramos intimidad, mil veces, yo soy mujer, estoy joven y no me iba a volver una mujer casta porque tu padre no me puede cumplir como hombre.

—Sí, esa parte la entiendo, no voy a juzgarla, solo que es justo que sepamos quién es el padre del bebé, es nuestro hermanito.

—A su tiempo lo sabrán, por ahora te suplico que no digas nada, yo sabré cuándo y cómo decirlo, ¿cuento con eso?

Habían sido días cansados para Aldo, estaba sentado revisando algunos papeles cuando su relativa paz se vio interrumpida por su cuñada.

—Te buscaba en la otra oficina, pero veo que cambiaste.

—¿Qué es lo que quieres, Maité?

—Iba para el trabajo y pensé... ¿Por qué no paso a visitar a mi cuñadito?

—Y bien, ya me visitaste, mira cuñada, la verdad es que estoy muy ocupado.

—¿Te recuerdas como hacíamos el amor en la otra oficina? Te venía a ver por las tardes y siempre terminábamos haciendo el amor. ¿No te gustaría estrenar esta oficina?

—Maité, es mejor que te vayas, la empresa está llena de gente.

—¿Y si estuviera vacía, me cogerías?

Aldo metió su mano en la bolsa de su saco y le entregó una tarjeta.

—Te veo allí después de que salgas de tu noticiero.

Maité miró la tarjeta que decía: "Hotel Costa Mar". Y sonriéndole, contestó:

—Nos vemos en la noche, cuñadito.

Omar se apresuró a la puerta de su oficina al enterarse que Maritza lo visitaba. Sus cálidos besos fueron como un bálsamo en medio de tanta tribulación. La invitó, pues, a sentarse frente a su escritorio mientras él se acomodaba en el suyo.

—Vi salir a tu hermana.

—¿Rania estaba aquí?

—No, Maité, así se llama, ¿no?

—Oh sí, Maité, ¿A qué vendría?

—Pues la vi salir de la oficina que está aquí al lado.

—¿Maité vino a ver a Aldo? Qué extraño.

—Por cierto, amor, ya conseguí lo que querías, mi papá te va a recibir hoy en el psiquiátrico.

—Perfecto, gracias amor, quiero que vayas conmigo, me interesa saber algo y creo que solo él puede ayudarme.

Maité bajaba por el ascensor, sacó la tarjeta que Aldo le había dado y dibujó en su rostro una sonrisa al leer nuevamente lo que en ella estaba inscrito, nada más excitante que una cita de hotel. Decidió ir personalmente al mercado de la ciudad para cancelar su encuentro con Gabriel, siempre se veían después del noticiero, pero esta vez no sería así.

Aquella tarde Omar se encontró con su novia en un restaurante de la ciudad, no desaprovechaba la oportunidad para sumar horas a su lado, eso enamoraba aún más a la hermosa hija del doctor Mora.

—Pensé que iríamos al hospital.

—Y vamos a ir, amor, pero tengo un poquito de hambre, fue un día pesado en la oficina, ni siquiera almorcé.

—Creo que te acompañaré con un helado porque no tengo hambre, amor…. ¿Qué es lo que en realidad le quieres preguntar a mi papá?

—Mi papá ha visitado ese lugar algunas veces y quiero saber exactamente a quién visita, si tiene algún amigo allí, no sé, algo me dice que mi papá me está escondiendo algo.

—Sea lo que sea, hoy tendrás todas las respuestas a las preguntas que quieras, mi vida.

Farid hizo pasar a su despacho al comandante de la policía quien había llegado hasta la Mansión Tafur para una entrevista exclusivamente con él.

—¿En qué le puedo servir, comandante? —preguntó el viejo entrelazando sus manos y colocándolas sobre su escritorio.

—Un mes ha pasado después de que instalamos las cámaras en su casa y por lo visto fue el remedio a los asesinatos. En realidad no sé si esto era una serie de asesinatos o que, lo único que debo decirle, señor, es que no vamos a descansar hasta que el crimen de nuestro inspector sea resuelto, por lo pronto vengo a decirle que bajaremos un poco la guardia, yo necesito a algunos policías en la comisaría y no podemos tener un escuadrón aquí en su casa; me parece que con dos que vigilen las cámaras como lo hemos venido haciendo y uno que esté listo afuera por cualquier cosa, bastará, además usted tiene su seguridad privada.

—Sí, me parece sensato, esperamos en Alá que no se vuelvan a repetir estos actos atroces, y cuente con mi ayuda si algo puedo hacer por ustedes.

Rania vio salir al comandante de su casa, corrió inmediatamente para investigar el motivo de su visita, entró sin pedir permiso en el despacho de su padre.

—¿Qué hacía el comandante en su despacho? —preguntó, sentándose cómodamente frente al escritorio de su padre.

—Va a reducir la vigilancia, no han sucedido mayores cosas en los últimos días.

—¿Van a quitar las cámaras?

—No las van a quitar, Rania, hasta que no atrapen al asesino.

—Hablando de otra cosa papá, ¿qué le pareció la novia de Omar? ¿Usted sabía que él tenía novia?

—Me pareció que es una muy bella jovencita y no, no sabía que Omar tenía novia, acaba de salir del internado y parece que ya va a formalizar con ella.

—Omar debería fijarse en una mujer que valga la pena.

—¿Cómo sabes que la hija del doctor no vale la pena?

—Intuición femenina, papi, intuición femenina.

Omar y Maritza caminaron de la mano por los corredores del hospital psiquiátrico mientras miraban a algunos de los enfermos mentales en los jardines, hablando con gente imaginaria y comiendo flores.

—Bienvenida, señorita— saludó una enfermera saliéndoles al paso.

—Necesitamos ver a mi padre —ordenó ella sin pararse ni un segundo.

—Claro, por favor, síganme.

El día era espléndido y doña Magali no pretendía mantenerse encerrada, por lo que ordenó a uno de los empleados que le ayudara a bajar hasta el jardín, un poco de sol le caería bien. Medardo subió hasta su habitación y la tomó entre sus brazos y bajó lentamente por las escaleras, se dirigió al jardín para cumplir con los deseos de la reina y señora de la inmensa mansión. Hizo que el guardaespaldas más antiguo de la casa le escogiera un libro de la biblioteca de su marido, pidió una novela, era hora de retomar el viejo hábito de la lectura.

—Hola, papi —saludó Maritza con una sonrisa mientras su padre extendía sus brazos y se levantaba de su silla para recibir a su pequeña.

—Hola, mi amor.

—Papi, te presento a Omar Tafur, mi novio.

Omar extendió la mano y el gesto fue respondido por su futuro suegro:

—Bienvenido, muchacho, ¿qué los trae por aquí?

—Qué gusto conocerlo doctor. Mire, doctor, voy a ser directo, he visto que mi padre visita este lugar con frecuencia y me gustaría saber a quién visita, ¿hay alguien internado de la familia?

—No, muchacho, claro que no, tu padre me ha visitado por cuestiones de negocios, nada más.

—Doctor, con todo el respeto que usted me merece, no creo que mi padre lo visite por cuestiones de negocios en un lugar así, no sé, supongo que para eso hay cafeterías, restaurantes, lugares más adecuados que un hospital psiquiátrico para hablar de negocios.

Maritza intuyó que su padre ocultaba algo, así que intentó persuadirlo para que se abriera con Omar.

—Papá, Omar será parte de la familia, no le escondas nada, te lo pido por favor, por el gran amor que me tienes. ¿Hay alguien internado que sea de la familia Tafur aquí?

—Miren, muchachos, les voy a decir la verdad, pero quiero que, por favor, sean discretos. Si te voy a decir esto, jovencito, es por mi hija, no por ti, así que necesito que seas discreto con la información que te voy a dar. Tu padre tiene internada aquí a su hermana.

—¿Qué? ¿Mi papá tiene hermanos?

—Sí, es una hermana de tu padre, lleva aquí muchísimos años, está desquiciada, sufre de esquizofrenia. Tu padre la internó en este lugar por la seguridad de ella y de su familia.

El doctor abrió la celda donde estaba Jalila, entraron lentamente, esta estaba en una esquina mirándola firmemente, mientras restregaba la muñeca con la mano derecha en la pared.

—Se llama Jalila —indicó el doctor casi susurrando.

Omar no soportó la tentación y la saludó, con la esperanza que esta se diera la vuelta y poder ver su rostro.

—¿Tía Jalila?

Esta, al oír su nombre se dio la vuelta lentamente, llevaba su pelo hecho un desastre y su vestido blanco estaba hecho un guiñapo, la mirada perdida de su tía hizo que Omar se sintiera atraído por ella. ¿Por qué su padre había ocultado esa verdad?, de pronto, como si un rayo iluminara la noche, recordó la conversación que había tenido con Medardo en la playa, su tía era la traductora cuando su padre había llegado a la ciudad, claro, su tía Jalila seguramente le había enseñado a hablar español a su padre.

—Por Alá, mi hijo, por fin viniste a verme —y diciendo eso tiró su muñeca y se arrojó a sus brazos.

—Tía, tranquilícese, soy yo, su sobrino, usted no me conoce, soy Omar Tafur.

Maritza se impresionó tanto con aquella escena que no pudo evitar llorar, la mujer se sujetaba con todas sus fuerzas al cuello del joven, era su pequeño, era su niño, ¿o no? El doctor también se había conmovido con aquella escena, con mucha pena le explicó a Omar que Jalila esperaba eternamente en aquel lugar a que su hijo o hija lo visitara algún día, ella estaba convencida de que había dado a luz a un hijo, pero ¿cómo creerle a alguien que tiene trastornos mentales?

Jalila soltó a su sobrino y con lágrimas en los ojos agregó:

—Yo sabía que no estabas muerto, yo lo sabía, tu padre siempre me lo quiso ocultar. Quiero que saludes a tu hermanita. ¿Dónde está tu hermanita? —dijo buscando su muñeca.

—Tranquila, tía, soy su sobrino, solo su sobrino.

—¿Qué es un sobrino?

—Soy el hijo de su hermano Farid.

—¿Cómo están mis papás?

El padre de Maritza tocó el hombro de Omar e hizo la siguiente sugerencia:

—Creo que es mejor que nos retiremos, a ella no siempre le caen bien las visitas, creo que la tuya no le ayudará mucho, muchacho.

El doctor puso en las manos de Jalila la vieja y maltratada muñeca, y pidió a los visitantes que la dejaran sola, la visita había terminado.

—¿Qué historia es esa de que tiene un hijo? —preguntó Omar mientras caminaba por el pasillo.

—Este es un manicomio muchacho, el 99% de lo que los pacientes dicen aquí es pura locura, no lo olvides.

No quiero meterme en problemas con tu padre, ¿crees que puedes guardar el secreto de que estuviste aquí?

—Sí, gracias doctor por su ayuda, vendré a ver a mi tía más seguido.

Doña Magali estaba sentada leyendo muy entretenida cuando vio llegar a su marido, iba lentamente en su silla de ruedas.

—Te hartó estar encerrada —preguntó colocándose junto a ella.

—Sí, como me hartan tantas cosas en esta vida, Farid.

—¿Qué te pasa? ¿Ahora qué hice?

—No, si tú no has hecho nada, tú nunca haces nada. ¿Sabes cuantas veces te he suplicado que hagamos el amor?

—¿Ya vas a empezar con lo mismo, mujer?

—Farid, estoy embarazada y es evidente que este hijo no es tuyo…

Maité se sentó frente al espejo de su camerino, estaba lista para revisar toda la información que daría en el noticiero, miró fijamente su reflejo en el espejo y pasó el peine por su cabello mientras recordaba:

"—¿Y cuándo me vas a presentar a tu familia? —preguntó Aldo quitándole el bolsón a la bella joven que había elegido como novia.

—Mi familia es un tanto especial, si no te presento como mi novio oficial no podrás conocerlos, son muy conservadores, tomando en cuenta que soy hija de un árabe y de una católica empedernida ya te imaginarás la mezclita.

—Entonces me tendré que comprometer contigo.

—Sí, creo que es la única forma que conozcas a mis padres. A la que si puedes conocer cuando quieras es a mi hermana Rania. Trabaja de secretaria de papá.

—No sabía que tenías una hermana.

—Sí, es la mayor, se llama Rania, y casualmente a esta hora está saliendo de su trabajo. ¿Qué te parece si vamos a sorprenderla?

—Vamos.

El joven Aldo no pudo evitar sentirse atraído por la joven secretaria, hermana de su novia. Su mirada lo embrujó desde el primer momento.

—Te presento a mi novio Aldo.

—Mucho gusto.

—El gusto es mío, me llamo Aldo, Aldo Zapata.

Sus manos se entrelazaron por primera vez, aún Aldo era un joven estudiante y Rania una hermosa y joven secretaria, pero sus vidas estarían unidas para siempre sin que los tres lo supieran".

Otro recuerdo vino a la mente de Maité, no pudo evitarlo:

"—Maité —dijo Aldo aquella tarde cuando estaban comiendo un helado—, tengo algo que decirte.

—¿Por qué tanta seriedad amor? ¿Qué quieres decirme?

—Estos meses he estado muy confundido. No sé cómo explicártelo, intentaré ser lo más honesto. Desde que conocí a Rania, he ido a la procesadora a buscarla, no sé cómo pasó, solo pasó. Maité, lo siento, estoy enamorado de tu hermana.

Como si hubiera sido esa misma tarde, Maité recordó la cachetada que le propinó a Aldo y cómo lo abandonó en la cafetería con el helado en la mano y salió corriendo por la calle mientras la lluvia borraba sus lágrimas".

Fue sacada de su traumático recuerdo cuando Bernardo, su compañero de canal, le tocó la puerta de su camerino.

—Maité, aquí afuera te voy a dejar otra información que acaba de llegar a última hora —informó desde afuera.

Ella se secó las lágrimas y trató de disimular diciendo:

—Gracias, ya la tomo —y mirando el espejo sentenció con furia—: ¡Maldito Aldo!, hoy te haré el amor como nunca antes, maldito, te sigo amando.

—¡Que Alá me libre! ¡Si la gente supiera las humillaciones a las que me expones!

—Conmigo no finjas, Farid, por favor, ¿ya olvidaste nuestro trato?, ¿ya olvidaste todos los acuerdos que tenemos?, para todo el mundo este hijo será tuyo, así te librarás de las críticas de los demás y yo… yo no saldré manchada, ¿o qué pensabas, que me esperara hasta que a ti se te diera la gana? Soy mujer y necesito mis noches de pasión. Así que me debías una, hoy te la estoy cobrando, amado mío —dijo volviendo a fijar su mirada en la novela que leía.

Farid le tumbó el libro y mirándola fijamente agregó furioso:

—Al menos tengo derecho a saber quién es el padre de ese hijo que llevas dentro.

—Te aseguro que no querrás saberlo, mi amor —diciendo eso, tocó la campana para que llegara alguien de la servidumbre para acompañarla a su cuarto.

Omar detuvo el auto en la entrada de la casa de su novia, le tomó la mano e intentó abrir su corazón:

—Gracias por lo que has hecho por mí, la verdad, ya ni sé cómo me siento, estoy tan confundido…, no sabía que tenía una tía, mi padre jamás habla de eso, es más, de la familia de mi padre casi no sé nada.

—Mi vida, tu familia sí que guarda secretos, por lo pronto es mejor que no preguntes nada, por algo tu padre ha ocultado ese secreto durante tantos años.

—Maritza, mi amor, mi padre ha ocultado esa verdad durante más de 50 años, ¡qué sé yo!

—Mi vida, cálmate, solo piensa bien lo que vas a hacer, tiene que haber una explicación del porqué tu padre ocultó a su hermana durante prácticamente toda la vida de ustedes.

—Tienes razón, amor, me iré a descansar. ¿Nos vemos mañana?

—Hasta mañana, mi vida.

La luz del día se apagó como vela sin combustible para brillar más. Una nueva tormenta azotó la ciudad costera, los rayos y truenos alumbraban por momentos el oscuro cielo, llovía mucho, pero eso no evitó que los amantes se vieran en el hotel citado a la hora acordada.

El primero en llegar fue Aldo, bajó rápido de su auto, lo dejó estacionado frente al hotel y corrió para resguardarse de la lluvia, había hecho circo, maroma y teatro para salir tarde de la oficina, ya tenía bien montada su coartada para cuando Rania preguntara algo. No pasaron ni diez minutos para que Maité llegara en su auto blanco. Lo estacionó y al igual que su desesperado amante, corrió hacia el hotel antes de que la lluvia la empapara.

Entraron corriendo a la habitación como locos, como si fueran niños que se escapan para hacer travesuras. Aldo cerró la puerta tras él mientras ella le aflojaba la corbata. Se besaban y hablaban como si estuvieran precisos por hacer las dos cosas al mismo tiempo:

—Esperé tanto este momento —exclamó excitada ella sin dejar de besarlo desesperadamente.

—Nadie es como tú, mi morbosa pervertida —susurró él quitándole la blusa a prisa.

—Hazme el amor, como si mañana fuéramos a morir —suplicó Maité tirando la corbata de él y desabrochando su camisa.

—Debo estar loco para querer cogerme a mi cuñada —aseguró temblando y mordiéndole los labios.

—Debo estar loca para permitir que mi cuñado me coja —dijo Maité dejándolo completamente desnudo.

Rania bajó lentamente las escaleras, aunque toda la mansión estaba iluminada los rayos, en el cielo iluminaban más que las potentes lámparas encendidas, fue hasta la sala y se acercó a una de las ventanas, casualmente su padre la vio bajar y quiso acompañarla.

—¿Qué pasa, mi vida?

—Está lloviendo mucho, papi. Es extraño, a esta hora mi hermana ya debería estar aquí y Aldo tampoco ha llegado.

—Rania, cálmate, no empieces a armar conclusiones que para eso eres muy buena, mi vida, ya sabes que tu hermana siempre llega tarde y pues supongo que algo atrasó a tu marido, cálmate, mejor vamos al cuarto de tu mami, llama a los muchachos para que me suban.

Los gritos de placer de los amantes fueron aplacados por la tormenta y los truenos, después de hacer el amor una y otra vez ella se acomodó el pelo mientras Aldo se sentaba en la orilla de la cama aún con el corazón palpitando incontrolablemente.

—Maité, llueve a cántaros afuera —dijo mirando a la ventana de la habitación del hotel.

—Me recuerda la primera vez que estuvimos juntos en una cama haciendo el amor.

—De eso ha pasado mucho tiempo, mejor vístete ya, volvamos a casa, esto terminó.

Los dos salieron de la habitación y Aldo cerró la puerta a sus espaldas. Como si fueran marido y mujer Maité se le colgó del brazo y salieron por el pasillo, pero no se percataron de que alguien los miraba. Lentamente se acercó al cuarto de donde ellos salieron, era Gabriel el hermano de Aldo y prometido de Maité, y mirando el número del cuarto, suspiró con odio.

Entró lentamente a la habitación, pero antes se cercioró de que nadie lo viera. Allí estaba la cama desordenada y echó un vistazo rápido a todo el cuarto, se acercó a la ventana y vio como la lluvia no dejaba de caer. Apagó rápido la luz para que nadie sospechara y salió del lugar.

Maité entró a la mansión llena de lodo, parecía que había tenido algún accidente, justo en ese momento Rania bajaba las escaleras y se asustó al verla llena de fango, corrió a su encuentro para saber si estaba bien.

—¡Maité, por Dios que te pasó!

—El carro se me atascó y no podía salir, por eso me tardé tanto —mientras hablaba recordó cómo se bajaba del auto y se echaba lodo en todo el vestido y la cara para simular el accidente.

—Por Dios, ¿Aldo estaba contigo? —preguntó. Maité se puso nerviosa y respondió titubeante:

—¿Qué? ¿Aldo no está aquí contigo?

—Claro que no, Maite, aún no ha llegado, por un momento pensé que estaban juntos.

—Pues no sé, yo no he visto a Aldo desde la mañana, me iré a dar un baño que estoy asquerosa.

Maritza estaba en la sala leyendo un momento un libro cuando vio entrar a su padre, llevaba su saco medio mojado. La saludó con afecto dándole un beso en la mejilla:

—Llueve en exceso, odio los largos inviernos.

—¿Tu madre está en su recámara?

—Sí, así es, papá. Papá, antes de que te vayas, ¿te puedo preguntar algo?

—Pregunta, hija.

—Papá, ¿qué es lo que realmente escondes en el Hospital Psiquiátrico? Me refiero a la tía de Omar.

—Maritza, si no vas a tener una relación seria con Omar Tafur no te metas a investigar los secretos de esa familia.

—Me voy a casar con él papá, por eso necesito saber qué tantos secretos guarda esa gente, voy a formar parte de su familia, esto va en serio, voy a casarme con Omar Tafur.

—Maritza, cuando saliste con la bromita que andabas con ese joven Tafur no te presté mucha atención, pero escúchame muy bien, tú no te vas a casar con Omar, no quiero llorar sobre tu cadáver.

—¿Qué demonios significa eso, papá?

—Maritza, si te metes con la familia Tafur terminarás muerta, así que o desistes de esa idea o te las vas a ver conmigo.

La tormenta parecía eterna, Rania había subido a su habitación, esperaba atenta, estaba recostada sobre la almohada y miraba con rabia hacia la ventana, esperaba ansiosa el momento que su marido llegara. La espera terminó, vio entrar a su marido por la puerta, había repasado en su mente lo que le diría.

—Ay, amor, si supieras…

Iba a continuar, pero ella lo interrumpió diciendo:

—Shh, Aldo no me des excusas baratas, mi vida, ¿Por qué teniendo a mi hermana en el cuarto de a la par prefieren ir a coger tan lejos?

Maité salió de la ducha y sonrió con placer, se quitó la toalla de la cabeza y lanzándose a la cama se restregó la cara y volvió a sonreír.

"Que rico hicimos el amor" —pensó como niña ilusionada. Desde la cama logró jalar la pequeña gaveta de su mesita de noche, sacó una botella de licor, colocó un poco en un vaso y sonriendo brindo solita: "Por Aldo, por mi macho, por mi cuñado y porque mi papá jamás se entere que tengo licor en mi cuarto".

Gabriel entró a su cuarto, estaba completamente empapado, fue hasta un viejo ropero, jaló la gaveta y sacó una toalla, se secó el pelo y se quitó la camisa, se secó el abdomen y luego se sacó el pantalón, estaba furioso. Había jurado que Maité pagaría por su traición, ¿cómo había llegado hasta el hotel aquella noche?, fue sencillo, jamás le creyó la excusa que su novia le había dado y decidió ir al canal para esperarla y seguirla a donde quiera que fuese.

—¿De qué demonios me hablas? —preguntó Aldo a Rania, mientras ella se enderezaba y lo miraba con odio excesivo.

—Aldo, métete a la ducha, quítate ese olor a prostituta y luego te echas a dormir si no quieres terminar durmiendo en el sillón de la sala, no quiero ni imaginar el escándalo que mi padre armaría si se entera que te quedaste en la sala, y no me imagino aún más el dolor de mi hermana si el asesino te mete su hacha en el pecho.

—Rania por favor, yo no estuve con tu hermana, mira, el hecho de que hayas suspendido tu tratamiento por el embarazo te está afectando los nervios, te están matando.

—Mi hermana llega tarde, mojada como una estúpida y pobre colegiala, embarrada hasta la cara de lodo, luego llegas tú, cinco minutos después y quieres que no sospeche nada. Por Dios, ¿crees que no tengo memoria? Ustedes dos se iban a casar, pero claro, Aldo Zapata se enamora de la mayor, la conquista y manda al carajo a su novia, si fuiste capaz de tirar a la basura a mi hermana para casarte conmigo, ¿quién demonios me garantiza que esta noche no hayas cogido con esa perra?

—¿Sabes qué? Voy a bañarme.

—Eso es, báñate, cerdo…

Los días corren sin detenerse, la policía se retiró a medias de la casa de la familia Tafur, Maritza sigue cada día obstinada en casarse con Omar, mientras este se aferra más a la idea de que su padre y el doctor Francisco esconden algo más en cuanto a su tía Jalila. Gabriel no ha podido ocultar su descontento con su novia y esta lo ha notado en cada encuentro, no es el mismo de antes, pero no sabe por qué. Doña Magali se ha recuperado poco a poco y se ha liberado por fin de la cama, baja poco a poco las escaleras y se vuelve cada vez más independiente. Maité sigue ilusionada con la idea de volverse a ver en privado con Aldo, pero este no se lo ha permitido, no quiere arriesgarse después de que su esposa le ha dejado en claro que sospecha que en algo andan ellos dos.

Era una noche fría de invierno, la casa estaba casi sola, no había mucha novedad, por lo que doña Magali bajó por un té a la cocina, alguna razón la impulsó a hacerlo, no quiso molestar a la servidumbre. Vio que su marido estaba sobre la alfombra en el cuarto contiguo a su despacho, hacia las oraciones árabes que dictaba su religión. No se detuvo, sino que se dirigió a la cocina, pero al llegar a la sala sintió una pistola fría en su cuello y conoció inmediatamente esa voz:

—¡*Surprise*, Princesa!, qué gusto volverte a ver recuperada, vengo a terminar lo que empecé —sentenció la Caimana sonriendo en su cuello, mientras ella sentía la muerte casi sobre ella.

X

Más sangre

El aliento putrefacto hizo que en doña Magali rena-
ciera el desprecio por aquella mujer, lentamente levantó
las manos, no había escapatoria, si gritaba los guardias y
el policía que estaba afuera acudirían en su ayuda, pero
quizá todos llegarían tarde pues esta mujer no se tocaría
el alma para soltar todas las balas que la pistola tenía.

—¿Me extrañaste, amor? —susurró con ironía la
asesina mientras jugaba con la pistola en su cuello.

—Caimana, por amor a Dios, baja el arma, podemos arreglar esto.

—No podemos arreglar nada, mamacita, no hay
nada que arreglar, vine a terminar lo que comencé y punto.

—Hay cámaras en la casa, la policía entrará en cualquier momento, no cometas una locura.

—¿Crees que las cámaras me intimidan? Dime donde están para mandarles un besito, además el imbécil del
policía que está afuera ni se dio cuenta que entré, ¿qué
clase de seguridad es esta, querida?

Rania observaba atenta a su hermana en la televisión, las sospechas de que su marido había estado con

ella noches atrás no dejaban de atormentarla. Pero una noticia llamó la atención, la daba su propia hermana:

"Noticia de última hora" —alertó Maite en la televisión colocándose erguida en su silla—: "Una peligrosa delincuente acaba de escapar de la Cárcel de Costa Asunción, se trata de Ángeles Pereira, alias "la Caimana", una mujer sentenciada a cadena perpetua por la muerte de su marido, el multimillonario Jorge Pereira, hace unos diez años. La mujer, quien estaba aislada del resto de las demás reclusas, logró escapar esta noche y es muy peligrosa; las autoridades han montado un operativo para encontrarla pues se presume que tiene múltiples enemigos y socios que podrían estar, unos ayudándola en la fuga y otros esperando para vengarse de ella. Seguiremos informando sobre esta noticia".

"¿Caimana? ¿Dónde he oído ese nombre?" —se preguntó a sí misma.

La Caimana besó el cuello de doña Magali, los labios húmedos erizaron todo el cuerpo de aquella mujer que la buena vida le había conservado, haciéndole lucir mucho más joven de lo que era.

—¿Sabes quién pagó para que te enterrara el cuchillo en el estómago? ¿Sabes quién quiere ver muerto a tu hijo?

—Dímelo, ¿quién fue, quien pagó para que me mataras?

—Aldo Zapata, tu queridísimo yerno, pero, aunque no me hubiera dado un centavo, lo hubiera hecho con mucho gusto, ahora no me paga nadie, te voy a matar por puro placer, mamacita, a la Caimana ninguna perra se le niega y menos una zorra que se cree una reina como tú —dijo presionando la pistola en su cuello.

Pero no pudo hacerlo… Un disparo sonó y la Caimana cayó al suelo. Justo en la cabeza un balazo acabó con su vida, mientras Sidi Farid sostenía la pistola firmemente; él mismo había matado a la peligrosa delincuente. Resbaló por todo el cuerpo de doña Magali mientras esta gritaba horrorizada, su vestido se había teñido de sangre e incluso parte de la sangre de la asesina había bañado su cara.

La policía, Rania y todos en la casa entraron casi al mismo tiempo corriendo. Todo el mundo se quedó pasmado al ver a Sidi Farid aún con el arma apuntando el cadáver en el suelo de la extraña mujer.

—¡Baje el arma! —ordenó el policía a Sidi Farid.

—Fue en defensa propia, esa mujer iba a matar a mi esposa.

—Por Dios, ¿qué pasó? —gritó Rania cayendo nuevamente en histeria, al ver a su madre cubierta de sangre y a aquella mujer desplomada en el suelo, se cubrió la boca para no gritar de nuevo.

—Esa mujer quería matarme…

—¡Nadie limpie nada! Esta es una escena de crimen —argumentó el policía acercándose al jefe de la casa.

—Señor Farid Tafur, queda detenido por la muerte de esta mujer, tiene derecho a guardar silencio, todo lo que diga puede ser usado en su contra. Tiene derecho a un abogado.

Aldo se encontró con la escena de su suegro en la entrada de la mansión esposado en silla de ruedas y siendo conducido hacia una patrulla mientras toda la familia salía a despedirlo.

—¿Qué demonios pasa aquí?

—Hubo un accidente, Aldo —explicó Omar, quien había llegado un momento después del incidente.

—Todo saldrá bien, dile a mi abogado que me visite mañana lo más temprano que pueda —imploró el viejo Farid a su hijo único.

—Descuide, papá, yo me encargo de eso.

No se durmió esa noche en la casa de los Tafur. Al llegar del noticiero, Maité se encontró con la escena: policías saliendo de su casa, sangre por todos lados, aunque el cuerpo ya se lo habían llevado.

—¿Qué pasó aquí? —preguntó.

Medardo, quien era el único que estaba cerca, le explicó lo sucedido:

—Intentaron asesinar a su madre, señorita, pero su padre lo evitó, esa mujer que se escapó de la cárcel vino para asesinar a doña Magali, pero Sidi la mató primero, su padre está detenido.

A la mañana siguiente de aquel negro miércoles, el jefe de la familia Tafur esperaba en una celda la visita de su abogado y las horas parecían desfilar frente a él tan lentas que semejaban burlarse de su desgracia. Eran alrededor de las diez de la mañana cuando un guardia llegó escoltando al abogado de la familia:

—Por Alá, Bocanegra ¿por qué tardaste tanto?

—Estaba trabajando en su caso, Sidi, tengo muy buenas noticias… —dijo entrando en la celda mientras el guardia cerraba detrás de él.

—Toque la reja cuando desee salir, licenciado —informó el guardia dejándolos solos.

El abogado afirmó haber entendido las indicaciones moviendo la cabeza de arriba abajo.

—Estuve revisando lo que grabaron las cámaras de vigilancia de su casa, y claramente se ve como usted lo hizo para defender a su esposa; el juez no vacilará en dejarlo libre, eso se lo puedo asegurar.

—Claro, y por supuesto hay que pagarle algo para que se convenza de su fallo.

—Así es, Sidi, aquí todo lo mueve el dinero, yo voy a investigar cuánto costará convencer al juez de que usted es cien por ciento inocente, por lo pronto prepárese para pasar unos cuantos días preso, voy a pagar para que le den un trato especial, claro, usted correrá con esos mínimos gastos.

—Quiero celda privada, una computadora con acceso a internet, recreación cuando nadie ande en el patio y una alfombra para hacer mis oraciones. Cueste lo que cueste.

—Cuente con eso, señor, cuente con eso.

El abogado tocó la reja para que lo dejaran salir, ya que ni siquiera se habían sentado para tener esta corta conversación.

—Volveré mañana, don Farid.

Las mujeres de la familia Tafur estaban sentadas en los sillones de la sala, doña Magali se había cambiado de ropa y esperaban noticias de don Farid.

—No salimos de una para caer en otra, mi madre saliendo de la cárcel y mi padre entrando, ¿hasta cuándo?

Al oír las palabras de Rania, doña Magali las abrazó a ambas para inyectarles un poco de seguridad.

—Mamá, ¿por qué esa mujer quería matarte? ¿Qué le hiciste? —preguntó la hija menor.

—No le hice absolutamente nada, esa mujer quería hacer cochinadas conmigo y como me negué, entonces se ensañó conmigo, ella se creía la diosa de la cárcel y como yo no le hice mayor caso me quiso matar.

Omar estaba sentado frente a la computadora, no se podía concentrar cuando entró su secretaria seguida de Maritza:

—Perdón, señor, no pude detenerla —se excusó con un rostro apenado.

—Tranquila, déjanos solos.

—Amor, en cuanto lo supe vine a verte

Maritza se arrojó a los brazos de su amado. Mientras Omar la recibía con gusto, esta vez su abrazo no provocaría morbo en él, sino consuelo, consuelo que tanto necesitaba.

—¿Qué fue lo que pasó? ¿Por qué tu papá está preso?

—Es una historia larga, amor, y lo hizo para defender a mi mamá, por lo pronto me siento tranquilo porque estás aquí, estos días han sido una pesadilla para todos. No puedo concentrarme en mi trabajo, quizá no debí venir.

—Amor, si te hubieras quedado en casa te hubieras vuelto loco, trata de distraerte un poco. Sidi Farid es el hombre más fuerte que he conocido, te lo aseguro que podrá soportar esto.

—Gracias por venir, amor, tus palabras alientan mi vida.

La Leona entró a la celda de su compañera y con un periódico en la mano la miró con asombro y se lo pasó comentando:

—Mira nada más, Pantionera, mataron a la Caimana y fue nada más ni nada menos que el esposo de la Princesa Árabe.

La Panteonera se tiró de su litera y le arrebató el periódico a su compañera.

—Demonios, esa gente es peligrosa por lo visto, mira nada más, pero aquí dice que ella amenazaba a la princesa, claro, ahora dirá todo mundo que fue en defensa propia, los ricos siempre tan inocentes.

Aldo estaba revisando unos papeles en su oficina cuando sin previo aviso entró doña Magali, su mirada era diferente, desconcertante, su sonrisa diabólica perturbó al segundo al mando en la procesadora.

—Suegra, qué gusto tenerla por aquí, pase.

—¿Por qué crees que he venido a verte, mi amor?

Aldo se puso de pie y se acercó a ella y sonriendo con morbo quiso adivinar.

—Se te antojó hacer el amor en mi oficina.

Doña Magali sonrió nuevamente y sin previo aviso le cruzó una cachetada ida y vuelta, dejándolo mareado.

—No te saliste con la tuya, maldito, no pudiste matarme, ni a mí ni a tu hijo.

—¿De qué demonios me habla?

—La Caimana lo confesó todo, fuiste tú quien le pagó para que me acuchillara en la cárcel, ahora vamos a ver quién mata a quien.

—¿Me estás amenazando, suegra?

—Tómalo como quieras, estúpido, duerme con un ojo abierto y el otro cerrado porque no sabes ni el día ni la hora en que estarás parado frente al demonio porque yo me encargaré de mandarte al infierno, de todas formas, tu hijo ya tiene un padre.

Maité se presentó en el mercado sin previo aviso. Gabriel trabajaba como de costumbre, generalmente su novia no hacía algo así, al verla parada frente a él dejó la caja de tomates que iba a levantar y preguntó el porqué de su visita.

—Maité, ¿qué haces aquí?

—Amor, mi padre está preso.

—¿En la cárcel? ¿Qué hizo? ¿Por qué lo metieron preso?

—Mató a una mujer.

—¿Qué? ¿Qué Sidi Farid hizo qué?

—Pues imagínate cómo me siento amor, estoy casi en shock por todo lo que está pasando en la casa— Maritza se sentó al lado de Omar en un hermoso sillón que adornaba la oficina del hombre más poderoso de la empresa.

—Amor, debes ser fuerte, eres el hombre de la familia y todos se acercarán a ti para tomar fuerzas, tienes que ser valiente, ánimo, amor, vas a ver que todo saldrá bien.

—No sé qué haría sin ti mi vida, no sabes cuánto te amo.

Tres días después...

—¿Me mandó llamar, señor? —preguntó Maité abriendo la puerta de la oficina del dueño del Canal.

—Sí, Maité, entra y siéntate.

—¿Pasa algo, señor?

—Sí, te voy a ser honesto, Maité, se supone que nuestros periodistas y corresponsales deben dar noticias, no ser ellos las noticias, en tu familia han pasado tantas cosas, y todas no son agradables, asesinatos a diestra y siniestra en estos meses, no quiero que la gente te asocie a ese tipo de noticias, eso no le hace bien al canal, hija, lo siento mucho, pero tengo que despedirte, te pagaré todo lo reglamentado en la ley, pero no puedo darte más trabajo, estás despedida.

Aldo se había quedado hasta tarde aquel día, jueves, estaba en su oficina, tocó las bolsas de su saco en busca de su celular, pero no lo encontró.

—Maldita sea, mi celular, lo dejé olvidado en casa de mi papá. Entonces recordó su visita a su padre aquella mañana: "Mira nada más que milagro, el hijo pródigo" —ironizó su hermana Matilda al verlo entrar. "¿Cómo está mi padre?", interrogó él sentándose en una silla casi en la entrada de la casa...

Luego volvió en sí y dijo—: ¡Maldita sea, allá lo dejé perdido, tendré que ir a por él!

Maité salió del canal muy enojada y vio en su celular un mensaje de texto, era del celular de Aldo, lo abrió y sonrió al leerlo: "Nos vemos en 15 minutos en el mismo hotel, en la misma habitación, ya tengo pagado todo, te haré mía como nunca". Sonrió y llevándose el celular al pecho indicó:

"Al menos no todo me saldrá mal hoy".

Se subió a su auto, estaba tan feliz porque se vería con Aldo una vez más. Su corazón empezó a latir más de prisa, le excitó la idea de sentir la piel desnuda de su viejo amante, ¿cuántos secretos puede guardar un ser humano?, había llegado a una encrucijada, sí, los amaba a los dos. Uno le daba lo que el otro no podía, atrapada entre el amor de dos hermanos sin saberlo.

Maité estacionó su auto en las afueras del hotel y entró casi corriendo. Vio a la recepcionista y mirándola informó con una leve sonrisa en el rostro:

—Me están esperando en la habitación 16.

—¿Señorita Maité Tafur?

—Sí, la misma.

—Claro, señorita, suba, la están esperando.

Subió apresurada las gradas que daban al segundo nivel de aquel hermoso hotel, cruzó el pasillo y miró la puerta del cuarto número 16, suspiró y le dio vuelta a la perilla. Entró lentamente, pero vio la habitación vacía.

—¿Aldo? ¿Estás aquí? —preguntó cerrando la puerta tras de ella y entrando lentamente a la habitación, entonces escuchó un ruido en el baño.

—Pícaro, quieres que lo hagamos en la ducha…

Dejó su bolso sobre la cama y caminó lentamente hacia el baño, sí, alguien estaba dentro, giró la perilla y se quedó perpleja al ver quien estaba dentro.

—¿Tú? ¿Me puedes explicar qué haces aquí?

Sin que pudiera esquivarlo le fue clavado en la garganta un cuchillo y cayó al suelo desangrada, las paredes de la regadera se tiñeron de sangre y el tragante del agua, se rebalsó de la misma.

XI

Avalancha de maldiciones

Aldo tocó la puerta de la covacha de su padre, su hermana abrió la puerta y se extrañó de verlo de nuevo.

—Vengo a por mi celular.

Al escuchar la razón de su visita, la joven frunció el ceño y lo detuvo, pues este quería entrar al cuarto de su padre.

—No dejaste aquí ningún celular, mi padre está dormido, no lo despiertes por algo tan absurdo, el dolor no lo ha dejado dormir en horas.

—¿Estás segura de que mi celular no lo dejé aquí?

—Estoy segura, he limpiado la casa y no he encontrado nada.

Ni siquiera se despidió de su hermana, un horrible presentimiento lo hizo ir de prisa de regreso a la mansión Tafur.

Los gritos de Sidi Farid se escucharon en toda la prisión al enterarse por las noticias de que su amada hija yacía ensangrentada en la habitación del famoso "Hotel Costa Mar". Quien daba todas las noticias nocturnas era ahora la desafortunada protagonista de uno de los crímenes más sangrientos en la historia de la televisión de aquella región.

Movió todas sus influencias y logró que lo dejaran en libertad, al menos mientras los actos fúnebres se llevaban a cabo. Llegó a la mañana siguiente acompañado de su abogado a la mansión y fue recibido por sus dos hijos, quienes estaban desechos por el dolor de perder a su hermana.

Hacía tanto tiempo que doña Magali y él no se abrazaban tan profundamente como aquella mañana. Después de enjugarse las lágrimas, el viejo preguntó:

—¿Dónde está?

La casa estaba completamente llena de gente, todos vestían de negro y extrañamente Rania llevaba sobre su cabeza un velo negro y no llevaba joyas en su cuerpo, su rostro decaído y sus ojos cansados de tanto llorar al lado de su esposo. Sidi Farid caminó derecho a la sala de espera, su esposa lo acompañó al lado de su silla de ruedas, y allí estaba su hermosa caja mortuoria y sobre ella estaba Gabriel, lloraba desconsolado. Sidi Farid, al ver la caja, se quebró y no pudo más, se pegaba en la cabeza y gritaba con fuerza:

—¡Oh Alá, qué dolor más grande! ¡Por qué permitiste que se fuera así mi hija! —mientras doña Magali intentaba consolarlo. Rania corrió seguida por Aldo a ver a su padre y al verlo en ese estado cayó al suelo desmayada.

Rania fue llevada a su habitación en brazos de su marido, un médico se encargó de reanimarla. Doña Magali quiso estar al pie de la cama de su hija, mientras el dolor de perder a Maité quebrantaba su alma.

Gabriel aconsejó al viejo Farid a que se quedaran en la sala junto al cuerpo de Maité, Rania volvería de su inconsciencia y alguien de la familia debía estar allí para recibir a toda la gente que no dejaba de llegar a la mansión para presentar sus condolencias.

Marcela, la cocinera, se escabulló entre la gente y logró llegar hasta donde estaba el viejo en la silla de ruedas, se acercó a su oído derecho y le confesó:

—Sidi Farid, disculpe que lo moleste, pero su suegra, doña Benilda, ha llegado y está preguntando por alguien de la familia.

Sidi Farid se secó las lágrimas y mirando a Gabriel se excusó, se retiró en busca de la madre de doña Magali.

—Doña Benilda —saludó apesadumbrado a aquella mujer flaca vestida completamente de negro, llevaba en su cabeza un sombrero negro con una pluma azul larga y lentes obscuros, debajo del sombrero un velo negro al igual que todo su traje.

—¿Por qué permitiste que mataran a mi niña? —preguntó con una mezcla de odio y dolor e hincándose frente a él lo abrazó mientras lloraba sin consuelo.

Maritza entró del brazo de su padre, los dos vestidos, como todo mundo, de negro, buscó entre la multitud a Omar, pero no lo encontró:

—No veo a Omar por ningún lado —murmuró casi en el oído de su padre.

—Debe estar atendiendo a algunas visitas, vamos a dar el pésame a don Farid.

—No veo a nadie más…

—Alguna explicación habrá Maritza —agregó el doctor mirando a todos los asistentes a la vela. El doctor y Maritza se acercaron a Sidi Farid y a doña Benilda.

—Lo siento tanto —indicó el doctor agachándose para abrazar al viejo de la casa. Este no pudo contener las lágrimas, mientras Maritza abrazaba a doña Benilda.

—Lo siento mucho, señora.

Aldo colocó a Rania sobre su cama, el doctor miró a todo mundo y dijo:

—Por favor, solo tráiganme alcohol, en su estado no puede tomar nada.

Doña Magali se secó las lágrimas y se ofreció a ir por el alcohol dejando solos al doctor con Aldo junto a la muchacha inconsciente.

Aldo se acercó a la ventana y vio la multitud de autos estacionados afuera, luego miró a su esposa y preguntó al médico:

—¿Afectará su embarazo?

—No, es normal que se haya desmayado, no es para menos, muchacho, voy a frotarle alcohol y darle mucho suero, se recuperará pronto.

No había terminado de hablar cuando Rania despertó de su desmayo, se quejó inmediatamente de un terrible dolor de cabeza.

—Relájate mi amor, te desmayaste, todo estará bien.

Maritza se sentó junto con su padre en una de las sillas cerca de la caja mortuoria y al ver pasar a una de las sirvientas la detuvo.

—Muchacha…

—¿Le puedo servir en algo, señorita?

—No he visto a mi novio, el joven Omar, ¿sabes dónde está?

—El joven no ha querido salir de su cuarto, se ha metido en la cama y no hay poder humano que lo saque de allí.

Maritza sonrió tenuemente e hizo una señal para que la empleada siguiera su camino.

—¿Papá, crees que debería ir a su cuarto?

—Si vas a ir a su cuarto pide que alguien te acompañe.

Maritza entró al cuarto de Omar acompañado de una de las sirvientas de la mansión, esta se quedó casi en la puerta, entonces Maritza se sentó en la orilla de la cama y mirándolo, como tenía cubierta hasta la cabeza lo acarició diciendo:

—Amor, soy yo Maritza, sé que lo que estás pasando no es nada agradable, pero te necesitamos fuerte.

—Se fue mi hermanita, no puede ser, me dejó solo.

El llanto de Omar destrozó el corazón de Maritza, parecía un niño herido, herido en el corazón, quiso abrazarlo, pero era imposible, deseó tanto arrancar ese dolor en el corazón del hombre que tanto amaba, pero en esta vida hay cosas imposibles.

—Amor, no te pongas así, bebé, hay que tener resignación, aquí estoy, deberías levantarte.

Una muchedumbre se aglomeró en el cementerio al día siguiente, el día en el que la periodista más famosa de Costa Asunción era sepultada. Las cámaras de televisión no dejaron de transmitir en vivo aquel desagradable suceso. Allí estaba doña Magali, inconsolable al igual que toda la familia Tafur. Después de algunas oraciones en español y otras en árabe, el cuerpo de Maité fue depositado en su última morada. Mientras todos los familiares se partían por dentro: Rania sostenía su cabeza sobre el hombro de su madre, y doña Magali lo hacía en los hombros de doña Benilda. Mientras Omar permanecía detrás de la silla de ruedas de su padre.

Farid tuvo que regresar a la cárcel después de haber enterrado a su pequeña, ningún día fue tan gris para él. Lo aceptó sin renegar, era hora de seguir enfrentando toda aquella avalancha de maldiciones que había caído sobre su familia.

Al ver que su yerno era esposado, doña Belinda quiso una explicación a lo que sus ojos veían.
—Es una historia larga, doña Benilda, mi esposa se la contará —indicó Farid con los ojos cansados de tanto llorar.

Hacia tantos años que doña Benilda no visitaba la Casa Grande, solo y exclusivamente lo hizo cuando se enteró que su nieta preferida había muerto, prefirió entrar a descansar un poco. Su hija la acompañó a una habitación que habían preparado para ella, por su parte Omar acompañó a su padre a la prisión; Rania también regresó a su cuarto para descansar. Aldo ofreció llevar a Gabriel y los dos se despidieron de la familia.

Doña Magali y su madre entraron en la casa. Los últimos acontecimientos las habían dejado desgastadas
—Dime exactamente por qué es que tu marido va para la cárcel, ¿qué está pasando en esta casa?
—Mamá, lo que vas a escuchar no te va a gustar nada, pero te lo voy a decir antes que en el pueblo te lo digan con adornos y añadiduras.

Aldo manejaba mientras Gabriel miraba fijamente el camino. A pesar de la pérdida de su novia, Gabriel se veía un tanto tranquilo, su mirada parecía perdida en la inmensidad de sus pensamientos.

—Sé que ha sido muy dolorosa la muerte de Maité, yo no lo asimilo aún —argumentó Aldo mirándolo rápidamente. E intentando sacarlo de su transe.

—La mataste ¿no es así?, ¿tú fuiste el que terminó con su vida.

Las preguntas de Gabriel desconcertaron tanto a Aldo que frenó bruscamente el auto, este se cruzó en la calle dejando una estela de polvo.

—¿Qué? Gabriel, ¿de qué demonios estás hablando?

—¡Erais amantes!, ¡no lo niegues!, los vi entrar al hotel, vi en que habitación se quedaron.

—Entonces, no solo yo puedo ser el asesino, pudiste matarla tú, tus celos, es obvio, ¿mataste a Maité, Gabriel?

—Claro que no, por Dios, cómo se te ocurre, yo no sería capaz de algo así.

—¿Ves cómo se siente que lo acusen a uno injustamente?, mira hermano, es mejor que no digas nada de esto a nadie, me podrías meter en problemas a mí, o peor aún, podrías terminar preso. De algo estoy seguro, Gabriel, quien haya sido el que asesinó a Maité va a caer, tarde o temprano va a terminar preso. Por lo pronto es mejor que esta conversación la olvides y ya cálmate, con sacar conclusiones no la vamos a resucitar.

Los ocho días siguientes transcurrieron entre suplicas de doña Magali para que su madre se quedara otros días más en la mansión, esta aceptó con la condición que no sería mucho tiempo el que permanecería en Costa Asunción.

Aquella mañana, Rania entró al cuarto de su madre, quien estaba cerca de la ventana leyendo una novela, interrumpió la lectura abruptamente.

—¿Entonces es definitivo que la abuela se va a quedar en esta casa?

Doña Magali dejó de leer su libro, lo puso sobre sus piernas y mirando a su hija contestó a su interrogante.

—Así es, se quedará unos días, tú sabes el amor que mamá le tenía a tu hermana, y de paso se ha empeñado en descubrir quién la mató.

—¿La abuela quiere descubrir quién mató a Maité?, pero si para eso está la policía.

—A veces el odio puede ser el mejor incentivo para descubrir los secretos que una familia puede guardar y temo que mamá quede atrapada no solo en el odio sino también en los secretos, hija…

La sonrisa del abogado del viejo Farid no podía ser por otra cosa, abrieron la celda para que entrara y mostrando un *folder* anunció con alegría:

—Esta es su carta de salida Sidi, está libre, por fin el juez accedió a dejarlo en libertad condicional.

—*InshAlá*, ¿Qué esperamos? Vámonos, me muero por regresar a casa.

Aldo sacó su celular y recordó la noche que Maité había sido asesinada. Cuando entró a su cuarto lo vio sobre su cama, lo tomó y se desconcertó. Aunque había estado seguro de que había dejado su celular en la vieja covacha de su padre, era evidente que lo había dejado olvidado en su cuarto, en la Casa Grande. En ese momento entró su secretaria y lo sacó de golpe de sus recuerdos.

—El joven Omar está aquí —anunció mientras Omar lo miraba desde la puerta.

—Es ridículo que en mi propia empresa tenga que anunciarme —alegó mirándolo fijamente.

—No, por favor, Omar, entra, te aseguro que no volverá a pasar.

—¿Sabes dónde vive Gabriel? —preguntó Omar entrando lentamente, mientras la secretaria cerraba la puerta y los dejaba solos.

—Am, sí, el día del entierro de Maité lo llevé a su casa. ¿Necesitas algo?

—Sí, quiero visitarlo.

—Bueno, ¿cuándo quieres que vayamos a su casa?

—Hoy mismo al salir de la empresa vamos a hacerle una visita, es lo menos que puedo hacer… iba a ser mi cuñado.

—Claro, claro, tienes razón, no se diga más, hoy mismo lo visitaremos.

—Aldo, las cosas se están saliendo de control, asesinaron a la sirvienta, asesinaron al inspector, pero matar a mi hermana es la gota que derramó el vaso, si la policía no encuentra rápido al responsable, me temo que nos iremos del país, aunque nos convirtamos en prófugos de la justicia, ve metiéndole esa idea a Rania en la cabeza.

Aldo se extrañó de que su cuñado ni siquiera hubiera tomado asiento, lo que había escuchado sonaba más a amenaza que a otra cosa, no esperó respuesta, en su lugar salió de la oficina y dejó a su cuñado con la palabra en la boca.

No había tardado tanto en salir cuando Aldo tomó el teléfono y llamó a su hermano, sabía positivamente que él contestaría el teléfono a esa hora en el mercado.

—¿Gabriel? —dijo con voz temblorosa—, estamos en graves problemas, Omar quiere verte, quiere ir a la casa, obviamente va a descubrir que le mentiste, va a descubrir que eres pobre, ¿qué vamos a hacer?

Leonor estaba tan preocupada por todas las desgracias que habían ocurrido en la familia a la que su amiga tercamente quería pertenecer, así que mientras caminaban por los pasillos de la universidad intentó persuadirla para olvidarse del romance que sostenía con Omar.

—Amiga, ¿y si nos vamos a Francia? ¿Te recuerdas los momentos tan bonitos que pasamos allá?, estás a punto todavía de no meterte con esa gente.

Maritza le enseñó el anillo, estaba ilusionada y en su respuesta se notaba.

—Quizá ya sea demasiado tarde, amiga…

Entonces Leonor le apretó la mano y suplicó:

—Vámonos, ese solo es un anillo de compromiso, no has firmado ningún papel, no estás comprometida oficialmente con él. Tengo miedo de que te pase algo, estás a punto de cometer una locura y quizá después sea demasiado tarde; piénsalo amiga, vámonos a Francia, París, la ciudad hermosa, no te enredes con esa gente, si tu padre te dijo que tu vida corría peligro por algo te lo dijo.

—De qué me sirve huir a Francia si me iré muriendo de amor, prefiero irme al otro mundo, pero siendo amada por el hombre que amo, hasta mi muerte tendría sentido si muero por amor, pero si huyo así por así sería una muerte en vida, y yo no quiero morir de infelicidad.

Gabriel daba vueltas en círculo con el teléfono en la mano repitiendo lo mismo:

—¿Y ahora qué demonios hacemos? Omar puede descubrirlo todo, ¿pero qué demonios querrá?

La voz de su hermano calmó sus nervios, la idea no sonaba tan descabellada.

—Se me ocurre que vengas a buscarlo, que se vea como si fuera casualidad. Vete inmediatamente a la casa, ponte presentable y llega a su oficina, dile que vienes a, no sé... a despedirte oficialmente de la familia, yo qué demonios sé, inventa algo, pero evita que Omar vaya a la casa o descubrirá que todo este tiempo le estuviste mintiendo a la familia y que no eres hijo de ningún viejo rico dueño de cruceros.

Rania corrió a la puerta al enterarse de que su padre regresaba a casa, su atormentada alma se llenó de felicidad, buenas noticias entre tanta tragedia. Lo recibió como si hubiera estado fuera del país durante años.

—¡Papito! —gritó hincándose frente a él y abrazándolo.

—Hija, ya estoy aquí.

Los cálidos brazos de su padre la hicieron sentir segura, fueron segundos en los que olvidó todo, las muertes, las traiciones, sus demonios.

—Te extrañamos tanto.

El abogado esperó a que la escena terminara y en el momento oportuno se despidió de su cliente, su misión había terminado, así demostraba que era uno de los mejores en el ramo, no solo en Costa Asunción sino en todo el país. Se retiró complacido de la casa Tafur, quizá jamás volvería a tener tratos con ellos.

La casa se llenó de una tenue alegría, doña Belinda al enterarse que su yerno había retornado a casa bajó apresurada para darle la bienvenida, doña Magali no se había enterado de la llegada de su esposo, se había quedado leyendo en su cuarto, las novelas la alejaban de la terrible realidad en la que vivían, esa magia que tienen las letras de llevarnos a otros mundos, magia de hacer que nuestras horas sean menos tediosas. Rania fue la encargada de darle la grandiosa noticia, bajó desesperada para reencontrarse con su marido, a pesar de todo, tantos años al lado del viejo Farid habían hecho que lo extrañara por las noches, lo abrazó fuertemente y su corazón encontró paz en la tormenta.

Gabriel caminó inseguro en dirección a la oficina de Omar, aquella tarde había estudiado bien su argumento del porqué de su visita, pidió audiencia con la secretaria del recién estrenado presidente de la Procesadora de Mariscos "Cairo". La secretaria lo hizo esperar algunos minutos, estaba sentado observando los hermosos cuadros que adornaban la pared del gran pasillo.

La joven salió de la oficina de Omar y le pidió que entrara, el presidente lo recibiría de inmediato.

—Adelante —invitó Omar sin mirarlo mientras seguía tecleando en su computadora.

—Disculpa que te interrumpa, Omar —indicó Gabriel entrando tímidamente al despacho del joven dueño de la procesadora.

—Parece que estamos conectados, hoy mismo iba a ir a buscarte.

—Omar, gracias por recibirme. La verdad quise venir a verte para agradecerte por haberme abierto las puertas de tu casa mientras fui novio de tu hermana. Como podrás imaginar estoy deshecho, no sé cómo voy a poder seguir adelante, ella y yo teníamos planes, pero todo se perdió en un instante —dijo secándose una lágrima que quiso caer de sus ojos.

Omar levantó la vista y lo invitó a sentarse, le estrechó la mano y dejó el computador a un lado.

—Te entiendo, y por eso quería ir a buscarte, porque, a pesar de que Maité ya no esté entre nosotros, quiero que sepas que las puertas de mi casa estarán abiertas para ti… Siempre.

—Te lo agradezco tanto, les debo una visita a tu padre y a tu madre para agradecerles su mucho afecto para conmigo, pero primero quise visitarte a ti, sé que Maité y tu estabais muy unidos…, la amé, Omar, la amé como a mi vida.

—Lo sé, Gabriel, lo sé, por lo mismo mi familia te guarda un gran aprecio.

—Disculpa que te haya venido a quitar tu tiempo, pero sentía la necesidad de decirte esto.

—No te preocupes, Gabriel, no esperaba menos de ti. Gracias por venir, gracias por tomarte el tiempo de visitarme, como te dije, hoy mismo iba a buscarte, pero te me adelantaste y me alegro por eso. Espero que seamos buenos amigos.

La tenue sonrisa de Gabriel hizo comprender a Omar cuanta falta le hacía su hermana a aquel joven casi desconocido para él, le extendió nuevamente su mano y lo despidió de su despacho con un poco más de tranquilidad en su corazón.

Las noches se volvieron más oscuras, la luna se negaba a salir, el cielo anunciaba nuevamente lluvias, pero no fue así, por lo que Aldo aprovechó para salir a la terraza de la mansión a fumar un cigarrillo. Disfrutó de la nicotina mientras sentía que sus nervios se calmaban un poco, todos los acontecimientos le abrumaban, ¿era realmente necesario el sacrificio de vivir en la Mansión encargarse de un negocio que jamás sería suyo?, recordó lo feliz que había sido en la cabaña donde aún vivía su familia, no había podido sacarlos de la miseria porque daba pasos muy sigilosos para que no descubrieran que era un ladrón, ese miedo había impedido que robara a la familia Tafur, inmediatamente después de casarse con Rania se percató de que con esa familia no se podía jugar sucio. El celular en su chaqueta lo desconcertó, seguramente era su hermano. Así fue. Gabriel quería comunicarse con él, tomó el móvil y se lo acercó al oído para conversar con su amado hermano.

—Sí, sé que eres tú, Gabriel, también sé que fuiste a la oficina a buscar a Omar, muy bien hermanito, así me gusta, bien inteligente me saliste, Omar se creyó todo tu cuentecito que le llegaste a decir, luego de que te fuiste me contó todo, excelente Gabriel, nunca descubrirán que tú y yo somos hermanos.

La mano fría sobre su hombro paralizó a Aldo, cualquiera que fuera había descubierto su secreto, volteó lentamente y allí estaba ella.

—¿Cómo ves ya te descubrí, mi amor? —dijo Rania sobándole el hombro, mientras sonreía levemente.

XII

Intuiciones femeninas

Aldo empalideció y su reacción natural fue cerrar su celular dejando a su hermano con la duda de qué había pasado.

—Rania, no es lo que te estás imaginando.

—¿Y qué me estoy imaginando, cariño? ¿Qué todo este tiempo le estuvieron viendo la cara a mi difunta hermana?

El dolor de la cachetada que recibió Aldo hizo que todo su cuerpo se calentara inmediatamente, la sangre corriendo por sus venas a velocidades exorbitantes hizo que su rostro enrojeciera.

—Ustedes dos son unos cerdos, ¿cómo fueron capaces de engañar a mi hermana?, dime Aldo, ¿con quién me casé?, ¿Gabriel es Gabriel Zapata o tu falsificaste ese apellido?

El marido de Rania arrojó el cigarrillo y lo pisoteó con tanta fuerza que lo desintegró en el suelo, la miró con furia, era la primera vez que se sentía tan impotente, no sabía qué responder. Y después de un breve silencio decidió quitar su careta, eso lo haría en cierta medida libre.

—Mi apellido no es Zapata, es López. Gabriel, Marlen, Matilda y yo somos hermanos.

—¿Qué? ¿Pero qué demonios está pasando aquí?, ustedes se habían metido a nuestra casa sin que nosotros nos diéramos cuenta, ¿para qué?, ¿qué pretendían?, ¿quieren volverme loca, no es cierto?, quieren hundirnos ¿Qué les hicimos para que se ensañaran con nosotros?

Aldo no respondió a ninguna de las interrogantes de su esposa, permanecía inmóvil ante ella, aun con el rostro encendido de la rabia, con su actitud pretendía llevar al límite a la más débil de la familia Tafur... y lo logró.

—Ahora encajan las piezas —continuó hablando ella enfurecida—. Tú eres el hombre que me persigue por las noches, el hombre de la capa negra, ese maldito que jamás puedo ver su rostro. Niégamelo, niégame que tú eres el asesino, tú mataste a mi hermana, al inspector.

—¿De qué demonios estás hablando, Rania? ¿Qué hombre? Esto no encaja un carajo, Rania ¿Cómo voy a asesinar a mi propia hermana?

En algo tenía razón Aldo, él no podría haber asesinado a su propia hermana. ¿Por qué lo haría?, esto confundió enormemente a la atormentada mujer, que se fue del lugar.

—¡Rania! Aclárame lo de ese hombre, ¿Qué hombre te persigue? ¡Rania!

Rania entró asustada a su cuarto, cerró lentamente la puerta y suspiró. Tenía mil preguntas, ahora sabía positivamente que dormía con alguien que en realidad no conocía, alguien tan peligroso que podría asesinarla en cualquier momento.

Se asustó más cuando vio a su abuela sentada en una silla mirando hacia afuera. Miraba atenta por la ventana, como si vigilara a alguien, ni siquiera volteó a verla y en un tono retórico dijo:

—Te estaba esperando.

—Abuela…

El susto de encontrarla allí, con ese su manto de misterio hizo que Rania se llevara su mano derecha al pecho inconscientemente.

—¿Qué te pasa, Rania, por qué estás tan asustada?

—No, por nada abuela, ¿qué quieres hablar conmigo?

Doña Benilda se levantó lentamente, dio la vuelta y caminó hacia ella mirándola fijamente a la cara.

—Rania, tengo el presentimiento de que tú sabes quién mató a mi nieta, esta casa se ha envuelto en un misterio que no me gusta nada, tu padre preso, mi hija acaba de salir de prisión, mi nieta muerta, un inspector y una sirvienta asesinados aquí adentro, sin echar en cuenta a una delincuente llamada "la Caimana" que tu propio padre asesinó aquí mismo. ¿Sabes quién mató a Maité?

—No sé de qué me hablas abuela, no sé quién mató a mi hermana, ¿por qué tendría que saberlo yo?

—No soy inspector ni he estudiado en la universidad algo parecido, pero tengo la intuición femenina que todo esto tiene que ver con un hombre, esto tiene que ver con sexo. ¿No crees?

—No sé, abuela, te digo que no sé de qué me hablas. Maité tenía su novio, no creo que tenga que ver Gabriel con el asesinato, ellos hasta se iban a casar.

—Mi nieta no era una santa, y tú lo sabes mejor que nadie, en todo caso aquí nadie es un santo, porque tú le quitaste su primer novio, ¿no?, ¿no era con Aldo con quien mi nieta se iba a casar y tú se lo quitaste?

—Abuela, no es el mejor momento para hablar de esto, en serio, me duele la cabeza, no quiero discutir contigo sobre el pasado, ¿podemos hablar en otra ocasión de esto?

—Está bien, Rania, está bien, ¿sabes? Me iba a regresar a Bruselas, pero no, he decidido quedarme aquí hasta descubrir todo, quiero saber exactamente que tienen que ver todas estas muertes, si la policía no puede, quizá una vieja zorra como yo pueda descifrar el misterio, ¿no crees?, en todo caso tengo la ligera sospecha que uno de ustedes no saldrá muy bien parado cuando todo esto salga a la luz, descansa, mijita, y tómate algo para ese dolor de cabeza.

—Estoy embarazada, abuela, no puedo tomar nada.

—Espero que pueda nacer bien esa niña, espero que pueda ver algún día la luz de este mundo tan retorcido en el que a la pobre le tocará nacer.

Nuevamente la sonrisa de doña Belinda confundió a Rania, le puso la mano en el hombro y su sentencia le heló la sangre a la joven.

—Recuerda, Rania, estaré atenta a todo lo que pase de ahora en adelante, no descansaré hasta descubrir la verdad, los vigilaré a todos, incluyéndote a ti, mi querida nieta. No lo olvides, no me voy a detener.

La sintió distante, Omar había invitado a su novia a cenar, su silencio le preocupó; Maritza solía siempre estar hablando, pero en esta ocasión comía en silencio. Era un hermoso lugar, un restaurante elegante, su hermosa vista al mar hacía que su encanto fuera atractivo para los turistas. El joven tomó un sorbo de vino y luego rompió el silencio al ver que ella no lo haría.

—¿Te pasa algo? Te noto distante, he intentado que esta cena sea especial, pero te siento en otro mundo.

—Amor, tengo miedo, todo lo que ha sucedido estos días en tu familia me tiene los nervios de punta, me alegra tanto que por fin estés recuperando tu ánimo después de la muerte de Maité, pero si te soy honesta temo por mi vida.

Omar se acercó a ella casi arrastrando su silla para llegar a su lado y la abrazó fuertemente.

—Nadie te hará daño, amor, estoy aquí para protegerte.

—¿Acaso no te has dado cuenta?, los asesinatos en tu casa no son casualidad, es una matanza, ya empezaron por los de la familia, tengo miedo de ti, de que te maten, tengo miedo de mí, no quiero amanecer picada en pedazos en mi cama…

—Mi vida, cómo se te ocurre, claro que no, no nos pasará nada. Para eso estoy yo aquí para protegerte, ya te lo he dicho, ¿Ya no me amas?

—Te amo más que a mi vida, ¿por qué no nos vamos del país? —preguntó ella en un intento desesperado por hacerlo salir de la mansión Tafur.

—Mi vida, qué más quisiera yo que irme a vivir lejos de aquí, contigo, pero no puedo. La procesadora depende completamente de mí, tengo un padre en silla de ruedas, mi madre es una mujer mayor y para colmo se unió al clan mi abuela. Te propongo algo mejor, ¿qué te parece si hoy mismo ponemos fecha para casarnos?

Aldo entró lentamente en su habitación, no sabía exactamente a dónde iría a parar tanto enredo, allí estaba su esposa, mirándose al espejo, parecía perdida en un laberinto de preguntas.

—Rania, tenemos que hablar.

—No tenemos nada que hablar, Aldo. Quiero el divorcio.

La forma tan maleducada en la que entró su suegra, hizo que Sidi Farid levantara su mirada, estaba concentrado observando unas gráficas de la fábrica, ni siquiera se anunció, pero esto no le sorprendió al viejo árabe.

—Tenemos que hablar —dijo ella cerrando la puerta y encaminándose frente a él.

—¿Qué pasa suegra?

—Farid, ¿en serio no vas a hacer nada por la muerte de Maité?

Sidi Farid empujó su silla de ruedas y se dirigió hasta donde ella estaba y señalándole la silla vacía la invitó a sentarse.

—Me gustan más estos sillones —dijo dirigiéndose hasta unos hermosos sillones que estaban allí y se sentó.

—¿Por qué no te sientas a mi lado y charlamos más a gusto, Farid?

Él acercó su silla de ruedas a donde estaba ella, pero doña Belinda puso su pie en la silla y la arrojó junto con él y sonriendo agregó con sarcasmo.

—Vamos Farid, deja de fingir conmigo, ¿se te olvidó que conozco tu secreto?, levántate de esa silla, no estás paralítico.

Farid sonrió, su sonrisa macabra no hizo mella en doña Belinda quien esperaba una respuesta de él, entonces el viejo se levantó de la silla y empezó a caminar hacia ella.

Rania miraba perpleja la escena a través de la ventana afuera del despacho de su padre, se llevó instintivamente la mano a la boca para no gritar, ¿qué más secretos guardaba su familia?

—¿Te pidió el divorcio? —preguntó doña Magali mirando a su yerno quien había entrado en su cuarto sabiendo que su suegro no estaba allí.

—Sí, Rania está dispuesta a separarse de mí.

—¿Me puedes explicar que hiciste?

—Yo no he hecho nada, Rania malinterpretó una conversación que tuve por teléfono con Gabriel y quiere que nos divorciemos.

—¿Puedes ser más claro?

—Rania cree que Gabriel y yo somos hermanos, está segura de eso, pero yo a ese muchacho apenas si lo conozco.

—¿Crees que Rania necesita las pastillas?, ¿que su falta, la están trastornando?

—Sí, eso es, son las pastillas las que le están afectando, aunque luce tranquila, está más histérica que nunca, la conozco bien, no puede controlarse.

—Cuando te casaste con ella sabías que Rania estaba enferma, ahora contrólala, si las pastillas no hacen entrarla en cintura, hazlo tú, no te comportes como un idiota sumiso con ella, Rania tiene carácter fuerte, compórtate como su marido, ahora vete de mi cuarto y no vuelvas a meterte aquí cuando Farid esté en la casa, demasiado nos hemos arriesgado.

—Tiene que ayudarme —suplicó Aldo a su suegra.

—Yo no te puedo ayudar, Aldo entiéndelo, retírate de mi cuarto.

Maritza aceptó casarse con Omar con la esperanza que él la protegería del asesino si este intentaba atacarla, era evidente que la joven se había enamorado como una loca del muchacho árabe, aunque había tenido una larga lista de novios y amantes por fin había encontrado a su alma gemela. Omar le propuso que unieran sus vidas en un mes, cosa que ella decidida y gustosa, aceptó. En un mes no se prepara una boda, excepto que se tenga el dinero y el poder de los Tafur. Omar movería cielo, mar y tierra para que en un mes Costa Asunción fuera testigo de la boda del año.

—El sábado iremos con tu padre a pedir formalmente tu mano y a oficializar que nos casamos.

Las caricias de su prometido hicieron calmar todos los nervios que Maritza sentía, quería salir corriendo para contarle la hermosa noticia a su amiga, quería que toda la zona costera se enterara de su unión matrimonial.

—¿Nos casaremos por la iglesia?

La pregunta de la chica hizo que la sonrisa desapareciera en el rostro de Omar.

—No, Maritza, yo no soy cristiano, sería ideal que nos casáramos por el islam, pero no seré egoísta, casémonos por lo civil primero y luego veremos lo de la religión…

—Voy a convertirme al islam, voy a volverme musulmana, te amo tanto Omar que no me importaría cubrirme la cabeza, aprender de tu religión y según he investigado, algún día iremos juntos a La Meca.

—Alá me ha bendecido con cruzarte en mi camino, si deseas convertirte al islam nos casaremos e iremos a La

Meca, como todo musulmán está obligado a hacerlo, no tengas miedo, el islam es una hermosa religión, te ofrezco mi amor y mi corazón si tú quieres vivir a mi lado, prometo hacerte la mujer más feliz del mundo. Seremos felices tú y mis demás esposas.

—¿Qué estás loco? ¡Yo no permitiré que tengas más esposas! ¡Yo seré la única!

—Amor, estoy bromeando, tú serás mi única esposa.

La suegra de Sidi Farid estaba resuelta a desmantelar todos los misterios que rodeaban a su familia, tenía su listado propio de sospechosos y eso incluía a sus dos nietos, el mismo Farid no estaba exento de sospechas.

—Entonces, ¿te vas a quedar de brazos cruzados? La policía no está haciendo nada para esclarecer la muerte de mi nieta, ¿para qué tienes tantos millones?

—Suegra, seré honesto con usted, es mejor que dejemos las cosas como están, si nos ponemos a escarbar esto, nosotros podemos salir perjudicados...

—¿De qué hablas, Farid? ¿Cómo vamos a salir perjudicados si nos arrancaron a un ser tan querido como Maité?

—Si en realidad quiere evitar un escándalo es mejor que ni presionemos a la policía para que investigue.

—¿A qué le tienes miedo, Farid Tafur?

—¿Sabe por qué mataron a Maité?

—¡Por un carajo, Farid!, si lo supiera no te estaría pidiendo que presiones a la policía para que investigue por qué y quién la mató.

—Encontraron a mi hija con un hombre casado en ese hotel, alguien los encontró teniendo relaciones sexuales y por eso la mataron.

—¿Quién? ¿Quién es ese hombre casado?

El silencio del viejo Farid asustó a doña Benilda, estaba llegando a un punto de no retorno y en un segundo se arrepintió, sintió miedo, quizá ella sería la próxima si seguía investigando.

—Aldo, mi yerno. Mi hija se estaba metiendo con su cuñado.

El corazón de doña Benilda se estremeció al escuchar tal aberración, se llevó la mano a la boca, estaba aterrada y en un segundo acusó a quien pasaba a encabezar la lista de sus sospechosos.

—¡Rania! ¡Rania la asesinó!

Rania se acercó a la ventana, vio que Aldo salía en su auto, así que salió corriendo de su habitación, fue hasta el cuarto de Medardo, cruzó todo el jardín trasero corriendo y tocó la puerta del cuarto del sirviente.

—¡Medardo! —susurró con insistencia al ver que no abrían. El chofer salió con su ropa de dormir, se había quedado dormido viendo televisión, pero la insistencia de Rania lo había despertado.

—¿Se le ofrece algo a la señora? —preguntó frotándose los ojos.

Aldo parqueó su auto frente a la casa de su hermano, donde vivía el moribundo de su padre, tocó la puerta y su hermana Matilda abrió.

—Aldo, ¿pasó algo?, ¿qué haces aquí?

—Es urgente que hable con Gabriel.

—Entra, entra, no hagas mucho ruido, papá duerme.

Aldo entró y su hermana cerró la puerta, pero no se percataron que el auto de Rania se parqueaba justo detrás del auto de su marido…

Rania no le había dado tiempo a Medardo de cambiarse de ropa, tal cual estaba había estacionado a un lado de la casa de Gabriel, ella lo acompañaba mientras miraba atenta a cada movimiento, había visto perfectamente donde Aldo había entrado.

—¿Está segura que lo va a esperar, señora?

—Estoy segura, Medardo, no importa cuánto se tarde en salir, voy a esperarlo, así que ármate de paciencia.

Gabriel se tiró de la cama al ver a su hermano parado en la puerta, no estaría a esas horas allí si no fuera por algo grave.

—¿Aldo? ¿Qué haces aquí?

—Gabriel, estamos en problemas, la perra de mi mujer nos descubrió.

—Entra, no te quedes allí parado, ¿cómo que nos descubrió?

—Escuchó perfectamente cuando hablábamos por teléfono, se enteró que somos hermanos, si la policía empieza a investigar, pueda ser que armen historias que no son y nos pueden acusar de la muerte de Maité; más que todo puedes salir perjudicado tú, primero a mí me acusarán de adulterio, a ti de asesinato, es lógico que tú la hayas matado, era tu novia y te engañaba conmigo. La policía es bien fantasiosa y armarán telarañas para hacernos ir a la cárcel. Ellos quieren culpables y nosotros somos los ideales.

—¿Qué sugieres…?

—Es mejor que ustedes desaparezcan.

—¿Desaparecer?, ¿y me puedes explicar a dónde demonios iríamos? Por Dios, Aldo, apenas pagamos la renta de esta covacha, no tenemos a donde ir.

—Creo que alguien podría ayudarnos a escapar... Emilio —Aldo recordó a su amigo que tenía el restaurante en la playa.

—Estás loco, si mi hermana y yo estuviéramos solos nada te diría yo, pero nuestro papá está enfermo, está agonizando, ¿quién nos podría recibir con un moribundo?

—Relájate, todo tiene solución, yo me encargo de todo, ustedes van a desaparecer porque si no lo hacen vas a terminar en la cárcel.

Farid acercó su silla de ruedas nuevamente a su escritorio, su suegra lo veía con curiosidad, quería saber cómo reaccionaría a sus conclusiones.

—Por Dios, doña Benilda, Rania está enferma, es verdad, pero tampoco es una asesina, estoy preocupado porque la policía piense lo mismo que usted, por eso no es bueno seguir escarbando, no quiero que la imagen de Maité se ensucie ante la gente, independientemente de todo, aquí está en juego la imagen de mi hija, estaba en un hotel con un hombre y no con cualquier hombre, estaba con su cuñado, aquí la única perjudicada sería mi niña y no quiero eso para ella. Así que no vamos a presionar a la policía, ¿estamos de acuerdo?

Por fin Aldo salió de la casa de sus hermanos y estaba a punto de subirse a su auto cuando Rania salió del suyo y sonriendo le gritó con sarcasmo:

—¿Así que aquí viven tus hermanos? ¿Gabriel está adentro?

—¿Qué carajos haces aquí, Rania? ¿Me seguiste?

—Sí, te seguí, ¿has venido a armar un nuevo plan con el aprovechado de tu hermano?

—Nos vemos en la casa, Rania, andas viendo fantasmas.

Aldo dejó parada a su esposa y subió a su auto enojado por la osadía de haberlo seguido.

—¿Yo viendo fantasmas? —preguntando eso fue hasta el auto de su marido y le tocó la ventana.

—Voy a llegar al fondo de todo esto, Aldo, tú me debes una explicación, Maité era una ingenua, pero no te olvides de que yo no soy Maité.

—De que no eres Maité eso me queda claro, nos vemos en la casa, Rania.

Rania se quedó parada mientras el auto de su marido desaparecía en la polvareda. Medardo encendió las luces del auto para que Rania pudiera caminar de regreso a donde él estaba.

Rania no quiso dormir con su marido, por lo que cerró la puerta con llave, Aldo sabía positivamente que su relación estaba deteriorándose, ni siquiera insistió en dormir con ella, fue hasta una habitación contigua a la de ella y e intentó dormir, pero no lo logró, al menos en largo tiempo.

Aldo despertó a la mañana siguiente con un terrible dolor de cuello, a pesar de todo había extrañado el cuerpo de su mujer en la cama. No sabía exactamente donde terminaría su relación con Rania, pero si sabía que las cosas no terminarían bien, después de bañarse se dirigió al comedor donde todos lo esperaban, incluso Rania, quien estaba sentada al lado derecho de su padre.

—Perdón por la tardanza —se excusó sentándose al lado de su esposa.

La negativa de verse la cara entre los esposos no pasó inadvertida por todos en la mesa, fue entonces doña Magali la que intentó romper el hielo:

—Esto no parece un desayuno, ¿les pasa algo?

Tanto Rania como su marido se negaron a dar declaraciones a los que se preparaban a desayunar, por lo que Omar decidió hacer oficial sus intenciones de casarse con su amada.

—Familia, yo sé que Maité acaba de morir, pero he tomado una decisión que quiero compartirla con ustedes.

—¿De qué decisión hablas? —preguntó el patriarca de los Tafur.

—Voy a casarme con Maritza Mora.

—¿Qué? ¿Te vas a casar con esa mujer? —preguntó Rania en un tono de enojo y asombro a la vez —. Por Dios, Omar, mi hermana ni siquiera se ha enfriado en la tumba ¿y tú piensas en casarte?

Farid reprendió a su hija al verla alterada en contra de su hermano. Las cosas en la Casa Grande se habían vuelto insoportables. Los nervios de todos estaban a flor de piel.

—Si Maité estuviera viva se alegraría por mi decisión, ella me apoyaría —agregó Omar molesto por la actitud de su hermana.

—Sí, pero da la fina casualidad de que nuestra hermana está muerta, por Dios, Omar, ¿cómo te pones a pensar en casarte en estos momentos? ¿Saben qué? Se me quitó el apetito, con permiso.

Molesta, Rania abandonó la mesa, mientras todos se miraban unos a otros, si bien era cierto Rania tenía mucha razón, pero la histeria con que había dicho las cosas extrañó a todo mundo.

—Disculpen a mi hija, está nerviosa por todo lo que ha pasado —expresó doña Magali con pena.

—Yo voy con ella, con permiso —agregó Aldo levantándose de la mesa sin probar bocado alguno.

Omar intentó buscar apoyo en su padre, si el viejo Farid estaba de acuerdo en que su hijo se casara, nadie podría poner un pero, si su padre se negaba, tendría que esperar el momento oportuno para unirse en matrimonio con su amada.

—¿Qué opina de esto padre? ¿Bendecirá mi unión?

—Me hubiera gustado que te casaras con otra persona en otro tiempo, pero voy a respetar tu decisión hijo, obtendrás mi bendición.

Omar sonrió y se levantó, le dio un beso en la mejilla derecha y otro en la izquierda y diciendo:

—Maritza se convertirá al islam, padre, seremos una familia musulmana.

—Alá bendiga tu familia, hijo, te llene de hijos y que la luz llegue a esta casa con mis nietos.

—¿Me puedes explicar que es lo que te pasa? —preguntó Aldo entrando a su cuarto y cerrando la puerta a sus espaldas de un golpe—. Rania, por Dios, suenas más como una mujer celosa que como una hermana dolida por la muerte de Maité.

Jamás se reflejó en los ojos de Rania tanto odio como aquella mañana, de un golpe se le dejó ir encima y le tomó el cuello de la camisa con tanta fuerza que casi se lo arranca.

—En tu maldita vida se te ocurra repetir algo así Aldo, yo no tengo una mente tan retorcida como la tuya ¿oíste?

En ese momento Rania empezó a temblar y su cuerpo empezó a desmayar, y se desplomó al piso.

—¡Rania!, ¡Rania!, ¿qué te pasa! ¡Rania!

Aldo se arrojó sobre ella, la tomó en sus brazos y la subió a la cama.

—¡Auxilio! ¡Auxilio, alguien que me ayude!

Rania abrió los ojos, veía borroso todo, vio un reloj en la pared y desconocía el cuarto. Eran las 5, asumió que eran ya las cinco de la tarde.

—Despertó —indicó doña Magali, su voz estaba rebosante de esperanza. Se acercó a la cama y le tomó las manos.

—Hija, ¿cómo te sientes? —preguntó mientras Aldo, Omar y doña Belinda se acercaban a la cama simultáneamente.

—Me da vueltas todo. ¿Dónde estoy?

—Estás en el hospital —respondió Aldo, tomándole la mano izquierda. —Te desmayaste, mi amor —añadió mirándola a los ojos.

—¿Dónde está mi papá?

—Está hablando con el doctor, hija —informó doña Benilda, tocándole la frente para medir su temperatura.

Una enfermera entró y al ver a todo mundo alrededor de la paciente, asumió que esta había reaccionado. Se acercó a ellos y les pidió que despejaran un poco el área.

—Ya se despertó, ¿eh?, disculpen, tienen que salir del cuarto, la paciente necesita respirar, como pueden ver ya se siente mejor, por favor salgan.

Doña Magali les pidió a todos que salieran dejando sola a la enfermera con Rania. Había odiado los hospitales desde niña y ahora estaba internada en uno de ellos, miró su mano derecha y se dio cuenta que tenía suero intravenoso, odiaba las agujas e intentó persuadir a la enfermera.

—¿Puede quitarme esto?

—No señora, por favor, tiene que reposar. No se toque eso, por favor, tiene que recuperarse, vendré pronto a verla una vez más, pero por favor déjese el suero, es por su bien.

La enfermera cerró la puerta dejando a Rania en aquel cuarto completamente blanco, el tic tac del reloj le martillaba la cabeza, tenía tantas ganas de irse del lugar, pero no era prudente. Su rostro cambió cuando vio entrar a Medardo.

—Medardo, qué bueno que estás aquí.

—Entré sin que nadie me viera, señora.

—Seguramente tendré que pasar esta noche en el hospital, necesito que hagas algo por mí.

—Ordene mi señora.

El médico del hospital había invitado al viejo Farid a que lo acompañara a su oficina, cerró tras el viejo la puerta y se sentó frente a su escritorio.

—Entonces ¿cree que se podría poner peor? —preguntó Farid al médico que sostenía en sus manos una radiografía de Rania; el temor de que empeorara era evidente en él. El médico clavó su mirada en el viejo Farid.

—Este es el inicio del fin, don Farid, a la señora Rania le está quedando poco tiempo, estos desmayos son el aviso que le he dicho siempre, yo le recomiendo que la internen, no es bueno que siga en su casa.

—No, yo no quiero verla internada y aunque al final terminara así, quiero alargar lo más posible el tiempo junto a ella… Me va a dar un nieto.

—Señor, no solo se está arriesgando usted, la está exponiendo a ella, debe entender eso, en su casa no va a tener el tratamiento que ella necesita.

—Cuando Rania dé a luz, la internaré, antes no, ¿de acuerdo? Antes no.

El cielo se tiñó de negro, la noche llegó una vez más a las hermosas costas de aquella ciudad. La familia Tafur estaba preocupada por la salud de Rania y nadie quiso cenar esa noche.

—¿Alguien ha visto a Aldo? —preguntó Omar a los que estaban sentados en la sala.

—Salió, dijo que regresaba pronto —respondió doña Magali.

Doña Benilda miró a su hija y agregó en un tono burlesco:

—Solo espero que pase aquí la noche, sería el colmo que aproveche que su esposa no estará en casa para irse a vagar.

—Por favor, mamá, no creo que una cosa tenga que ver con la otra.

Eran pocas las veces que Aldo visitaba a su familia, se había acomodado tanto en la mansión que odiaba recordar de donde venía. Veía fijamente a su agonizante padre, Gabriel estaba a su lado, los lamentos de su padre eran signo de su última pelea con la muerte. Aldo cruzó los brazos y mirando a su hermano rompió aquel silencio.

—Pues hay que hacer algo, y rápido, Rania ya sabe que viven aquí, no quiero que se arriesguen.

—Salgamos de aquí, a nuestro padre no le hace bien oírnos hablar de estas cosas.

Los dos llegaron a aquel espacio desordenado que fungía como sala, irónicamente Aldo se sentía muy incómodo rodeado de tanta pobreza. Allí estaba su hermana Matilda, los sujetó de los hombros a los dos y exclamó resignado:

—A grandes problemas, grandes soluciones, voy a hablar con Emilio, sé que él podrá conseguir un lugar para ustedes

—Aldo, para mí que estás exagerando.

—¿Exagerando, Gabriel?, está bien, quédense aquí, pero no me vayas a pedir cigarros cuando estés preso por la muerte de Maité.

—¡Yo no maté a Maité!

—Bueno, explícale eso a la policía, o se van de Costa Asunción o terminarás tus días preso Gabriel, la policía necesita un culpable y debo decirte, hermanito, que tú eres el candidato perfecto, ya te lo dije…

La discusión fue interrumpida por tres golpes en la puerta, alguien estaba afuera. Los hermanos se extrañaron, nadie los visitaba y menos a esa hora, Matilda dejó a sus hermanos y fue cerca de la puerta y preguntó con temor.

—¿Quién?

—La policía, traemos un citatorio para el señor Gabriel López.

Aldo se llevó el dedo índice a la boca indicando que guardaran silencio, entró discretamente al cuarto de su padre para esconderse.

Gabriel estaba tan confundido por lo que escuchaba, se acercó a su hermana y sin abrir la puerta preguntó temeroso.

—Perdón ¿citatorio de qué?

—¿Usted es el señor Gabriel López?

—Yo soy.

—La policía está haciendo unas investigaciones acerca de la muerte de la señorita Maité Tafur, tenemos entendido de que ella era su novia, por eso el investigador que lleva el caso lo cita, no está detenido ni está siendo acusado de nada, solo necesitamos su declaración, tiene que presentarse mañana a la comandancia a las 9 de la mañana, aquí está la orden, caballero, y disculpe las molestias.

El citatorio voló debajo de la puerta cayendo justo a los pies de Gabriel, quien no podía creer lo que estaba pasando.

Aldo entró a la mansión Tafur y no encontró a nadie ni en la sala ni en el comedor, así que fue directo a su cuarto. Abrió la puerta y se sentó en la orilla de la cama, se aflojó la corbata y se dejó caer por completo, no pasó mucho tiempo cuando decidió ir a la regadera para ducharse, dejó al descubierto su cuerpo, tomó una toalla y se la colocó en la cintura.

Entró lentamente al baño y cerró la puerta a sus espaldas, se extrañó al encontrarse allí mismo con doña Magali, quien lo miraba con lujuria, estaba desnuda, a pesar de la edad tenía un cuerpo envidiable.

—Y usted ¿qué hace aquí?

—Hoy dormirás solo, ¿no crees que necesitas compañía?

—¿Me está proponiendo cometer adulterio en su casa? ¿A dos cuartos de su marido? ¿Cuándo su hija acaba de morir?

—Tanta pregunta, eres un imbécil, que pases feliz noche y que descanses, gallina…

Salió pues enfadada del baño enrollándose una toalla alrededor del cuerpo, pero Aldo la alcanzó justo antes de salir del cuarto, la tomó de la cintura y le susurró al oído:

—Solo necesitaba una respuesta.

—¿Cuál respuesta?

—Que necesita un macho que la domine.

—Necesito un macho que me domine, un hombre que me haga sentir mujer, que le guste el peligro, te necesito.

La señora de Tafur se dio la vuelta y envolvió a su yerno en un beso apasionado mientras sus traviesas manos, le quitaban la toalla y quedaban los dos desnudos frente a frente.

Poco a poco las luces de la mansión fueron apagándose, y el silencio envolvió aquella hermosa casa que el viejo Tafur había construido solo años después de haberse casado con su amada Magali. El viejo Tafur se había quedado profundamente dormido y no se percató que su esposa no había estado a su lado para dormir. En un cuarto adjunto dormía plácidamente su suegra doña Benilda, estaba en esa frontera entre el sueño y la realidad cuando unos ruidos extraños la despertaron abruptamente, parecía un caballo, pero… ¿dentro de la casa? Se enderezó y tocando a ciegas buscó su bata y sus pantuflas; ni siquiera encendió la luz y se dirigió a la puerta susurrando.

—¿Qué demonios está pasando? —abrió lentamente la puerta y no vio a nadie, pero luego al otro lado del pasillo escuchó como si un caballo golpeara el piso con su pata, como si estuviera furioso. Caminó lentamente y gritó envuelta en miedo:

—¿Quién anda allí?

Caminó un poco más a prisa, y llegó al final del pasillo y vio a un caballo negro, por su hocico salía un humo extraño, como si tuviera frío.

—Alma Negra, ¿qué haces aquí?

Entonces el caballo relinchó y se echó a correr a donde estaba ella, doña Benilda salió corriendo al ver que el caballo se le venía encima.

—¡Auxilio! —gritó desesperada y se metió al primer cuarto que encontró, encendió la luz, su rostro se llenó de asombro al ver a su hija, doña Magali haciendo el amor con Aldo. Se llevó las manos a la boca mientras sus ojos casi se salían de sus cuencas.

XIII

Los demonios de la casa grande

Aldo y Doña Magali permanecían inmóviles al verse descubiertos por la doña Benilda.

Aldo estaba sudando, estaba encima del cuerpo desnudo de su suegra, mientras esta se horrorizaba de verse descubierta por su propia madre.

—¡Qué demonios está pasando aquí, Magali!

—Shhh, mamá, por favor, no me haga esto, no, haga ruido.

El horror se engrandeció cuando en el cuarto contiguo el viejo Farid estallaba en histeria.

—Por Alá, ¿qué está pasando? ¡Alguien que me acerque la silla de ruedas!, ¡Magali! ¡¿Dónde estás?!

Al oír los gritos de su marido doña Magali se llevó el dedo índice de la mano derecha a la boca, para suplicar que su madre no la descubriera. Doña Benilda arqueó la ceja diciendo:

—Levántate de esa cama Magali y compórtate como una dama y ve al lado de tu marido, no crie a una perra para que me haga pasar estas vergüenzas, vístete y ve a callar a tu marido que si sigue gritando de esa forma va a terminar toda Costa Asunción metida en esta casa, y tú, muchacho, te vas a divorciar de mi nieta y te irás de esta casa para siempre, o yo misma me encargaré de que Farid te asesine con sus propias manos.

Entonces salió del cuarto, se detuvo afuera a ver si el caballo estaba por allí, pero no había nadie, fue por todo el pasillo y se metió a su cuarto mientras Sidi Farid continuaba gritando.

La dueña y señora de la casa se colocó una bata alrededor de su cuerpo, mientras Aldo sacaba un cigarrillo y lo fumaba para calmar sus nervios.

—Se lo dije, señora, le advertí que esto podía pasar.

—Cállate, imbécil, ¿no ves en el grave problema en el que estamos metidos?

—Sí, tanto que su madre me obligará a divorciarme de Rania, pero obviamente eso no sucederá, Rania no debe enterarse de esto o estaremos perdidos, intente frenarle la boca a doña Benilda o no solo yo saldré perjudicado en este embrollo.

—Eres tan bello como imbécil.

Cerró la puerta de un golpe dejando a su yerno calmando sus nervios con el cigarro, mientras a prisa se dirigía al cuarto de su histérico marido.

—Farid, ¿qué pasa?

—¿Qué está pasando aquí? Escuché los gritos de doña Benilda, luego a un caballo dentro de la casa ¿me puedes explicar dónde estabas?

—Estaba en la cocina, fui por un vaso de agua, tenía sed.

—Acércame la silla de ruedas, necesito ir a ver qué rayos está pasando afuera.

—Farid, no hay nada afuera.

—Me acercas la silla o juro por Alá que me arrastraré hasta ella, ¿cómo que no hay nada?, yo escuché un caballo dentro de la mansión, mi suegra gritando como una loca y ¿me dices que no hay nada allá afuera?

Doña Magali acercó la silla para que su marido se pudiera movilizar. El viejo salió del cuarto furioso y empezó a avanzar por el pasillo buscando alguna pista de lo que sucedía, pero la casa parecía tan calmada como al principio de la noche.

Medardo hizo que el caballo entrara en su corral, le sobó el lomo e intentó tranquilizarlo.

—Shhh, tranquilo, Alma Negra, ya cumplimos la misión, relájate, buen muchacho, buen muchacho, mi señora estará feliz por el trabajo que hicimos, amigo.

El desayuno al día siguiente en la mansión estuvo tenso, doña Benilda miraba con morbo al yerno de su hija y todos parecían sentir esa mirada clavada en ellos.

—Entonces, ¿era o no un caballo el que andaba relinchando dentro de la casa anoche? —interrogó Sidi Farid, mirándolos a todos.

—De eso estoy segura, aunque el caballo no era el único que andaba relinchando en esta casa —agregó doña Benilda, acusando con la mirada a su hija y a su yerno.

Al sentir la presión de su madre, doña Magali agregó:

—Lo que yo no entiendo es cómo es posible que un caballo entre en la casa y ni los guardias ni la misma policía se hayan dado cuenta.

Omar tomó un sorbo de té, se había percatado del nerviosismo de su madre y su cuñado, pero intentó relajar la situación.

—Hay que preguntarle a Medardo, se supone que él es el encargado de la seguridad de esta casa, si un caballo entra hasta nuestras habitaciones es porque esto está mal, además ¿cómo demonios hizo ese caballo para subir las escaleras?

Su madre sabía que alguien estaba detrás de todo el alboroto del caballo de la noche anterior, alguien quería asustarlos, y al menos con doña Belinda lo habían logrado.

—Sospecho que alguien lo subió, un caballo no anda por allí subiendo escaleras y cruzando en pasillos.

—Sí, Medardo y yo tendremos una plática larga y tendida —sentenció Sidi Farid.

Su caminar era pausado, sabía que no había asesinado a su amada, pero convencer a la policía de eso era su misión, entró entonces a la oficina del comandante quien lo esperaba atento, lo invitó a sentarse.

—Gabriel López, ¿no es así? —preguntó el jefe de la policía sacando una carpeta de unos archivadores.

—Así es, señor, anoche me llegó un citatorio.

—Así es señor López, estamos haciendo una investigación sobre la muerte de la señorita Maité Tafur, su novia, según tenemos entendido.

Abrió entonces la carpeta y la colocó sobre su escritorio.

—Así es, señor, Maité y yo éramos novios, íbamos a casarnos.

—¿Dónde estuvo usted la noche del asesinato de la señorita Tafur, señor López?

—Mi padre está grave, estuve en casa cuidándolo con mi hermana.

—Señor López, los oficiales también somos psicólogos, ¿sabe? A nosotros muy difícilmente alguien nos va a mentir, así que no quiero perder el tiempo, quiero que sea honesto conmigo y me diga… ¿si no fue usted el que asesinó a la señorita Tafur? ¿Quién cree usted que pudo haberlo hecho?

—No tengo ni la más mínima idea, comandante, jamás supe que mi novia tuviera enemigos, era periodista, pero jamás supe de gente que le quisiera hacer daño.

—Si no fue un enemigo por su trabajo, ¿no cree que pudo haber sido un crimen pasional?

—Con todo respeto comandante, pero me está insultando y está insultando la memoria de mi novia.

—Lo siento, señor López, no quise ofenderlo, pero no puedo dejar ninguna posibilidad en el aire, solo necesito que conteste a mi pregunta.

—No señor, no creo que haya sido un crimen pasional, ella siempre fue una muchacha recta, decente.

El comandante se puso de pie, le dio la mano y se despidió de él.

—Es todo, señor López, si necesitamos algo de usted lo volveremos a buscar, que pase un buen día. Gabriel correspondió el saludo y salió de allí inmediatamente.

Omar se subió en su auto y salió de la mansión seguido como siempre de un guardaespaldas.

Doña Benilda entró al cuarto de Aldo sin previo aviso, este se acomodaba la corbata en el espejo, se percató entonces de su presencia. La señora se quedó parada justo junto a la puerta que había cerrado a sus espaldas, lo miró fijamente y soltó una vez más su veneno.

—Embarazaste a las dos, ¿no es verdad?

—Con todo respeto doña Benilda, su pregunta está fuera de lugar. No entiendo de qué habla.

—¿Fuera de lugar?, te encuentro en la cama con mi hija, la esposa del dueño de todo esto ¿y mi pregunta está fuera de lugar? Magali está esperando un hijo y estoy cien por ciento segura que no es de Farid, Farid no puede tener hijos después del accidente, él lo sabe, él sabe que Magali le fue infiel, sabe que el hijo que lleva allí adentro no es suyo, lo que él no sabe es que el padre eres tú, su propio yerno. ¿lo vas a negar, querido?

—Dígame qué quiere, señora, ¿qué puede querer una mujer tan rica como usted? No necesita nada, no puedo darle dinero. ¿Qué quiere?

—Tienes toda la razón, muchacho, lo tengo todo, si estoy aquí es porque se me da la gana, tengo una mansión mucho más grande que esta, no me falta nada en la vida, ¿sabes? Viéndolo bien, si me falta algo, ¿sabes hace cuánto que un hombre no me toca?

—No señora, no me vaya a decir que…

—Te voy a responder a mi pregunta, muchacho, hace 30 años que no siento las manos callosas de un hombre sobre mi cuerpo, creo que es hora de revivir viejos momentos. Te espero esta noche en el Hotel Birmania, sin excusas, cariño, si no llegas, Rania, Farid y toda Costa Asunción se enterarán que te estás acostando con madre e hija y lo peor aún, es que a las dos las preñaste. Conmigo no tienes que temer, mi amor, hace años que cerré la fábrica. Te espero a las 9 —dijo guiñando el ojo y saliendo de allí.

Sí, la extrañaba demasiado, llevó con él un ramo de rosas rojas y su corazón destrozado, allí estaba la tumba fría de su amada Maité, acarició la lápida y sus ojos no pudieron contener el llanto.

—Hola, no sé si he venido a despedirme, quiero pedirte perdón por lo que te hice. Te engañé, Aldo y yo somos hermanos y jamás te enteraste de eso, teníamos un plan ¿sabes?, era quitarles toda la fortuna a ustedes, ya Aldo se había casado con tu hermana y yo, yo me casaría contigo, pero ¿te confieso algo?, en el proceso me enamoré de ti, sí, te amé con todo mi corazón, Maité los dos pudimos haber sido felices, aunque tu jamás me amaste, lo sé, creíste que no me daba cuenta, pero sí, siempre amaste a mi hermano, a tu cuñado, así es la vida, amamos a quien no nos ama, vine a decirte que todo lo que pasó, ya pasó, y no sé quién te quitó la vida, pero creo que también me quitaron parte de la mía, vine a decirte adiós Maité, buen viaje, es tarde, pero me gusta pensar que cuando morimos vamos viajando eternamente en un camino hermoso donde cada paso que se da uno es más feliz, me gusta pensar que la muerte es un camino hermoso, un camino sin final y que somos felices recorriéndolo, buen viaje hermosa.

Omar abrió la puerta empujándola con la espalda, llevaba en su mano el desayuno, antes de irse a la empresa había pasado a ver a su hermana, quien permanecía internada.

—Buenos días.

—Viniste a verme.

—Claro, ¿quieres desayunar? —preguntó él poniendo la bandeja sobre las piernas de Rania.

—No se ve nada apetitoso, pero comeré, no entiendo que me tienen haciendo aquí todavía, quiero irme a casa.

—Si los doctores no te han dado de alta es porque no estás lista para regresar.

—¿Omar, tú me quieres?

—Como no te voy a querer, somos hermanos.

—¿Me perdonas?

—Rania, ya hemos hablado de esto antes, yo no te guardo rencor, mi religión no me permite estar odiando a la gente. Alá dice que debemos amarnos y más si somos hermanos. Olvida ya esa tontería, piensa mejor en tu hijo, en todo lo bello que te falta por vivir.

—Tengo miedo por mi hijo, haberme desmayado me preocupa.

—Ayer mi papá habló con el doctor, él dice que todo está bien, vamos, no te deprimas ahora, eso le puede hacer daño a la criatura.

—Quiero ir al cementerio, quiero visitar a Maité.

—No es conveniente, Rania, por favor, piensa en tu hijo, cuando te recuperes por completo podrás ir, por ahora concéntrate en ti y en el niño, por ahora no habrá visitas al cementerio ¿de acuerdo? Ahora come.

Después de parquear su auto, Aldo se percató que su hermano lo esperaba en la entrada de la procesadora. Caminó con su portafolios en la mano y le dio la mano disimulando, pues los guardias del lugar los veían.

—Gabriel, ¿qué haces aquí?

Gabriel se tiró a sus hombros a llorar, algo terrible había pasado para que Gabriel hiciera eso, no era muy afectuoso, además mucho dolor había en su rostro.

—Papá ha muerto, Aldo, murió hace media hora.

—Vamos, súbete al auto, vamos a la casa.

—¿Me llamó, Sidi Farid? —preguntó Medardo tocando la puerta del despacho del viejo Farid, aunque la puerta estaba abierta, el empleado sabía que si algo amaba el dueño de la casa eran las reglas.

—Sí, te mandé a llamar, necesito que me digas ¿dónde estabas anoche que entró un caballo casi a nuestros cuartos y nadie se dio cuenta?

—Mi señor, no sé de qué me habla, es imposible que un caballo haya entrado hasta aquí.

—Lo mismo digo yo, pero pasó ¿cómo un caballo puede subir las escaleras hasta el segundo nivel y cabalgar como si estuviera en el campo?

—Señor, le juro que no sé de qué me habla, pero olvida algo mi señor, hay cámaras en la casa, ¿por qué no le pide a la policía que le muestre las imágenes?, si un caballo entró y salió de la casa en las cámaras estará registrado ¿no cree?

—¿Sabes? No es una mala idea. Retírate.

Leer se había convertido nuevamente en un hábito para doña Magali; generalmente escogía el jardín para hacerlo, bajo la sombra de un hermoso cedro, a la orilla de la piscina. Su madre la vio desde la mansión y decidió llegar hasta donde estaba la apasionada lectora, se sentó a su lado, mientras doña Magali bajaba lentamente el libro.

—Entonces, ese hijo que tienes en tu vientre no es de Farid, ¿no es verdad?, es de Aldo, tu yerno.

—Por Dios, mamá qué cosas dice.

—¡No me hagas perder la paciencia Magali! Farid no es ningún idiota, él sabe positivamente que no puede tener más hijos, ¿eres imbécil o te haces? Farid podría matarte en cualquier momento, él no permitirá que deshonres a su familia, te aconsejo que Aldo y tu solucionen esto lo antes posible, aborta ese hijo o terminarán muertos los dos, ¿oíste?

—¡Yo no voy a abortar a mi hijo madre, jamás lo haría! Además, Farid sabe que estoy embarazada.

—No me importa, no voy a dejar que la deshonra caiga sobre mi familia, las cosas tarde o temprano se llegan a saber. Ya tengo reservada una cita para ti mañana, mañana mismo te sacas esa criatura y no está en discusión, Magali. No quiero verte salir con los dos pies por delante de esta casa, mañana abortas y punto, vamos a ir a que te solucionen ese problemita.

Fue enorme la alegría del viejo árabe al enterarse de la noticia que el abogado de la familia le daba:

—El juez lo declaró inocente, don Farid, usted mató a la Caimana en defensa propia, y aquí está la declaración que extendió el juez.

—Por Alá, bendigo su nombre, soy libre, no más líos con la justicia. Le pagaré todo lo que ha gastado, licenciado, este es el día más feliz de mi vida.

Cuando Farid se enteró de la muerte del padre de Aldo, el viejo árabe ofreció a su yerno correr con todos los gastos del deceso. No podría asistir a los actos, pero lo recompensaría encargándose de todo lo que hiciera falta.

—¿Hiciste lo que te pedí? —preguntó Rania a Medardo, quien había entrado a la habitación lentamente para no despertarla, pero Rania siempre tenía el sueño ligero.

—Sí, mi señora, todo salió perfecto, me cuidé de que las cámaras no registraran ninguna actividad cuando metí el caballo, aunque registren las grabaciones no encontrarán nada.

—Perfecto, perfecto.

La cortísima conversación fue interrumpida por el médico, se acercó a la joven paciente y le ajustó el suero, le tocó la frente y esbozando una leve sonrisa dio la buena noticia.

—Muy bien, doña Rania, ha respondido muy bien, hoy mismo la damos de alta, solo necesito que firme aquí y se puede ir a su casa.

Rania se apresuró a firmar la hoja que el doctor le pasaba, era el día más feliz para ella, estaba lista para volver a su amado hogar.

Una vez más el mundo se iluminó para Omar cuando vio entrar en su oficina a su querida Maritza, se levantó inmediatamente para abrazarla y cubrirla de besos.

—Hola, amor, ¿cómo estás?

—Qué sorpresa, mi vida, estaba bien, pero ahora estoy mejor, ¿qué te trae por aquí?

—Vine al súper que está cerca de aquí y decidí pasar a saludarte, es una visita breve ¿de acuerdo?, que no quiero quitarte tu tiempo.

—Claro que no me quitas el tiempo, mi niña linda.

—Hoy no quise ir a la universidad, se me antoja ir a comprar algo para la cena, ¿quisieras cenar conmigo?

—Claro que sí, si es una invitación, con gusto asistiré.

—Claro que es una invitación formal para que cene conmigo señor Omar Tafur, voy a preparar una cena especial para que veas que tendrás no solo una linda mujer si no también una experta cocinera.

—Eso me agrada, porque no hay como la comida que hace la mujer de la casa.

—Bueno, cariño, nos vemos en la noche, no te quito más tu tiempo. Iré a comprar todo para la cena.

—Nos vemos en la noche, beba linda.

El beso de Omar fue prolongado, no sabía exactamente por qué, pero no tenía otros deseos más que seguir probando sus labios.

Allí estaba parada frente al espejo la vieja Benilda, y aunque tenía todo el dinero del mundo los años habían hecho estragos en su piel, había gastado miles de dólares en cirugías, cremas caras para que su piel no se cortara con las arrugas, ya estaba vieja, nadie puede detener el tiempo, es nuestra bendición y maldición a la vez.

—¡Maldición! ¡Maldito el tiempo que se pasa volando! No soy la mujer atractiva que fui. Aldo no querrá acostarse conmigo esta noche.

Maritza bajó al sótano de la procesadora, había dejado allí su auto, cruzó entre los autos para poder llegar a donde estaba el suyo, de pronto escuchó un ruido sospechoso, sintió miedo, caminó más a prisa y con la esperanza de que sus miedos fueran infundados preguntó al viento:

—¿Quién está allí?

Nadie contestó a su pregunta y su miedo aumentó considerablemente, bendijo a Dios cuando vio su auto, corrió hasta él e insertó la llave en la ranura de la puerta, pero alguien le tapó la boca y la jaló hacia atrás, mientras ella intentaba gritar, pero no pudo.

Al enterarse que Medardo no estaba en la mansión, Farid ordenó que otro de los empleados manejara, estaba listo para ir a ver a Rania, así que ambos, él y su esposa, subieron al auto y se alejaron de la mansión.

Aldo se asomó a la ventana de la caja mortuoria de su padre, allí estaba aquel hombre que había luchado tanto por darles una vida digna, el cuerpo sin vida de don Simón le recordó que a veces no todos tenemos las mismas oportunidades de superar; desde niño había visto sus manos callosas de tanto trabajar y apenas había logrado alquilar una covacha que estaba a punto de desplomarse.

—Adiós, viejo, perdón por no haber cuidado de usted cómo debía, pero estaba buscando una oportunidad…, ya casi la hemos conseguido, vamos a vivir bien como quería. Pronto saldremos de esta miseria, vamos a ser ricos y felices como usted quería. Cuidaré de mis hermanos, se lo prometo.

Jamás su abrazo con Gabriel había sido tan sentido, el dolor de perder a su padre hizo recordar todo lo que había hecho por inmiscuirse en la familia Tafur, aunque conocer a Maité había sido un accidente cuando eran jóvenes, al enterarse de su posición social, decidió que era justo lo que necesitaba, una mujer rica para olvidarse por completo de su realidad.

La secretaria del doctor Francisco no pudo detener a la decidida Rania. Cuando este la vio parada en la puerta indicó a su secretaria que lo dejaran a solas con ella.

—¿Qué te trae por aquí, Rania? —preguntó dejando la carpeta en la que escribía. Rania se sentó frente a él, estaba serena, pero su tono sarcástico puso en alerta al médico:

—Doctor, doctor, doctor, usted sabe bien que me trae por aquí, he venido a ver a mi madre, he venido a ver a Jalila Tafur.

XIV

Dolor y sangre

Los nervios sacudieron al doctor Francisco, si Rania sabía la verdad era porque su padre se lo había confesado, pero ¿cómo el viejo Farid no le había informado nada?, se acomodó nerviosamente la corbata e interrogó a la hija mayor de los Tafur.

—¿Tu papá sabe que estás aquí?

—A ver, doctor, ¿por qué no dejamos a un lado las mentiras?, ¿en serio creyeron que yo no sabía la verdad? Farid Tafur no es mi padre, es mi tío, y por alguna razón me hizo pasar por su hija toda la vida, pero ¿sabe qué?, yo siempre lo supe, lo intuí, siempre prefirió a sus verdaderos hijos, a Omar y Maité; no hace mucho descubrí que la mujer que tienen aquí encerrada es mi verdadera madre y vengo a verla, supongo que nadie puede quitarme ese derecho, ¿verdad?

—Yo, yo no, yo no sé qué decir, esto no debería estar pasando.

—Sí, no debería estar pasando, pero está ocurriendo y no quiero discutir más con usted, así que o me muestra a mi madre o yo voy a ir con la policía para hacer valer mis derechos.

—No es necesario, sígueme, te mostraré a tu madre.

La secretaria de Omar entró corriendo a su despacho, estaba envuelta en total histeria. Rosaura había sido siempre muy discreta y no solía hacer escándalo por cualquier cosa, eso fue lo que más aturdió la relativa paz que su novia le había dejado.

—Rosaura, ¿qué le pasa?

—¡Señor, por Dios!, abajo en el parqueo hay una mujer degollada, ¡es la mujer que salió de su despacho hace unos momentos!

No había terminado de hablar cuando Omar salió corriendo al estacionamiento, quería ver con sus propios ojos si era su amada Maritza la que yacía en el suelo.

El médico hizo entrar a la pareja a su consultorio en el hospital donde esperaban encontrar a Rania.

—Como le dije antes, señor Tafur, hace dos horas que la señora Rania fue dada de alta, era ilógico que continuara aquí, debido a su estado de embarazo no podemos suministrarle ninguna medicina que no sean vitaminas.

—¿Con quién se fue mi hija?

—Con un hombre que asumo que era su empleado, doña Magali, por el uniforme que portaba me daba la idea que era un guardaespaldas, incluso yo insistí en llamar a cualquiera de ustedes, pero la señora Rania me dijo que estaría a salvo con el joven que la acompañaba.

—Bien, pagaré todo lo que hemos gastado en mi hija.

—Señor Tafur no es necesario, la señora Rania pagó todos los gastos, no me deben nada.

El doctor abrió la puerta del cuarto de Jalila, la desaliñada mujer estaba frente a la pared con su muñeca en la mano, Rania miró al doctor con curiosidad.

—Déjeme sola con ella, doctor.

El médico se retiró sin decir palabra alguna dejando sola a Rania con Jalila. La hermana del viejo Farid al escuchar que alguien entraba se dio la vuelta y Rania se sintió con miedo de ver que estaba sucia en exceso, con el pelo tan maltratado y la cara llena de tierra.

—Jalila, Jalila Tafur, mi madre.

Las palabras desconcertadas de la joven hicieron reaccionar a la mujer que había sido internada por problemas de esquizofrenia.

—¿Quién es usted?

—Soy tu hija, madre, la hija que te quitaron los Tafur, la hija por la que te volviste loca, soy Rania, Rania Tafur.

—Señorita, señorita linda, usted está equivocada, yo tuve un hijo, hijo varón, murió cuando nació ¿sabe?

—Eso, es lo que el desgraciado de tu hermano te hizo creer, no fue un hijo, fue una hija, fui yo, pero él no quería que lo supieras no entiendo bien por qué, vine a verte porque tenía la curiosidad de verte nada más. Pero no tienes nada de especial, es más, me das asco, así que es mejor que me vaya.

—No, niña, no se vaya, al menos llévele un recado a mi hijo.

—Que yo soy tu hija, vieja loca.

—¿Tu eres mi hija? ¿Y el niño que di a luz?

Fue tanto el enojo de Rania, que salió del cuarto golpeando la puerta con violencia, Jalila por su parte se acercó a la ventanilla de la puerta y le gritó con todas sus fuerzas:

—¡Si miras a mi hijo, dile que lo estoy esperando! ¿Oíste?

Omar llegó a la escena del crimen seguido por su secretaria, ya había algunos curiosos en el estacionamiento. Se abrió paso entre ellos, se tapó la boca y las lágrimas no se hicieron esperar: era ella, Maritza, estaba envuelta en sangre, su rostro descansaba con una paz con que nunca la había visto antes, se volteó y abrazó a su secretaria. No lograba entender por qué alguien habría querido ver muerta a su novia, había jurado protegerla y allí estaba sin vida tirada en el suelo.

—Oh no, por Dios, ¿qué le hicieron? ¡No, mi amor, no! —decía llorando mientras su secretaria se tapaba la cara para no ver.

—Señor, regresemos a las oficinas, la policía no tardará en llegar, es mejor que dejemos espacio para que los peritos trabajen, voy a prepararle un calmante, vamos —intentó jalarlo, sacarlo del lugar, pero él no accedió. Se quiso abalanzar al cadáver para abrazarla, pero uno de los guardias lo detuvo.

—No señor, no puede acercarse, si encuentran sus huellas en el cuerpo podría parar preso, por favor, aléjese.

El doctor Francisco se apresuró a comunicarse por teléfono con el jefe de la familia Tafur, le informó lo que había sucedido, la visita de Rania lo había dejado inquieto, aunque el propio Farid le había mentido antes sobre la hija de Jalila, sabía positivamente que si no informaba de lo ocurrido terminaría muerto y no estaba dispuesto a ser el siguiente cadáver que enterrar en Costa Asunción.

Aún hablaba por teléfono cuando su secretaria lo interrumpió obligándolo a cortarle la llamada al viejo Farid, la muchacha obligó literalmente a que el doctor sintonizara el canal local, extrañado por tal acción, el doctor encendió la televisión para enterarse de la trágica noticia.

—"Se trata de un asesinato, —informaba el reportero—, ocurrido en el estacionamiento subterráneo de La Procesadora de Mariscos "Cairo" propiedad del millonario árabe Farid Tafur. Según las autoridades fue degollada con una hacha y dejada tirada en el lugar, las autoridades han confirmado que debido a la forma en que la víctima murió podría tratarse de un asesino en serie, asesino que se ha ensañado contra la familia Tafur, la occisa fue identificada como Maritza Mora, hija del reconocido psiquiatra Francisco Mora, aún se desconoce cuáles fueron los motivos de su asesinato, nosotros seguiremos informando, volvemos a los estudios".

Como si un rayo le pegara justo en el corazón, el doctor sintió el dolor más grande que jamás había sentido, incluso aún mayor que la muerte de sus padres, perder a un hijo es perder parte de uno. Sus ojos se entristecieron y su cara empalideció, se lo había advertido, su pequeña estaba muerta. El mundo había terminado para él.

Doña Belinda se las ingenió para salir aquella noche a su cita con Aldo, nunca se había arreglado tan bien como aquella noche, la ilusión de sentir unos brazos masculinos y jóvenes la entusiasmaban. Ordenó en secreto a Medardo que la acompañara, este, gustoso la condujo al hotel sin hacer preguntas. La discreción le había ganado la confianza de toda la familia. La esperó durante unas dos horas. Cuando la mujer regresó venía con el rostro endurecido, cualquiera advertía que quería asesinar a alguien, alguien con nombre y apellido.

—Llévame a cualquier bar, muchacho, vamos a tomar.

—Hay un bar cerca de aquí, mi señora, la llevaré con gusto.

—Esta noche nos emborracharemos, hijo, vamos a brindar por todo lo que he vivido.

—¿Quiere que la acompañe a tomar a pesar de no ser mi día libre?

—No temas, muchacho, soy la madre de tu jefa, mi poder es aún mayor que el de Tafur, no te despedirán, déjame eso a mí, por ahora quiero brindar, brindar por la vida.

Rania no supo exactamente por qué su marido no había dormido con ella aquella noche, para ser honestos no le importó, aunque estaba aún débil, durmió como una niña, las pesadillas esa noche se habían esfumado.

Esa noche había sido larga y después de caer los dos en las garras del alcohol, tanto la distinguida señora como el guardaespaldas, regresaron al hotel, el chofer haría lo que Aldo no había hecho en su cita, le haría el amor a su manera. Antes de que el sol saliera en el horizonte, doña Benilda y Medardo regresaron a la mansión completamente borrachos, incluso el guardaespaldas le suplicó a la señora que no hiciera ruido al entrar, solamente el policía que cuidaba la entrada se enteró, pero perdonó la acción por tratarse de la señora Benilda.

Esta se dejó caer en la cama y no despertó si no como a las doce del mediodía.

Era insoportable el dolor de cabeza que sentía, la sed la hizo bajar a la cocina por un poco de agua, cuando salió al pasillo se encontró con Aldo, se acercó a él sosteniéndose de las paredes, aún estaba mareada.

—Así que te atreviste a dejarme esperándote, ¿eh?, veo que no tienes miedo a que todo mundo se entere de tus aberraciones.

—Mi padre ha muerto, señora, vengo del cementerio, no asistí al hotel por eso, no pretendía que hiciera el amor con usted y mi padre en un ataúd.

—Lo siento, no lo sabía, muchacho.

—Señora, si quiere abrir la boca puede hacerlo, todo esto ya me cansó, me divorciaré de su nieta, no quiero saber más de esta familia, ya no tengo nada que perder, si quiere envolver a su familia en un escándalo y arrastrarme en él, hágalo, me importa un carajo.

La forma en que Aldo le habló desconcertó a la anciana, no le dio tiempo de continuar la conversación, se ajustó su corbata y la dejó parada en el pasillo con la palabra en la boca.

Rania no se enteró de la muerte de su suegro sino hasta unos días después. Omar asistió al entierro de su amada Maritza únicamente acompañado de Rania. La familia Mora y los amigos de la joven novia de Omar rodearon su ataúd, pero la que no daba crédito a lo ocurrido era Leonor, amiga íntima de Maritza; recordó cómo le había suplicado que viajaran fuera del país y ella se había negado. Con tanto dolor en su corazón se recostó sobre la caja mortuoria, sentía tanta impotencia, quería con todo su corazón que aquello fuera una pesadilla, pero no lo era.

"Adiós amiga —susurró envuelta en llanto—, aunque parezca extraño yo también me iré, no quiero terminar muerta como tú, me voy para siempre de Costa Asunción, no quiero más esta vida para mí, Dios te perdone todos tus pecados y que los ángeles te reciban en su reino, esto acaba de terminar para mí también".

Cuando las personas abandonaron el lugar, Omar colocó un ramo de rosas sobre la tumba de su amada, nuevamente el dolor se ensañaba contra él, primero su amada hermana ahora su novia, maldijo una y otra vez su destino, no había podido cumplir su más sagrada promesa: cuidar de Maritza.

—Regresemos a casa, nada más podemos hacer —aconsejó Rania, acariciando la espalda de su dolido hermano.

Los días transcurrieron sin ningún sentido para Omar, cayó en una inmensa depresión, no quiso ir a trabajar por unos días, no quiso salir de su cuarto y se negaba a alimentarse, irónicamente solo Rania hacía que su hermano probara alimento, tenía las palabras justas que Omar necesitaba para reconfortase, le hizo entender que la vida tenía que seguir su curso, que la desgracia tenía que alejarse de la mansión y actuando así solo lograría retenerla y provocar más daño.

Doña Benilda desistió de acostarse con Aldo, había encontrado la manera de apagar sus instintos carnales, las noches siguientes visitó a Medardo, quien asesinó esas ganas excesivas de hacer el amor.

Aquella mañana gris, doña Benilda entró al cuarto de su hija, estaba dispuesta a cumplir con su misión, la misión de limpiar el nombre de la familia. Encontró a su hija leyendo como de costumbre, estaba cerca de la ventana interesadísima en la lectura.

—Bien, si aplacé la cita con el doctor fue por todo lo que pasó, mi niño estaba herido y no quería que se quedara sin madre durante unos días, pero ahora que la tormenta pasó, llegó el día Magali, hoy mismo vamos a ir a que te saquen ese hijo, ya hablé con el chofer, vamos.

—Mamá, no quiero ir, yo no quiero abortar.

La bofetada que recibió le ardió la cara, el rostro enfadado de doña Benilda le envió un duro mensaje, no estaba jugando.

—¡Perfecto! —amenazó su madre—, ¡entonces bajemos y dile a tu marido que el hijo que esperas es de Aldo! Que ese desgraciado dejó preñada a madre e hija, o abortas o vas y le dices a tu marido toda la verdad, decide, y decide ahora mismo, que no tengo tiempo para estupideces.

Madre e hija se escandalizaron sobremanera cuando Rania irrumpió en el cuarto, había escuchado la conversación y estaba completamente histérica.

—¿Qué? ¡Mamá, ¿el hijo que estás esperando es de mi marido?! ¡Responde madre! ¡Te metiste con mi marido!

—Hija, yo…

—Esto lo debe saber mi padre.

Al escuchar la amenaza, doña Magali intentó detener a Rania, pero esta salió enfadada del cuarto de su madre.

—¡No, Rania, no! —suplicó ella saliendo detrás, corriendo para alcanzarla. Sabía que Rania estaba resuelta a contarle todo a Sidi Farid. Esta caminaba a pasos ligeros e intentó alcanzarla, doña Benilda las siguió de cerca para intentar también ella detener la tormenta que se avecinaba, irónicamente también el cielo estaba negro, dos tormentas se acercaban: una de agua y otra llena de escándalo.

Llegaron entonces al filo de las enormes escaleras que daban al primer nivel.

Le había suplicado tanto que el temor se apoderó de ella. Doña Magali sabía perfectamente que nada detendría a Rania, desde muy niña había sido decidida, cuando algo no le gustaba corría a quejarse con su consentidor padre; esta vez no sería la excepción y más con lo que se había enterado. Rania estaba terriblemente furiosa, el carácter fuerte de su padre provocaría una desgracia, quizá eso buscaba, eso deseaba con todo su corazón.

—Rania, por favor, no digas nada —suplicó sin lograr evitar que su hija se detuviera.

Logró alcanzarla e intentó bloquear su camino, colocándose justo frente a ella y de espaldas a las escaleras.

—¿Quieres que me quede callada ante esto?, por favor, madre, no me digas que quieres que nuestros hermanitos jueguen por el jardín como si nada pasara, mi marido es una basura y tú eres peor, ¡déjame pasar, mi padre debe enterarse de esto!

Los ojos de Rania se abrieron denotando así la advertencia de que estaba dispuesta a todo si doña Magali no le cedía el paso.

—¡Mamá déjame pasar!

—¡No, Rania, por Dios! Piensa bien lo que vas a hacer.

Rania colocó bruscamente sus manos sobre el pecho de su madre y la aventó fuertemente, doña Magali rodó dirección abajo sin detenerse, cada escalón golpeaba su cabeza, mientras Rania permanecía inmóvil viendo como su madre aterrizaba en el primer nivel dejando tras ella charcos de sangre.

Doña Benilda llegó justo después al lado de Rania y estalló en llanto al ver lo que su nieta había hecho con su hija.

Los gritos de doña Benilda alertaron al viejo Farid, quien estaba en su despacho en el primer nivel, encontró allí a su esposa tirada en el suelo con su rostro pálido y envuelta en sangre.

—¡En el nombre de Alá!, ¿qué pasó?

Rania siempre había sido muy hábil, pero no pudo esquivar la bofetada que su abuela le propinó, su inexpresivo rostro reaccionó cuando sintió el bofetón.

—¡Esta maldita! ¡Mataste a mi hija!

La confusión se apoderó de Farid al ver toda aquella locura. Medardo abrió la puerta en el primer nivel, y al ver la escena subió corriendo las escaleras en dirección a Rania. Doña Benilda estaba dispuesta a seguir golpeando a su nieta, pero el guardaespaldas se interpuso y evitó que la lastimara más.

La reacción de Rania confundió a su abuela, bajó corriendo las escaleras llorando escandalosamente, sí, parecía sentir dolor, parecía atormentada por los remordimientos, corrió hasta donde estaba su madre y la abrazó desecha en lágrimas.

—Mamita, mamita, no te mueras, fue un accidente —dijo casi sin poder hablar—, papito, le juro que se resbaló, ella se resbaló por las escaleras.

—¡Por Alá, que alguien me explique qué está pasando aquí! Medardo, ¡no te quedes allí parado! Llama a una ambulancia.

—¡Sí, señor!

Medardo bajó a prisa en busca de un teléfono, sabía positivamente que en el despacho de su patrón había uno, por lo que no vaciló en entrar para cumplir con las órdenes que había recibido.

—¡Papito, fue un accidente, por Dios, se lo juro, fue un accidente! —repetía Rania peinando el cabello ensangrentado de su madre.

Los escandalosos gritos de Rania despertaron a Omar quien se tiró de la cama, se cubrió con una de sus batas y corrió para ver qué ocurría.

Al encontrar a su madre tirada en el suelo, a Rania aferrada a ella y a su padre impotente por no poder hacer nada en su silla de ruedas, corrió a abrazar a su madre, quien parecía muerta en el piso.

—Por Dios, ¿qué pasa aquí? Mamá, ¿qué le pasa a mi mamá?

—Fue un accidente, hermanito

—Por Dios, ¿qué hacen allí parados? ¡Llamen a un médico! —ordenó llorando Omar. Colocó cuidadosamente sus dos dedos en el cuello de su madre para cerciorarse de que aún vivía, pero su corazón se detuvo, con su rostro envuelto en incredulidad miró a su padre y luego de un brevísimo silencio, agregó:

—¡Por Alá, padre, está muerta!

El impacto al escuchar a Omar fue devastador en Rania, colocó su cabeza en el pecho de su ya fallecida madre o al menos en la que había fungido como tal durante toda su vida, y entró nuevamente en una devastadora crisis nerviosa.

—¡No! ¡Mamita, no! ¡Por Dios! ¡Qué dolor! —exclamaba aferrada al pecho de doña Magali.

Doña Belinda bajó los escalones lentamente mientras su cara de asombro se convertía en un rostro entristecido, no pudo evitar sentir odio por su nieta, odio y dolor por la pérdida de su única hija. Aún tenía la esperanza de que Omar se hubiera equivocado, pero cuando bajó el último peldaño de la escalera y vio a su hija, el mundo se oscureció para ella.

Omar fue el encargado de darle la trágica noticia a su cuñado. Aldo estaba en la oficina en la procesadora examinando algunas facturas, cuando recibió la terrible llamada, demasiadas malas noticias estaban haciendo que el joven empezara a perder el control, las noches anteriores no había podido dormir pensando en cuál era el motivo por el que la gente que él conocía estaba muriendo como moscas a su alrededor, ¿se estaban vengando de él?, primero su hermana, luego Maite, y ahora ella. Colgó abruptamente el teléfono y de prisa abandonó su oficina.

Doña Benilda despertó en su cuarto, estaba rodeada de su nieto, de Sidi Farid y de algunas empleadas.

—Díganme que no es verdad.

—Hay que ser fuertes, abuela.

—Esa desgraciada de Rania la mató, estoy segura de que ella la mató.

—Por Alá, no se le ocurra repetir eso doña Benilda, fue un accidente y no se hablará más del asunto, por ahora no nos queda más que darle sepultura a mi esposa como se lo merece.

Las palabras frías de su yerno hicieron que doña Benilda enfureciera sobremanera. Se enderezó y señaló la salida con desesperado odio.

—¡Fuera todos, quiero hablar con Farid, fuera todos!

Las órdenes de la señora se cumplieron, tanto Omar como los empleados, salieron de la habitación dejándolos solos.

—Echa a Rania de esta casa, —ordenó con voz enfurecida—, la quiero fuera de aquí, mándala lejos, hazla desaparecer, haz lo que sea, pero no quiero a esa asesina cerca de mi único nieto que queda vivo.

—Claro que no, Rania está enferma y embarazada y no voy a desampararla, así que cambie de actitud y de pensamientos.

—¡Reacciona, Farid! Rania va a terminar matándonos a todos, esa infeliz mató a Maité, a su propia madre, ¿cómo crees que podemos estar seguros con ella aquí metida?

—¡Cómo se atreve a decir que Rania mató a su propia hermana!, mire señora, o se comporta y se calla o la que se va a ir es usted y se irá hoy mismo si no se comporta, y ni siquiera irá al entierro de su hija.

—¿Sabes por qué Rania aventó por las escaleras a Magali?, porque descubrió que el hijo que su propia madre estaba esperando es de su marido, sí, sí Aldo era el padre del niño que tu mujer llevaba dentro, ¡el desgraciado de tu yerno preñó a madre e hija!, ¡Farid, reacciona! Esta casa está maldita, tienes que hacer que Rania se vaya y al infeliz de Aldo mátalo o si no quieres hacerlo, págale a alguien para que lo asesine, un maldito como él no merece vivir, mátalo, Farid, mata a Aldo y haz que Rania desaparezca de nuestras vidas si quieres vivir en paz.

Aldo encontró a un despliegue de policías y ambulancias en su casa, vio salir en una camilla el cuerpo sin vida de su suegra, lo llevaban cubierto con una sábana blanca, entró corriendo a la mansión. En la sala estaba Rania llorando desconsolada abrazada a Marcela, la cocinera. Al ver a Aldo, Rania se abalanzó sobre él, quería refugiarse en su marido, su alma atormentada estaba en busca de paz, paz que intentó buscar en el regazo del hombre de quien se había enamorado cuando aún era una chica inocente.

—Mi amor, mi amor, yo no la maté, te lo juro.

—Rania, cálmate, nadie te está acusando.

—Yo la amaba, era mi madre, se resbaló por las escaleras, pero yo no la empujé, te lo juro.

—Por favor, Marcela, hágale un té para que se tranquilice, no puede ponerse así por el bebé que espera.

—Sí, señor, ahora mismo le hago un té, se lo ofrecí, pero no lo quiso, pero quizá ahora que usted está aquí lo quiera tomar.

La mansión Tafur se volvió a vestir de luto. Medio Costa Asunción llegó a la vela de doña Magali. Rania y doña Benilda eran las más afectadas. Omar permanecía junto al ataúd vestido de negro y lloraba por instantes y por otros se calmaba, una enorme pena embargaba su alma, ya que en menos de un año había enterrado a su hermana, a su novia y allí estaba sin vida su madre, pálida, pero bella, rodeada de flores y velas. Los que asistieron se acercaban para verla y abrazar al joven Tafur, Rania por instantes caía en la histeria y por momentos se calmaba. Jamás doña Benilda había odiado tanto a Rania, jamás había sentido tanto odio por alguien como por Aldo. Sidi Farid estaba boca abajo en el cuarto contiguo a la sala, oraba a Alá mientras lloraba la pérdida de su esposa.

Aunque Gabriel se enteró de la muerte de la señora de Tafur, no quiso asistir a la vela y menos al entierro. Más bien preparaba sus cosas junto a su hermana, se irían de Costa Asunción pronto, no había más nada que hacer allí luego de que la policía lo exonerara de toda sospecha por la muerte de Maité Tafur.

Echó un ligero vistazo por última vez a la ciudad. Matilda, su hermana, había subido ya al autobús que los llevaría lejos de Costa Asunción, caminó lentamente por el pasillo y se sentó junto a su hermana en la última fila, vio nuevamente la ciudad y abrazó a su hermana menor. Esta comprendía que jamás volverían a su tierra natal, se irían para siempre, huyendo de la ola de tragedias que había desatado la familia Tafur.

Fue una multitud la que acompañó la procesión de entierro de doña Magali, gente venida de ciudades vecinas que conocían a la familia Tafur, socios y negociantes de toda la zona se hicieron presentes para despedirla, y encabezando la procesión iba en su silla de ruedas Sidi Farid, parecía fuerte, vestido completamente de negro, no perdía la cordura aunque por instantes parecía quebrarse, lo empujaba su único hijo, su amado Omar, seguido no muy de lejos por Aldo y Rania, mientras doña Benilda guardaba distancia entre la multitud, llorosa y enojada.

Desde entonces, Rania no sería la misma, ni siquiera la sombra de cuando esta historia comenzaba, la noche siguiente fue una total pesadilla para ella, se encerró en su cuarto y lloró como nunca jamás lo había hecho. Acallaba su conciencia diciéndose a ella misma que no había sido un asesinato sino un accidente, lo repetía una y otra vez. Estaba sentada en la esquina de la habitación en el suelo, con sus manos sobre las rodillas, cuando la puerta rechinó supo que su marido entraba discretamente, al verlo se levantó como rayo y corrió a sus brazos.

—No me dejes sola, Aldo, ahora más que nunca te necesito.

—Rania, ¿se te olvida que quieres divorciarte de mí?, nosotros prácticamente no somos pareja.

—No me dejes, me siento sola, siento una soledad inmensa dentro de mí, extraño a mi mamá y a mi hermana, me siento devastada.

—Te entiendo, Rania, yo he sentido lo mismo cuando mi padre murió, no te preocupes, me quedaré a tu lado hasta que todo esto haya pasado.

—¿Te irás? ¿Te divorciarás?

—Doña Benilda me contó todo, sé que sabes todo, el hijo que tu madre esperaba era mío, ¿ya lo olvidaste? No podemos seguir juntos, yo no he sido el mejor esposo, te he traicionado y esta relación no puede ser.

—Te perdono, te perdono todo lo que has hecho, pero no me dejes, no me dejes sola, no quiero estar sola ni ahora ni nunca.

—Rania, no te estoy pidiendo perdón, esto simplemente no puede ser, yo no me quedaré a tu lado, me divorciaré como querías, como es mejor, y me iré, quiero rehacer mi vida, quiero ser feliz. Quiero atarme a alguien, pero con mi voluntad.

—¿Puedes explicarme eso? ¿Cómo que quieres atarte a alguien con tu voluntad? ¿Te ataste a mi obligado?

—No lo hice, Rania, tu belleza me deslumbró cuando te conocí en la procesadora, me enamoré como un loco, pero ahora, ahora no estoy seguro.

—Estoy esperando un hijo tuyo, no puedes abandonarme.

—Rania, yo me encargaré de nuestro hijo, de darle amor, de tener un padre, porque como comprenderás dinero le sobrará, pero he llegado a una etapa en mi vida en que quiero ser libre y ni un hijo ni nadie me detendrá. Durante estos meses nuestra vida ha sido un caos, no quiero terminar muerto como todos los demás.

—Quédate conmigo al menos estos meses antes de que mi hijo nazca, el día que dé a luz puedes irte, hazlo al menos por la miseria de amor que quizá algún día sentiste por mí.

—Está bien, Rania, el día que des a luz, ese día me iré y ese día iniciarán los trámites de divorcio, de todas maneras no falta mucho. Ahora vamos a dormir, que no ha sido un día nada fácil para nosotros.

—Tú también crees que yo asesiné a mi madre, ¿verdad?

—Yo no creo nada, Rania, lo único que sé es que mi hermana, tu hermana y tu madre están muertas, fueron asesinadas de la misma manera, eso sin tomar en cuenta a la novia de tu hermano. Alguien inició una cacería humana y tengo la impresión de que yo también figuro en esa lista, si a algo le temo es a la muerte.

—¿Por qué no nos vamos?, podemos irnos lejos donde nadie nos conozca y comenzar una nueva vida juntos.

—Nuestros muertos nos perseguirán ¿no lo entiendes?, una maldición ha caído en esta casa, en los que la habitamos, intenta ser feliz con nuestro bebé, él te dará lo que yo jamás pude.

—No dejas de ser el mismo egoísta que cuando te conocí, siempre pensando en ti, siempre tú, pero no te voy a detener, me queda más que claro que nuestro amor fue como un relámpago, te daré el divorcio como deseas, cuando nuestro hijo nazca te podrás ir a donde quieras, este hijo que espero será tu pasaporte a la libertad.

—Rania es mejor que intentemos dormir, han sido semanas muy tensas, moriremos si continuamos con esta rutina. Al menos estas últimas noches juntos intentemos dormir en paz.

El silencio profundo en la mansión hizo que Aldo se quedara profundamente dormido. La mano inquieta de Rania sobre su abdomen lo despertó.

—¿Qué haces? —preguntó somnoliento. No encontró respuesta, la mano de Rania se deslizó rumbo sur, en busca de su virilidad.

—Acabamos de enterrar a tu madre, Rania, acabamos de hablar sobre divorcio.

—Júrame que ya no te gustan mis jugueteos.

—Ya no hay marcha atrás, detente.

—¿Quieres realmente que me detenga? ¿Olvidas que te enamoraste más de mí cuando descubriste que tenía unas manos mágicas?

La mano de Rania no se detuvo puesto que Aldo jamás la separó más que con sus palabras, cuando sus traviesas manos llegaron a su miembro viril, este estaba tan excitado como la primera vez.

—Hazme el amor por última vez, al menos dame ese gusto de saber que jamás volveré a sentirte.

Habló con voz excitada. Su madre no se había enfriado en la tumba y Rania se empecinaba en despertar el demonio que Aldo llevaba dentro y lo logró. Como fiera salvaje sobre su presa, Aldo se abalanzó sobre ella y reventó el sujetador de su mujer, dejando sus pechos al aire y se ahogaron por última vez en los ríos de la pasión.

Las pesadillas no dejaron que el viejo Farid descansara completamente, soñó cosas atroces, demonios incitándolo a matar a Aldo, no era un asesino ni siquiera en sueños, pero los sueños, sueños son.

Sidi Farid no fue el único que tuvo pesadillas aquella noche… Rania tuvo un sueño extraño, se levantó, pues tenía sed, y bajó las escaleras. Entró a la cocina, abrió la refrigeradora y tomó un vaso de agua, al cerrarlo se asustó enormemente al ver a Marlen detrás de ella.

—Mi niña, ¿por qué mataste a tu mamá?

Rania se asustó tanto que salió corriendo de la cocina y se tropezó con su madre quien la miraba fijamente, estaba completamente cubierta de sangre, le tocó el brazo sutilmente diciendo:

—Rania, Rania, me mataste, y mira, mataste a tu sobrino también.

De pronto Rania vio a un niño, tendría quizá unos seis años, este estaba agarrado de la mano de su madre.

—Hermanita o debo decirle... ¿tía?

Entonces Rania se despertó de un golpe y vio a su marido dormido, estaba sudando, no sabía qué hacer, pero no lo despertó. Logró dormir de nuevo, pero no se percató que aquel hombre vestido de negro estaba allí detrás de la cortina, al recostar su cabeza en la almohada salió de las penumbras y en su mano un hacha.

Una mosca que se posó en la nariz de Rania la despertó, se dio cuenta que el sol estaba ya en lo alto, se restregó ligeramente los ojos, pero se paralizó cuando vio sus manos llenas de sangre. Sus gritos histéricos hicieron que Omar, doña Benilda, la servidumbre y Sidi Farid corrieran a su cuarto. Cuando entraron, la encontraron empapada de sangre y allí sobre su cama estaba el cadáver de Aldo ensangrentado y con un corte en el cuello producido por un arma que parecía desconocida, estaba completamente decapitado.

XV

El último demonio

Doña Belinda se escabulló entre los escandalizados empleados y se llevó consigo a su yerno, lo llevó hasta el pasillo contiguo para confrontarlo por la muerte de Aldo. A estas alturas ya nada escandalizaba a aquella mujer.

—Farid, ¿estás loco? ¡Cómo se te ocurre matar a tu yerno en la cama de tu hija y de esa forma!

—Doña Benilda, por Alá, ¡yo no lo maté! ¡Cómo se le ocurre que lo iba a asesinar y peor de esa manera!

—Júrame que tú no lo mataste, Farid.

—Por Alá, el misericordioso, se lo juro, yo no lo hice.

—Por el amor de Dios, ella lo hizo.

—Le prohíbo que insinué que Rania tuvo que ver con esto. Alguien entró al cuarto y lo asesinó.

—Voy a hacer mis maletas, no quiero terminar con hormigas entre la boca yo también.

—¡Un momento, suegra!, ¿no se da cuenta de que, si usted se va, va a ser la primera sospechosa de todos los asesinatos? La policía va a pensar que usted va huyendo de la escena del crimen, ¿quiere terminar presa?

—¡Maldita sea! Debo admitir que tienes razón, Farid, no dejes que la policía meta las narices en todo esto, vamos a terminar o muertos o en la cárcel todos, esta casa se ha bañado de sangre y no dudo que la policía nos meta presos a cualquiera por la muerte de toda esta gente; haz un resumen, Farid, no hay un preso por la muerte de la sirvienta, por la muerte del inspector, por la muerte de Maité, de Magali, de Aldo y si no me equivoco la novia de mi Omarcito también la mató la misma persona que está acabando a esta familia, la policía no se va a quedar de brazos cruzados Farid, por Dios, ¿no te das cuenta? Ayer enterramos a mi hija y hoy está muerto Aldo, esto se nos está saliendo de control.

—La policía vendrá, se formará un escándalo y yo no voy a impedir que agarren al asesino, sea Rania, sea Omar o usted, no impediré que se vayan presos.

—O tú, Farid, o tú, tú tendrías razones más que suficientes para matar a todos los que están bajo tierra. Haciendo un recuento, y si la policía es inteligente, no existe persona más sospechosa que tú Farid.

El impacto de ver a su cuñado decapitado hizo que Omar corriera y arrancara de un tirón una de las cortinas de la ventana y lo colocó sobre el cadáver. Rania, quien se había tirado de la cama y permanecía inmóvil al lado del difunto, se lanzó a los brazos de su hermano.

—Rania, por Alá, ¿qué pasó aquí?

El llanto impidió que Rania hablara por unos instantes, luego intentó calmarse para contestar la interrogante de su hermano.

—No lo sé, Omar, yo me quedé dormida como siempre y cuando desperté Aldo estaba muerto, lleno de sangre.

—Eso es ridículo, Rania, ¿cómo rayos me harás creer y peor aún le harás creer a la policía que estando en la misma cama de tu marido no sentiste cuando lo degollaron? Un simple movimiento uno lo siente, tu actitud es muy sospechosa y si yo que soy tu hermano pienso eso ¿te imaginas la policía?

—Omar, me dieron a tomar algo, algo me pusieron en alguna bebida, por eso no sentí, estaba totalmente dormida te lo juro, por favor no dejes que me metan a la cárcel, por favor, ayúdame.

Medardo entró a prisa en aquel momento, había escuchado los gritos de su señora, pero estaba en las caballerizas por lo que le tomó tiempo llegar hasta la habitación.

—Por Dios, ¿qué pasó aquí? —preguntó el guardaespaldas observando como Rania se aferraba a su hermano y los sirvientes cuchicheaban alrededor del cuerpo sin vida de Aldo.

—Medardo, reúne toda la servidumbre en la sala —ordenó Omar refiriéndose a los que no estaban presentes, jardineros, guardaespaldas y algunas cocineras—, quiero hablar con ellos, los quiero a todos allí, incluyéndote, todo el mundo, desde los jardineros hasta los choferes, todo el mundo en la sala en tres minutos.

—Sí, señor, como usted diga.

Nuevamente doña Benilda y su yerno se incorporaron a la escena del crimen entrando discretamente a la habitación de Rania.

—Padre, ¿qué vamos a hacer?

La pregunta angustiada de Omar no logró hacer entrar en histeria a don Farid, era el único, aparte de doña Belinda, que permanecía sereno, sospechosamente sereno.

—Que nadie toque nada; Rania, métete a bañar y tú Omar ven a mi despacho.

El repentino cambio en el carácter de Rania asustó a la servidumbre, sus gritos desesperados hicieron que salieran inmediatamente del lugar.

—¡Largo de aquí!, ¡largo de aquí!

Omar entró en el despacho de su padre mientras toda la servidumbre empezaba a organizar en la sala.

—Dígame, padre —comentó cerrando la puerta del despacho de su padre a sus espaldas.

El viejo Farid lo invitó a sentarse en los cómodos sillones, el hijo obedeció inmediatamente.

—Omar, las cosas se están saliendo de control, tenemos que hacer algo, tenemos que detener a quien está haciendo esto.

—Padre, con todo respeto, ya no podemos tapar el sol con un dedo, le guste a usted o no, Rania asesinó a Aldo, asesinó a mi madre y no veo el porqué no pudo asesinar a los demás.

—Omar, llegó la hora de internar a Rania, esto no puede continuar así.

—¿Internar a Rania? Papá, eso solo sucederá si un juez certifica que Rania tiene problemas mentales, si no se prueba eso, Rania terminará pudriéndose en una cárcel.

—Pues compraremos al juez para que la declare loca, pero no voy a permitir que la metan a la cárcel, es muy peligrosa y podría hacer más daño de lo que ya hizo. Hijo, he guardado un secreto durante años, Rania y tú no sois hermanos, ella es hija de mi hermana.

—Por Alá, me enteré de la existencia de mi tía hace unos meses, pero no sabía que Rania era su sobrina, ¿cómo fue que permitió toda esta masacre padre?

—Este es un error que jamás me perdonaré, hijo, cuando me enteré que Jalila estaba embarazada la saqué inmediatamente del Cairo, habíamos venido algunas veces a América, su excelente español me permitió abrirme brecha en estas tierras. La convencí de que se quedara conmigo, si regresaba a Egipto la asesinarían, el padre de Rania es un hombre egipcio muy rico, y según la religión, Jalila debía morir por no ser esposa del padre de Rania. Con el tiempo Jalila empezó a mostrar síntomas de esquizofrenia, veía monstruos persiguiéndola, y comprendí que había heredado la enfermedad de nuestra madre, tu abuela, falleció en un hospital psiquiátrico en Egipto. Cuando nació Rania, preferí adoptarla, era peligroso que Jalila se quedara con ella, por lo que interné a mi hermana e hice pasar a Rania como hija de Magali y mía.

—Padre, me dice todas estas cosas así ¿tan sereno?

—Omar, acepto mi culpa en toda esta cadena de asesinatos que Rania desató, no quise aceptarlo, es más, no sospeché de ella hasta ahora que no puedo tapar el sol con un dedo como tú mismo dices, jamás podría convencer a un jurado para que la dejen libre, es evidente que ella mató a su marido, si la corte empieza a unir las piezas, Rania terminará en la cárcel de por vida. Voy a llamar al doctor Francisco para que la internemos. Cuando la policía ate los cabos, nosotros ya habremos ganado terreno y certificado que Rania sufre de esquizofrenia.

—Bueno, hay mucho que hacer y mucho que usted tiene que explicarme con detalles, pero por ahora hay que hacer lo que más urge. Convoqué a toda la servidumbre en la sala, necesitamos controlar la situación. En lo que yo hablo con ellos, Rania se viste, llega el doctor y la encerramos.

Omar salió del despacho de su padre y vio a toda la servidumbre en la sala, algunos de ellos permanecían en la mansión por miedo a ser los siguientes. Omar se paró frente a todos ellos y después de echar un breve vistazo a cada uno de ellos inició su reunión.

—Escuchen bien lo que les voy a decir: como ya vieron, arriba está el cadáver de mi cuñado y no quiero que nadie suba, que nadie contamine la escena, voy a llamar a la policía y vamos a tener que encerrar a quien cometió el crimen, está entre nosotros y yo sé bien quien es, pero si ustedes intervienen podrán terminar en la cárcel por cómplices, así que por favor, no se acerquen a la habitación de mi hermana, nadie absolutamente nadie puede entrar o salir de esta casa hasta que la policía no haya hecho lo que tenga que hacer, ¿entendido? Retírense, por favor.

Después de su brevísimo discurso, Omar subió las escaleras hasta el cuarto de Rania. Abrió la puerta y no pudo evitar ver de nuevo la escena horrible del crimen, entró lentamente, tocó la puerta del baño de Rania.

—Rania, ¿te estás bañando? ¿No quieres hacerlo mejor en mi cuarto? Esto puede hacerte daño, no creo que sea buena idea que te bañes aquí.

Pero no obtuvo respuesta.

—Rania, Rania…

Insistió tocando la puerta del baño. Pero tampoco respondió.

—Rania, voy a entrar ¿te pasa algo? Ábreme o abriré yo.

El silencio era tal que no tuvo otra alternativa que girar la perilla y al abrir la puerta del baño se dio cuenta de que Rania no estaba.

—Por Alá, escapó...

La abuela de Omar salió de su habitación, que estaba cerca de la de Rania, vio salir a su nieto del cuarto de su hermana y lo alcanzó para preguntarle el porqué de su rostro tan lleno de pánico.

—¿Qué pasa, Omar? ¿Por qué tienes esa cara?

—Rania, abuela, Rania no está en el baño, creo que escapó.

—Maldición, sabía que esa imbécil era la culpable, siempre lo supe, pero el idiota de tu padre nunca hizo nada, hay que llamar a la policía, porque ese que está afuera está solo disfrazado, no ha hecho nada, es tan cretino que te aseguro que ni se ha dado cuenta de que aquí hubo un crimen.

—Abuela, es verdad, el policía que estaba cuidando la entrada no lo he visto desde ayer.

El viejo amigo de Omar estaba en su restaurante a la orilla de la playa, limpiaba la mesa y preparaba todo para la jornada de aquella mañana que era gris, parecía que llovería, pero no había tampoco porque no dejar todo listo por si algún comensal llegaba a la hora del almuerzo. Algo llamó la atención del muchacho, a lo lejos vio a una mujer corriendo en dirección a donde él estaba, sus huellas eran borradas por las olas del mar, no la reconoció sino hasta que estuvo cerca, era Rania, la hermana de su amigo, aún llevaba ropa de dormir, pero esta estaba ensangrentada. Se asustó tanto que la bandeja de tazas vacías se estrelló en la arena.

—Rania, por Dios, ¿qué pasó?, ¿qué tienes?

—Emilio, necesito que me ayudes, necesito por favor que me ayudes.

—Rania, me asustas, dime que pasó y en qué te puedo ayudar. Por qué vienes llena de sangre.

La playa estaba completamente vacía, intuyó el muchacho que nadie había visto a Rania correr a su establecimiento, por lo que la invitó a entrar.

Aunque había llegado serena, Rania empezó a llorar, cosa que alarmó al chico. Algo no andaba bien y fuera como fuera, él ya estaba hundido hasta el cuello en aquel embrollo.

—Préstame tu baño, necesito bañarme.

—Rania ¿y tu ropa? ¿Qué ropa te pondrás?

—Emilio, por favor, ve a comprarme ropa a la ciudad y yo te pagaré este favor.

—Ven, Rania, métete al baño y báñate bien, de conseguirte ropa me encargo yo.

—Gracias, Emilio, por favor no le digas a nadie que estoy aquí.

—Rania, no andarás huyendo de la policía, ¿verdad?

—Emilio, ¿qué crees?, claro que no, ve a buscarme ropa, me voy a bañar, ¿sí?

—Es que no entiendo por qué estás llena de sangre.

—Solo es un mal entendido, yo te contaré cuando esté vestida, solo necesito de tu ayuda.

El joven le indicó donde estaba la regadera y salió del lugar, se encargó de cerrar su restaurante. No se había retirado mucho del lugar, cuando sacó su celular y marcó:

—¿Alo? Omar, ¿qué le pasa a Rania? Llegó a mi restaurante llena de sangre, me pidió el baño y se está bañando, ¿tiene problemas con la policía?

—Emilio, encárgate de que Rania no salga del restaurante, vamos en camino, no dejes que se escape.

Medardo entró acompañado de tres policías, los hombres iban dispuestos a resolver todo lo que en aquella mansión había sucedido.

—Señor Tafur, lamentamos la muerte de su yerno, pero lo siento mucho, voy a tener que detenerlos a todos, todos los que están en esta casa irán conmigo a la comandancia, el show terminó.

—Comprendo que es su trabajo, señor comandante, pero mientras nosotros hablamos, mi hija se está burlando de ustedes, ella es la asesina y si no se da prisa en ir por ella se escapará mientras usted nos detiene injustamente.

—¿De qué está hablando?

—Acompáñennos a buscar a Rania y en el camino intento explicarle todo.

—Bien, vamos, pero también me tendrá que explicar la desaparición del policía que estaba custodiando esta casa, desde ayer desapareció sin dejar rastro y no quiero suposiciones, quiero la verdad.

Emilio no regresó al restaurante, sino que se fue corriendo en dirección a la ciudad. Aunque su amigo le había dicho que cuidara de Rania, prefirió dejarla allí y conseguirle ropa decente, volvería rápido.

—Señor comandante, esa es la realidad, hay que atrapar a mi hija o terminaremos todos muertos —sentenció Sidi Farid mirando al comandante mientras tres autos del millonario y cuatro patrullas corrían a toda velocidad en la carretera que daba a la playa.

—¿Cómo es posible que todo esto haya pasado y que las cámaras no registraran nada?

—Rania siempre fue una mujer muy hábil, sabía exactamente donde estaban colocadas las cámaras, sabía que estas tenían puntos ciegos, era lógico que se cuidaría las espaldas.

Emilio regresó con ropa femenina en sus brazos, entró al restaurante y cruzó un pequeño pasillo en dirección a la regadera donde había dejado a Rania, no escuchó ruido alguno, así que le gritó desde fuera.

—Rania, te traje ropa, espero te quede bien, es de mi hermana, te traje ropa interior también, toda está perfectamente limpia.

Pero nadie respondió.

—Rania, te traje ropa nueva, ¿ya te bañaste? Rania, ¿estás allí?

Al no encontrar respuesta, Emilio empujó levemente la puerta y se dio cuenta de que el baño estaba vacío, había vestigios de sangre e incluso había charcos de agua teñida de rojo. Había escapado. Se percató entonces que en la esquina del baño estaba su ropa de dormir ensangrentada.

"Se fue desnuda, Rania anda desnuda por la calle" pensó sin poder salir del asombro, ahora él estaba en serios problemas.

—¿Me estás queriendo decir que Rania se fue desnuda? —preguntó Omar enojado al llegar al restaurante de su amigo, la policía había invadido el lugar en busca de pistas.

—Así que usted vio a una mujer llena de sangre y lejos de detenerla le dio la oportunidad de escapar, ¿no es verdad? —preguntó el comandante intimidando a Emilio, este no supo que contestar, lo único que sabía era que estaba envuelto en un tremendo lío.

—¡Bien, caballeros! No hay nada más que buscar aquí, quiero a la señora Rania esposada antes de que la noche llegue, y usted caballero está detenido por encubrimiento.

Medardo entró al lugar donde estaba Alma Negra, el caballo de Omar, y acariciándolo le dijo al oído:

—Bien, amigo, vamos por doña Rania, encontrémosla antes de que esos malditos le hagan daño.

El caballo más peligroso de la familia Tafur, cabalgó con su conocido jinete por las orillas de la playa, tenían una misión, salvar a la mujer que había desatado aquella sangrienta cacería.

Rania caminaba por la orilla de la playa con la toalla envolviendo su cuerpo, quizá nadie se extrañó de verla así porque caminaba plácida, acariciando las olas con las puntas de los dedos de sus pies, mientras reía tranquila, como liberada, como si la vida le diese otra oportunidad, como si la tormenta hubiera pasado, parecía relajada y eso no alertó a algunos bañistas que estaban en la inmensa playa de Costa Asunción. Caminó mucho, sin prisa y como si nadie la persiguiera, ni siquiera sus demonios privados, quizá caminó dos horas, no se preocupó de cuánto había caminado, no le importaba nada, sentía paz, Rania no sabía que estaba en el ojo del huracán, que la mitad de la tormenta había pasado, pero que lo peor estaba por venir. No llevaba prisa por llegar a destino alguno, no tenía prisa por volver, vio a lo lejos una casa, y ropa tendida afuera, no había nadie, ¿por qué no robar un vestido tan lindo como el que estaba frente a ella? Era solo un pecadillo, ¿qué tanto pesa un grano de arena en un costal lleno de piedras grandes de río?

La policía se desplazó por toda Costa Asunción y nadie dio con el paradero de la señora de Zapata. La noche llegó pronto y con ella una tormenta, una tormenta que cierra nuestra historia como un círculo.

Permanecía envuelta en sus pensamientos, sola, acurrucada bajo un puente, mirando como la lluvia caía iluminada por los rayos, tenía frío, pero no tenía más que la ropa que se había robado, escuchó entonces entre la tormenta como un caballo se acercaba, parecía conocerlo, si, era él, era Alma Negra, no había duda, así que se asomó la cara para verlo, su corazón se paralizó, su alma volvió a sentir ansias, no podía creer lo que sus ojos veían otra vez, él volvía por ella. Sobre el caballo, su peor pesadilla, el hombre de la capa negra, era el asesino y no vaciló en salir corriendo del lugar mientras el caballo relinchaba y el jinete iniciaba la fatídica persecución.

Eran quizá las dos de la madrugada, la lluvia no dejaba de caer y el cielo parecía llorar el trágico final de esta historia, los caminos arenosos de Costa Asunción fueron los únicos testigos de la carrera ya fatigada que aquella joven desesperada llevaba. Corría casi sin aliento, su pelo y su ropa mojada y su mirada puesta siempre en el camino. Corría por su vida mientras la arena amortiguaba el trotar del caballo negro que la perseguía… sobre él un jinete con una capa negra, tan negra como su alma, en su mano derecha un hacha de la cual aún destilaba sangre. Del hocico del caballo salía vapor, corría tras la joven, y aunque por la oscuridad no se le veía la cara, el jinete tenía una misión en mente: decapitar a la muchacha.

Rania no se detuvo en ningún momento, y cualquiera en su lugar hubiera respirado aliviado si, al igual que ella, hubiera visto una cabaña segura en la cual refugiarse; corrió hacia la choza y tocó desesperadamente la puerta, mientras el asesino continuaba acosándola, nadie abrió, y aunque en la cabaña no había luz encendida, ella sabía que era un refugio para escapar del demonio que la perseguía. Giró la perilla y la puerta se abrió, corrió, y sin dudarlo ni un segundo, cerró la puerta. Un relámpago iluminó la cabaña de una sola pieza, vio una silla y se abalanzó hacia ella, trancó la puerta con ella y rezó con todo su corazón para que sucediera un milagro.

El jinete se detuvo frente a la casa, se arrojó del caballo, enterrando en la arena sus mojadas botas de cuero y caminó lentamente hacia la entrada de la cabaña. La capa era tan larga que hasta la arrastraba, daba la sensación de que había salido de las profundidades del infierno. Movía el hacha con su mano mientras la sangre caía en la arena, subió los escalones de madera de la cabaña y se paró frente a la puerta, y de pronto un estruendoso rayo iluminó el ennegrecido paisaje. Giró la perilla. Y Rania sintió morirse, temblaba de miedo mientras miraba fijamente a la puerta. Estaba espantada, arrinconada, sentada con las manos alrededor de las piernas y parecía enconcharse a cada segundo; eran los momentos más terroríficos que, a sus apenas 22 años, había vivido. De pronto la silla voló por los aires y la puerta se abrió de par en par. Y la luz del relámpago reveló la silueta del jinete. Y Rania gritó con todas sus fuerzas...

Omar vio a Rania con la camisa de fuerza, aquel cuarto frío del hospital psiquiátrico le recordó a Omar la primera vez que había entrado a ese lugar para visitar a su tía Jalila, madre de Rania. Su hermana parecía tranquila por momentos, de pronto estiraba sus manos intentando soltarse de aquella camisa que le impedía moverse. No pudo evitar llorar, a pesar de todo, Rania había ocupado un lugar en su corazón durante toda su vida, pero jamás le perdonaría el hecho de que por sus acciones él había perdido a todas las personas que amaba.

Su poderoso padre había persuadido al juez para que no la sentenciaran a cadena perpetua, sino que fuera declarada maniática, para poder terminar sus días en el hospital donde obtendría mejor tratamiento para su perturbadora enfermedad.

Omar caminó lentamente por los pasillos del manicomio y salió del lugar jurando no volver jamás, su padre se encargaría de que tanto a Rania como a Jalila no les faltara nada, pero Omar jamás la volvería a ver en su vida.

La celda se abrió de pronto y Emilio fue llevado a la sala de espera, allí estaba esperándolo Omar. Se sentó frente a él y prometió que lo liberarían pronto y así sucedería unos meses después.

—Hay cosas que no entiendo —comentó el recluso, mirando atento el rostro cansado de su amigo—. ¿Por qué tu hermana asesinó a la sirvienta, a tu hermana, a tu madre, a tu novia y luego a su marido?

—Según he investigado, Emilio, Rania asesinó a Marlen por una tontería, en realidad siempre tuvo sed de sangre. Se enteró que Marlen sentía atracción por Aldo, en aquel entonces no sabía que Aldo y Marlen eran hermanos, simplemente ató cabos, porque la sirvienta le dijo que siempre que miraba a Aldo se recordaba de su primer amor, los celos la enceguecieron quitándole la vida sin piedad. El inspector andaba pisándole los talones, por lo que con Medardo idearon un plan: aquella noche, el inspector vio al famoso hombre de la capa negra en el jardín, era Medardo, cuando intentó cazarlo no lo consiguió porque se tropezó con el propio hombre de la capa negra sin que se diera cuenta. Luego Medardo se disfrazó una vez más para atraerlo a la cocina, se colocó en una posición donde el inspector no lo pudiera reconocer y al pedirle que volteara lentamente, Rania disparó con la pistola de mi padre, nadie escuchó nada porque Rania, con la ayuda de su cómplice, habían comprado un silenciador para el arma. Cuando el inspector sintió la herida en su pecho el hombre de la capa negra, o sea Medardo, se giró bruscamente con el hacha, decapitándolo sin misericordia.

Para evitar ser descubierta, Rania le quitó los guantes a Medardo y los escondió entre la ropa íntima de mamá, sabía que la policía los encontraría, lo hizo porque sabía que mi padre no dejaría presa a mamá por mucho tiempo, eso haría que su coartada saliera perfecta, conocía el poder de papá, tarde o temprano mamá saldría libre y ella no se vería involucrada.

Rania había encontrado el celular de Aldo por accidente y gracias a los informes de Medardo sabía positivamente que su hermana se había metido en la cama con su marido en el hotel donde ella misma la citó por medio de un texto. Siempre acompañada de su cómplice y sobornando a la recepcionista llegaron hasta la habitación donde se suponía que Aldo estaba esperando a Maité. Se encerró Rania en el baño y Medardo en el armario, cuando mi hermana llegó buscando a Aldo no lo encontró, pero si encontró a una Rania enfurecida quien le enterró un cuchillo en el cuello, Medardo terminó el trabajo decapitándola como los dos sabían hacerlo, los dos disfrutaban asesinando a quienes les estorbaban.

Lo que más me impactó fue enterarme que yo le atraía sexualmente, si yo, su propio hermano, cuando se enteró de que me hice novio de Maritza, los celos la enloquecieron, fue una casualidad del destino que se toparan en el estacionamiento la tarde que mi novia fue a verme, no dejó ir la oportunidad de asesinarla, siempre con la ayuda de Medardo. A su marido lo asesinó descaradamente, pero como fue el único hombre que asesinó, Medardo se metió al cuarto para decapitarlo después de que ella le enterraba un cuchillo en el cuello, no pudo defenderse porque estaba dormido, como si fuera una viuda negra le hizo el amor antes de quitarle la vida.

Antes de que mataran a Aldo hicieron desaparecer al policía que cuidaba la mansión, como ya te enteraste, el policía apareció flotando en el río que está al norte de Costa Asunción, siempre con el mismo *modus operandi*. Medardo estaba locamente enamorado de Rania por eso apoyó todos sus descabellados planes, hasta meter a Alma Negra a la mansión.

Tal parece que si Rania da a luz a una niña, esta está condenada al destino de su madre, la madre de mi padre y la madre de Rania sufren de una horrible enfermedad mental, según hipótesis de mi papá, esa enfermedad solo la heredan las mujeres de su familia, solo le pido a Alá que libre al hijo que Rania está por parir. En todo caso esto ha terminado, amigo, solo he venido a despedirme, mis abogados te sacarán de aquí. Es mi promesa.

—¿A dónde irás, Omar?

—Aún no lo sé, amigo, solo sé que quiero irme lejos, quiero dejar toda esta pesadilla en el pasado.

—¿Quién cuidará de tu padre?

—Mi padre se sabrá cuidar solo, sus millones lo harán por mí, mi padre no se merece que yo me quede a su lado, en cierta forma él es cómplice de esta maldición que cayó sobre mi familia, si él hubiera internado a Rania desde el principio, nada de esto hubiera pasado, si tanto poder tiene que se cuide solo.

Por otra parte, hubiera sido hermoso que mi padre caminara tal como Rania lo imaginó en aquella conversación que sostuvieron en el despacho él y mi abuela, pero no es así, solo fueron fantasías retorcidas de mi hermana, más bien dicho, mi prima. Antes de irme quiero saber cómo se comporta Medardo aquí en prisión.

—No sale para nada de su celda, algunos dicen que morirá de hambre, la verdad solo dos veces lo he visto, está demacrado y si sigue así morirá pronto, creo que se merece eso y más, estar sentenciado a cadena perpetua no es gracioso, Omar.

—Adiós, amigo, pronto saldrás de aquí, te mereces vivir en paz, busca esa paz como yo lo haré. Gracias por todo.

La mansión Tafur no volvió a ser la misma. Omar rehusó a volver a ese lugar durante unos días, solo lo hizo para despedirse de su abuela, la esperó en la entrada de la mansión y la abrazó fuertemente para despedirse de ella aquella mañana gris.

—Lamento mucho que te vayas, abuelita, me harás mucha falta.

—Tú me harás mucha falta a mí, mi vida, no entiendo por qué si quieres alejarte de aquí no te vas conmigo, sería la mujer más feliz del mundo si te fueras a vivir conmigo a Bruselas.

—Prometo que te visitaré, abuela, pero no me pidas eso, quiero iniciar una nueva vida, quizá alquile un apartamento en algún lugar del mundo, no lo sé, solo sé que quiero volver a empezar.

Doña Benilda vio a su yerno, estaba también allí en la entrada de la mansión Tafur, en su silla de ruedas y se acercó a él diciendo:

—Disculpa por todo lo que te hice pasar, Farid, no fue mi intención, pero el día que llegué a esta casa, el día que murió mi única nieta prometí que no descansaría hasta meter presa o en un manicomio a Rania y lo logré, aunque no pude evitar que mi hija muriera en el trayecto.

A pesar de todo, me voy en paz con todos ustedes, es un nuevo día y hay que vivirlo como viene, cuídate yerno, espero verte pronto.

—Alá vaya con usted doña Benilda, las puertas de esta casa siempre estarán abiertas para usted —diciendo esto se despidieron con un abrazo.

Volvió pues al lado de su nieto y lo abrazó fuertemente, mientras este la llenaba de besos.

El taxi esperaba por la anciana en la entrada de la mansión, puso sus maletas en el suelo y volteó para ver la mansión una última vez, y allá en el segundo nivel junto a las ventanas parecía ver a su hija y a su nieta diciéndole adiós, vestidas de blanco, hermosas y esplendorosas como dos hermosas sirenas, era una ilusión, era el amor que sentía por ellas, volteó su mirada al taxi, no volvería jamás a la mansión Tafur pues algunos años después doña Benilda fallecería de cáncer.

Omar por su parte cumplió su promesa de irse de Costa Asunción, compró un hermoso apartamento en El Cairo, tierra de sus ancestros e inició un negocio propio, se había empeñado en tener una vida diferente. El sol marchito en el horizonte entristeció brevemente su corazón, recordó con nostalgia a sus muertos y se dispuso a volver a empezar.

Algunos meses después, Rania dio a luz a una hermosa niña. Sidi Farid había acudido al nacimiento de su primera nieta, en realidad no lo era, pero el viejo estaba dispuesto a adoptarla como lo había hecho con Rania. La tomó en sus brazos y le acarició la angelical carita.

—Amor mío, te llamaré Rania Jalila…

www.terraignotaediciones.com

Síguenos en:

Facebook
Twitter
Google+
LinkedIn
Instagram